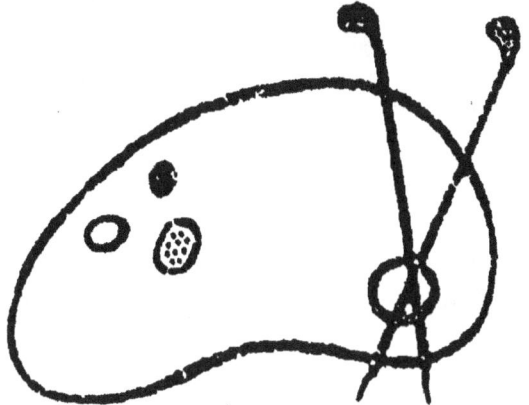

Couvertures supérieure et inférieure
en couleur

BIBLIOTHÈQUE ROSE ILLUSTRÉE

A LA MER!

PAR

LE CAPITAINE MAYNE-REID

TRADUIT DE L'ANGLAIS

PARIS

LIBRAIRIE HACHETTE ET Cᵉ

79, BOULEVARD SAINT-GERMAIN, 79

PRIX : 2 FRANCS 25

25719. — Imprimerie Lahure, rue de Fleurus, 9, à Paris.

A LA MER !

OUVRAGES DU MÊME AUTEUR

PUBLIÉS DANS LA BIBLIOTHÈQUE ROSE ILLUSTRÉE

PAR LA LIBRAIRIE HACHETTE ET Cie

A Fond de cale, avec 12 vignettes. 1 volume.

Bruin, ou les Chasseurs d'ours, avec 8 grandes vignettes. 1 volume.

Le Chasseur de plantes, avec 12 grandes vignettes. 1 volume.

Les Chasseurs de girafes, avec 10 grandes vignettes. 1 volume.

Les Exilés dans la forêt, avec 12 grandes vignettes. 1 volume.

Les Grimpeurs de rochers, avec 20 grandes vignettes. 1 volume.

Les Peuples étranges, avec 21 vignettes. 1 volume.

Les Vacances des jeunes Boërs, avec 12 grandes vignettes, 1 volume.

Les Veillées de chasse, avec 13 vignettes. 1 volume.

L'Habitation du désert, avec 24 vignettes, 1 volume.

La Chasse au Léviathan, avec 54 vignettes. 1 volume.

Les naufragés de la Calypso, avec 55 vignettes. 1 volume.

Prix de chaque volume, broché : **2 fr. 25 c.**

La reliure en percaline rouge se paye en sus : tranches jaspées, 1 fr., tranches, dorées 1 fr. 25.

Coulommiers. — Imp. PAUL BRODARD. — 662-95.

CAPITAINE MAYNE-REID

A LA MER !

OUVRAGE TRADUIT DE L'ANGLAIS

PAR Mme HENRIETTE LOREAU

ET ILLUSTRÉ DE 29 VIGNETTES

PAR LEBRETON

NOUVELLE ÉDITION

PARIS

LIBRAIRIE HACHETTE ET Cie

79, BOULEVARD SAINT-GERMAIN, 79

1896

Tous droits réservés.

Description du gréement d'un trois-mâts. (Voir l'explication des lettres et des chiffres à la page suivante.

DESCRIPTION DU GRÉEMENT D'UN TROIS-MÂTS.

MÂTS.

A Misaine.
B Petit mât de hune.
C Petit mât de perroquet.
D Flèche de petit cacatoës.
E Grand mât.

F Grand mât de hune.
G Grand mât de perroquet.
H Flèche du grand perroquet.
I Artimon.
J Mât de perroquet et de fougue.

K Mât de perruche.
L Flèche de cacatoës de perruche.
M Beaupré.
N Boute-hors de foc.
O Martingale de beaupré.

VERGUES.

P Vergue de misaine.
Q Vergue de petit hunier.
R Vergue de petit perroquet.
S Vergue de petit cacatoës.
T Grande vergue.

U Vergue de grand hunier.
V Vergue de grand perroquet.
I Vergue de grand cacatoës.
Y Vergue barrée.
Z Vergue de perroquet de fougue.

a Vergue de perruche.
b Vergue de cacatoës de perruche.
c Gui ou bôme.
d Corne d'artimon.

VOILES.

MAT DE MISAINE.

1 Misaine.
2 Petit hunier.
3 Petit perroquet.
4 Petit cacatoës.
5 Grandes voile sur les cargues.

GRAND MAT.

6 Grand hunier.
7 Grand perroquet.
8 Grand cacatoës.
9 Perroquet de fougue
10 Perruche.

ARTIMON.

11 Cacatoës de perruche.
12 Brigantine.

BEAUPRÉ.

13 Petit foc.
14 Grand foc.
15 Clinc-foc.

A LA MER!

CHAPITRE PREMIER.

Je venais d'avoir seize ans lorsque je m'enfuis de la maison paternelle pour m'engager comme matelot. Ce n'était pas que je fusse malheureux dans ma famille; je quittais, au contraire, des parents affectueux et remplis d'indulgence, des sœurs et des frères qui m'aimaient et qui me pleurèrent longtemps après que je fus parti.

Mais dès ma plus tendre enfance, la mer m'avait toujours attiré, moins par envie d'être marin que pour voyager sur l'Océan, dont je voulais contempler les merveilles. Il fallait que ce vif désir fût inné chez moi, car mes parents étaient loin d'encourager mes dispositions maritimes; ils faisaient même tout ce qui était en leur pouvoir pour me détourner de la carrière que je voulais suivre, et ils me destinaient à une profession tout opposée à la vie que je rêvais; mais les conseils de mon père, les supplications de ma mère furent complétement inutiles; je dirai plus, et je l'avoue à ma honte, ils produisirent un effet diamétralement contraire à celui qu'ils en attendaient: loin d'éteindre en moi cette passion du vagabondage qui me poussait à courir le monde, ils me firent chercher avec plus d'ardeur que jamais tous les moyen possibles d'arriver à mon but. Il en est souvent ainsi chez les natures obstinées, et l'entêtement, quand j'étais jenne, constituait mon principal défaut. L'amour du fruit défendu est, il est vrai, commun parmi les hommes, et peut-être, en ne rêvant qu'à l'objet qui m'était interdit, ressemblais-je à beaucoup d'autres. Toujours est-il qu'en dépit des remontrances de mon père et des efforts qu'il faisait pour me détourner de la marine, toutes mes pensées, toutes mes aspirations étaient dirigées vers l'Océan. Mais personne n'eut jamais autant de motifs que moi de regretter d'avoir désobéi à ses parents: je ne tardai pas à me repentir et à songer avec amertune au chagrin que j'avais causé à tous ceux qui m'aimaient.

Il me serait impossible de me rappeler comment cette passion m'était venue; je la retrouve. dans ma mémoire, unie à mes premiers souvenirs, et comme antérieure à tous les faits qui reviennent à mon esprit. Je suis né au bord de la mer; tout enfant! je m'asseyais à la fenêtre regardant sans cesse les bateaux avec leurs voiles blanches, et suivant des yeux les beaux navires aux mâts élancés qui passaient à l'horizon. Pouvais-je ne pas admirer ces vaisseaux à la fois pleins de force et de grâce? Pouvais-je ne pas désirer d'être à bord de l'un de ces édifices mouvants, qui m'emporterait bien loin sur l'eau transparente et bleue?

Plus tard, j'eus entre les mains des livres qui avaient rapport à la mer; ils m'entretenaient de pays enchantés que l'on trouve sur ces rivages, d'animaux singuliers, d'hommes étranges, de plantes curieuses, de palmiers, de figuiers aux larges feuilles, de bananiers, de baobabs gigantesques, de merveilles sans nombre, qui augmentaient le désir que j'éprouvais de traverser l'Océan. De plus, j'avais un oncle qui était un vieux capitaine de la marine marchande, et qui n'avait pas de plus grand bonheur que de rassembler tous ses neveux autour de lui et de leur raconter ses voyages, que nous écoutions tous avec avidité. Que de longues soirées d'hiver passées au coin du feu à l'entendre avec une émotion toujours nouvelle! car, ainsi que la Shéhérazad des contes arabes, il avait mille et une histoires à nous dire: aventures de terre et de mer, d'ouragans et de naufrages, longues courses en bateaux non pontés, rencontres de pirates combats avec des Indiens,

avec des baleines plus grosses que des maisons,
luttes sanglantes avec les requins, les ours, les
lions, les loups, les crocodiles et les tigres. Mon
oncle avait eu toutes ces aventures, ou du moins
il le disait, ce qui était la même chose pour son
auditoire rempli d'admiration.

Il ne faut pas s'étonner si, après de semblables
récits, la maison paternelle me sembla trop étroite,
la vie quotidienne fastidieuse, et si, ne pouvant
plus résister à la passion qui m'entraînait, je partis enfin un beau jour pour aller vivre en mer.

J'avais alors seize ans, comme je l'ai dit plus
haut. Ce qui m'étonne, c'est que j'aie attendu
jusque-là; mais ce n'était pas ma faute: depuis
que je pouvais parler, j'avais constamment supplié
mon père et ma mère de me laisser embarquer;
ils auraient pu facilement trouver à me caser
d'une manière avantageuse, à me placer comme
apprenti à bord de quelque grand navire faisant
voile pour les Indes, ou à me faire entrer comme
aspirant dans la marine royale, car ils n'étaient
pas sans influence; mais ni l'un ni l'autre n'a-
vaient jamais voulu écouter mes prières.

Persuadé à la fin qu'ils n'y consentiraient pas, je
résolus de m'enfuir et de m'engager sur le premier
vaisseau où l'on voudrait me recevoir. Depuis l'âge
de quatorze ans, je m'étais donc offert maintes et
maintes fois aux navires qui se trouvaient dans

le port voisin, mais j'étais trop jeune, personne ne voulait de moi. Quelques-uns des capitaines auxquels je m'adressai me refusèrent, parce qu'ils savaient que ma famille s'opposait à mon départ. C'était précisément avec ceux-là que j'aurais voulu partir; la conscience dont ils faisaient preuve m'eût assuré de bons traitements: toutefois puis-qu'ils persistaient dans leurs refus, je n'avais pas d'autre ressource que d'aller frapper ailleurs, et je finis par m'arranger avec un homme beaucoup moins scrupuleux, qui m'accepta comme apprenti sans la moindre difficulté. Il savait parfaitement que je me sauvais du toit paternel, et ne m'en ai-da pas moins à exécuter mon projet, en me faisant connaître le jour et l'heure où il s'éloignerait du port.

Je me rendis au navire avec exactitude, et avant qu'on eût pu faire des recherches, avant même que ma disparition eût pu être remarquée, le vais-seau avait déployé ses voiles, et nulle poursuite ne pouvait plus m'atteindre.

CHAPITRE II.

Il n'y avait pas douze heures que j'etais à bord, douze minutes, pour mieux dire, que ma fièvre maritime était complétement guérie; j'aurais volontiers donné ma meilleure dent pour me retrouver sur la terre ferme. A peine avais-je mis le pied sur le vaisseau que le mal de mer s'était emparé de moi, et je me trouvais si malade que je me croyais près de mourir.

Le mal de mer est toujours fort déplaisant, même pour un passager de première classe, bien installé dans une bonne cabine, et entouré des soins du chef qui sympathise à ses souffrances; mais qu'il est bien autrement pénible pour un pauvre garçon isolé comme je l'étais, rudoyé par le capitaine, souffleté par le contre-maître, raillé par l'équipage, et quel équipage! Le navire se serait ouvert que je n'aurais pas même essayé d'échapper à la mort.

Néanmoins, au bout de quarante-huit heures, les vomissements s'arrêtèrent: car il en est de ce triste mal comme de tous les autres, il passe d'autant plus vite qu'il a été plus violent; et deux jours après mon embarquement, je pouvais me lever et parcourir les ponts.

Le capitaine était méchant et bourru, le contre-maître d'une brutalité sans égale, et je n'exagère pas en disant que l'équipage se composait de bandits. A l'exception d'un ou deux hommes qui s'y trouvaient par hasard, je n'ai jamais rencontré une bande de pareils coquins, et le sort a voulu pourtant que je fusse parfois mêlé à d'étranges compagnons.

Non-seulement le capitaine était bourru par nature, mais il devenait féroce quand il avait bu ou qu'il était en colère, et il était bien rare qu'il ne fût pas ivre ou furieux. Malheur à qui l'approchait alors, surtout malheur à moi! car c'était principalement sur les êtres faibles et sans résistance qu'il déchargeait sa rage.

Il était impossible que je ne fisse pas tout d'abord quelque méprise qui m'attirât sa mauvaise humeur, et j'eus bientôt un échantillon de sa cruauté, qui ne se démentit plus à mon égard. Implacable dans ses rancunes, lorsqu'une fois sa colère était éveillée contre quelqu'un, rien au monde ne parvenait à l'apaiser.

C'était un homme trapu, ayant un visage régulier, des joues rondes et grasses, des yeux saillants et le nez légèrement retroussé; une de ces figures que l'on emploie souvent dans les tableaux comme

types de bonhomie, et qui passent pour apparte-
nir à de braves gens, d'une gaîté pleine de fran-
chise, mais qui sont trompeuses. L'expérience m'a
toujours montré, derrière ces masques d'une tri-
vialité joviale, la perfidie la plus cynique s'alliant
au caractère le plus violent et le plus cruel; et
c'était aux mains d'un pareil homme que je m'étais
imprudemment livré!

Le contre-maître était la doublure du capitaine.
dont il faisait l'écho. La seule différence qu'il y
eût entre eux, c'est que le premier ne buvait jamais. Leur liaison n'en était que plus intime. A
jeun quand son chef était ivre, le contre-maître
supportait patiemment les injures que le capitaine
lui adressait alors, et pas la moindre dispute ne
diminuait la cordialité de leur entente; chien cou-
chant du *skipper*[1], dont il léchait les bottes, suivant l'expression des matelots, il renchérissait
encore sur la brutalité de son chef, et quand
celui-ci disait: « Frappe! » il répondait: « Assom-
me! »

Nous avions un troisième officier, mais des plus
insignifiants, qui ne mérite pas qu'on en parle, et
qui se confondait presque avec les hommes d'é-
quipage, sur lesquels il n'exerçait qu'une autorité
fort restreinte.

[1] Capitaine de navire marchand

Il y avait encore un charpentier, grand buveur, dont le nez était rougi et gonflé par le rhum, et qui faisait partie de la société du capitaine; puis un gros nègre effroyablement laid, qui était à la fois cuisinier et commissaire des vivres; hideux personnage, dont l'aspect et la nature étaient assez diaboliques pour lui mériter une place dans les cuisines de l'enfer. Tels étaient les officiers de l'abominable équipage dont je faisais maintenant partie; et c'était pour me trouver à la merci de pareilles gens que je m'étais arraché à la tendre affection de ma famille, à la société de mes amis et de mes frères! Combien je me reprochais ma folie! comme je détestais mon pauvre oncle, ce vieux loup de mer qui m'avait séduit par ses contes fantastiques, dont je maudissais aujourd'hui l'influence! combien je me repentais de l'avoir écouté, d'avoir cédé à mes folles visions! Plût à Dieu que je ne l'eusse jamais connu! je serais encore chez mon père.

Mais à quoi bon le remords? Il arrivait trop tard; il me fallait supporter l'existence que je m'étais faite; c'était moi qui l'avais voulu. Que de temps encore à souffrir! que de longs jours de tortures! que de longues années, plutôt! car je me rappelais que ce misérable capitaine m'avait fait signer un engagement que je n'avais même pas lu, et par lequel, ainsi qu'il me l'avait dit plus

tard, je devais rester cinq ans à bord en qualité
d'apprenti ; cinq ans d'esclavage, cinq ans à la disposition de cette brute infernale, qui pouvait me
gronder, me souffleter suivant son bon plaisir,
me fouetter ou me mettre aux fers, s'il lui en
prenait fantaisie !

Et pas moyen d'échapper à cette perspective
effrayante ! séduit par les visions qui m'attiraient
vers l'Océan, j'avais tout accepté, ma signature en
faisait foi ; j'étais lié sans appel, le capitaine me
l'avait dit et le contre-maître me l'avait confirmé.
Si j'essayais de m'enfuir, je devenais déserteur, et
je serais ramené impitoyablement pour subir la
punition que j'aurais alors encourue ; même un
port étranger ne pouvait me servir d'asile, en
supposant que je pusse m'échapper du navire : j'y
serais bientôt reconnu. Pas d'autre espoir de mettre un terme à cette existence qu'en me jetant à
la mer ou en me pendant au bout d'une vergue.
J'y songeai sérieusement, et le suicide me tenta
plus d'une fois ; mais j'en fus détourné par les principes religieux qui m'avaient été donnés dès l'enfance, et qui me revenaient à l'esprit au milieu de
ces épreuves.

Il me serait impossible de détailler les cruautés
sans nombre, les indignités révoltantes dont j'étais
accablé ; mon existence n'était qu'une série de mauvais traitements ; jusqu'au sommeil dont j'avais

tant besoin, et qui m'était refusé! Je ne possédais
ni matelas, ni hamac; j'étais venu à bord n'em-
portant que les habits dont j'étais couvert; ma
veste d'école et ma casquette. J'étais sans argent
et sans bagage, n'ayant pas même l'équipement du
fugitif : le paquet dans un mouchoir de poche au
bout d'un bâton, encore moins un hamac, et pas
d'endroit où me coucher. Tous les cadres étaient
pris, la plupart avaient deux occupants; les matelots
qui étaient seuls ne voulaient pas de compagnon, et
ces gens sans cœur étaient si durs qu'ils ne me
permettaient pas de reposer sur les coffres qui
étaient rangés devant leurs cadres, et qui occupaient tout l'espace; je n'avais pas même le droit
de m'étendre sur le plancher; d'ailleurs il était
souvent mouillé par le lavage, ou, pis encore, par
des crachats nombreux. Il y avait bien un coin
du pont où j'avais la chance de n'être pas dérangé,
mais il y faisait si froid que je ne pouvais pas y
rester. Je n'avais pour couverture que mes habits
fort minces, presque toujours imbibés d'eau; je
grelottais sans pouvoir dormir, et je revenais m'é-
tendre sur l'un des coffres du gaillard d'avant,
d'où le propriétaire me jetait brutalement sur le
plancher, bien heureux quand il ne me renvoyait
pas sur le pont.

Ajoutez à cela que je travaillais continuellement
la nuit tout aussi bien que le jour, et il n'y avait

pas de sale besogne qui ne me fût imposée. Je
n'étais pas seulement l'esclave des officiers : chaque homme de l'équipage se croyait le droit de
me donner des ordres, jusqu'à Boule-de-Neige,
l'affreux nègre, qui, du fond de la cambuse, me
commandait avec arrogance, tout fier qu'il était
d'avoir un blanc à son service. J'étais le cireur
de bottes du capitaine et des contre-maîtres, le
rinceur de bouteilles du cuisinier et le valet de
tous les matelots; triste rôle que la plupart des
mousses ont à remplir, surtout quant ils se sont
engagés eux-mêmes, ainsi que je l'avais fait. Oh!
j'étais bien puni de ma désobéissance, bien guéri
de ma passion pour la mer.

CHAPITRE III.

Je subis longtemps sans rien dire cette affreuse
existence. A quoi bon me plaindre? A qui d'ailleurs
pouvais-je parler de ma misère? Je n'avais personne à implorer, personne qui voulût prêter
l'oreille à mes paroles; tout le monde, autour de
moi, était indifférent à mes souffrances, ou du

moins paraissait l'être, puisque personne n'essayait d'en alléger le fardeau, ou même de parler en ma faveur.

A la fin, cependant, une circonstance imprévue me fit en quelque sorte le protégé de l'un des matelots, qui, s'il ne pouvait rien contre les brutalités du capitaine, était du moins assez fort pour faire cesser à mon égard les indignités dont ses pareils m'accablaient journellement. Cet homme s'appelait Ben Brace¹. J'ignore si c'était son véritable nom, ou s'il l'avait pris en mer; toujours est-il que je ne lui en ai jamais connu d'autre, et que c'était sous le nom de Ben Brace qu'il était porté sur le livre de bord. Du reste, il n'est pas rare de voir des matelots s'appeler Tom Bowline², Bill Buntline³, etc., noms de famille que leur ont transmis une longue série d'aïeux, simples matelots comme ils le sont eux-mêmes.

Mon protecteur s'appelait donc Ben Brace, et, bien qu'un autre ait rendu ce nom fameux, je le lui conserve par amour pour la stricte vérité. Ce n'est certainement pas mon mérite qui m'attira la protection de Ben; ce ne fut pas davantage l'effet d'une tendre sympathie : son cœur avait depuis

---

1 Cordage amarré au bout de la vergue.

2. Bouline, corde qui sert à tendre la voile et à la porter de côté pour courir dans la direction du vent.

3. Cargues-fonds, cordes amarrées au bas de la voile.

longtemps perdu cette sensibilité qui s'émousse
au contact des misères affreuses que l'on rencontre; il avait d'ailleurs supporté lui-même d'odieux
traitements, dont l'injustice l'avait endurci à l'é-
gard des autres; et si, à l'époque où je l'ai connu,
ses manières étaient rudes et son humeur farouche, c'est à ce qu'il avait souffert qu'il fallait l'attribuer; car on trouvait en lui ce fonds de bienveillance et de bonté qui appartient à la plupart
des hommes.

C'était un beau loup de mer que Ben Brace, le
meilleur matelot qui fût à bord, de l'aveu même
de tous ses camarades, bien qu'il ne fût pas sans
un ou deux rivaux. Il fallait le voir, à l'approche
de la rafale, escalader les haubans pour carguer
une voile de perroquet, sa belle chevelure épaisse
et frisée flottant derrière lui, et laissant voir sur
ses traits énergiques cette expression à la fois
pleine de calme et d'audace qui semblait défier la
tempête. Il était grand et bien proportionné, sou-
ple et nerveux plutôt que robuste, et avait la tète
couverte d'une masse énorme de cheveux bruns;
car il était jeune, et l'âge n'avait encore ni éclairci
ni pâli cette chevelure opulente. Sa figure, hâlée
par le vent et le soleil, était loyale et bonne, en
dépit de sa rudesse, et, bien que ce fût étrange
pour un marin, qui n'a guère le temps de se raser,
il ne portait ni barbe ni moustache; il aimait, di-

sait-il, qu'on eût la figure propre, et la sienne en
fournissait la preuve. Ce n'est pas qu'il fût l'un
de ces fashionables de bord que l'on voit en belle
jaquette bleu de ciel, à collet de fantaisie; jamais,
au contraire, il ne portait, même les jours de fête,
qu'une chemise de Guernesey bleu foncé, juste au
corps, et dessinant les proportions heureuses de
son buste et de ses bras. Un statuaire aurait ad-
miré la ligne hardie et pure de son cou, sa poitrine large et pleine, qui malheureusement, comme
celle de tous les matelots, était défigurée par le
tatouage; on y voyait, de même que sur ses bras
nerveux, les hiéroglyphes que l'on rencontre en pareille circonstance : une ancre, deux cœurs réunis
et percés d'une flèche, deux BB accompagné de
nombreuses initiales, et, sur le côté gauche de la
poitrine, une figure de femme grossièrement des-
sinée par des lignes de points bleus, ayant l'intention de représenter quelque Sallie aux yeux
noirs, ou quelque Suzanne de la côte d'Angleterre.

Tel était mon ami Ben Brace, et voici à quelle
occasion il devint mon protecteur.

Peu de temps après mon arrivée à bord, j'avais
découvert avec surprise que plus de la moitié de
l'équipage était composée d'étrangers. Cela m'é-
tonna beaucoup; j'avais toujours pensé qu'un navire anglais était monté par des matelots nés dans

les trois royaumes, et il se trouvait que les trois
quarts des hommes de *la Pandore*, c'est ainsi qu'on
appelait notre vaisseau, appartenaient à des nations différentes. Il y avait des Français, des Espagnols, des Portugais, des Hollandais, des Suédois,
des Américains, des Italiens; on aurait dit que
chaque peuple maritime s'était fait représenter,
dans cette réunion de bandits, par le plus affreux
sacripant qu'il eût pu trouver parmi ses membres.
Des quarante individus qui formaient l'équipage
de *la Pandore*, je ne fais d'exception qu'en faveur
de Ben Brace et d'un Hollandais qui n'avait aucune
malice, pauvre homme dont l'existence était bien
malheureuse.

Au nombre des Américains était un nommé Bigman[1], qui mérite une mention particulière. Son
nom lui allait à merveille : c'était un homme gras
et trapu, grossier de corps et d'esprit, au visage
féroce, couvert d'une barbe qu'un pirate aurait
pu envier. Du reste, j'ai su plus tard qu'elle appartenait effectivement à un écumeur de mer.

Bigman était d'humeur querelleuse, et, chaque
fois qu'il trouvait moyen de chercher noise à quelqu'un, il n'y manquait jamais; c'était d'ailleurs
un homme courageux, bon marin, et l'un des
deux ou trois individus qui se partageaient, avec

1. Gros homme.

Il se précipita vers Bigman et lui appliqua sur le menton un coup de poing à la John Bull. (Page 23.)

Ben Brace, le droit de battre les autres et de re-
dresser les torts. Il est inutile d'ajouter qu'ils
étaient nécessairement rivaux, et que le préjugé
national était au fond des sentiments qu'ils nour-
rissaient l'un contre l'autre. C'est à leur rivalité
que je dus la protection de Ben Brace.

J'avais, sans le vouloir, fait quelque chose qui
avait blessé l'Américain, je ne me rappelle plus
à quel propos, mais c'était une bagatelle; toujours
est-il que Bigman se tenait pour offensé et me faisait expier mon tort de mille manières. Il en vint
même un jour à me frapper au visage; Ben était
présent; il sentit son cœur bondir en voyant cet
acte de violence d'autant plus cruel qu'il était im-
mérité, et sautant de son hamac, où il se trouvait
alors, il se précipita vers Bigman et lui appliqua
sur le menton un coup de poing à la John Bull.

L'Américain chancela et vint tomber contre l'un
des coffres qui se trouvaient derrière lui; mais,
se remettant aussitôt, il monta sur le pont suivi
de mon défenseur, et tous les deux se boxèrent au
milieu des matelots attentifs, pour lesquels ce combat était plein d'intérêt. Quant aux officiers, ils ne
s'interposèrent ni les uns ni les autres. Le contre-
maître s'approcha, mais non pour empêcher la
lutte, qui semblait au contraire lui offrir un spectacle assez divertissant; et le capitaine demeura
sur le tillac, sans s'inquiéter de la manière dont

tout cela finirait. Cette absence de discipline m'é-
tonna bien un peu ; toutefois, il se passait chaque
jour tant d'autres choses surprenantes à bord de
la Pandore, que je ne m'y arrêtai pas

Le combat dura longtemps, mais il se termina
comme il arrive toujours quand une partie de
boxe est engagée entre un Anglais et un Américain : Bigman fut affreusement bourré de coups,
et la partie de son visage qui n'était pas couverte
de barbe devint d'un bleu noirâtre sous les poings
fermés de son rude antagoniste ; à la fin il tomba
sur le pent comme un bœuf à l'abattoir, et fut
obligé de reconnaître que son adversaire l'avait
battu.

« Assez pour aujourd'hui, n'est-ce pas? s'écria
Ben en lui donnant le coup final. Eh bien, je te le
dis, si tu touches encore l'enfant du bout des
doigts, je t'en servirai plus du double; tiens-toi
pour averti. Ce garçon-là est Anglais tout comme
moi, et il en supporte assez de la part des autres
sans être insulté par un fils de Peau-Rouge ; sou-
viens-toi de mes paroles. Et vous tous, tant que
vous êtes, ajouta Ben en regardant ses camarades, ne le touchez pas, ou c'est à moi que vous
aurez tous affaire. »

Personne depuis lors ne porta plus la main sur
le protégé de Ben ; le châtiment de Bigman avait
produit son effet, et mon existence devint plus to-

lérable. Toutefois mon nouvel ami, assez puissant pour mettre un frein aux brutalités de l'é-
quipage, ne pouvait rien contre les officiers, et
j'avais toujours le capitaine, le contre-maître et
le charpentier pour tourmenteurs

CHAPITRE IV.

Ma position, néanmoins, s'était bien améliorée;
j'avais maintenant ma part entière de pâté, de
lobscous, de plum-duff; je n'étais plus mis à la
porte du gaillard d'avant. on me permettait même
de dormir sur un coffre, et l'un des hommes de
l'équipage, voulant gagner l'estime de Ben, me fit
présent d'une vieille couverture; un autre me
donna un couteau orné d'une ficelle en guise de
chaîne, pour le suspendre à mon cou; bref, chacun y contribuant, je fus bientôt équipé, et grâce
à l'influence du patronage de Ben, je ne manquai
plus de rien.

Je ressentis une vive reconnaissance des brimborions qui m'étaient donnés, bien qu'ils me vins-
sent, pour la plupart, d'individus qui ne m'avaient

épargné ni les coups de pied, ni les soufflets;
mais je n'ai jamais eu de rancune, et, dans l'iso-
lement où je me trouvais alors, il m'était bien facile de pardonner à ceux qui me faisaient quelques avances; j'avais d'ailleurs beaucoup souffert
de la privation des objets dont on venait de me
faire cadeau, et je ressentais une joie réelle d'en
être enfin pourvu. On ne s'embarque jamais sans
vêtements de rechange; on est muni d'assiettes,
d'un couteau, d'une fourchette, d'un gobelet, en
un mot, de tout ce qui est nécessaire; mais, dans
l'empressement que j'avais mis à fuir la maison
paternelle, je n'avais songé à me pourvoir d'aucun
des objets les plus indispensables; j'étais parti
les mains vides, sans même enporter de chemise.

J'avais donc été dans un affreux embarras jusqu'au moment où Ben Brace avait battu mon
agresseur, et changé ma position par le patronage qu'il m'avait accordé; aussi lui en avais-je
une profonde gratitude. Mais bientôt un nouvel
incident accrut ma reconnaissance plus que je ne
saurais vous le dire, et parut augmenter l'affection que mon protecteur ressentait à mon égard.

L'incident que je vais raconter ava.t souvent eu
lieu avant que j'en fusse le triste héros, et probablement il se renouvellera jusqu'à ce que des lois
plus sages aient réglé le service de la marine du

commerce, et posé des limites au pouvoir trop absolu dont jouissent aujourd'hui les capitaines des vaisseaux marchands. Il est certain que la plupart des skippers s'imaginent pouvoir infliger les traitements les plus cruels à tous les malheureux qu'ils emploient, et qu'ils le peuvent en effet, sans avoir la moindre punition à encourir à propos de la conduite barbare qu'ils ont envers leur équipage; leur brutalité n'a d'autre limite que la patience et la résignation de leurs victimes. En général, ceux qui, parmi les matelots, ont un caractère indépendant, une humeur audacieuse, n'ont rien à craindre de l'arbitraire des officiers. qui reconnaissent leurs droits et qui leur accordent des priviléges. Mais les natures faibles et timides ont énormément à souffrir quand elles se trouvent sous la domination d'un capitaine brutal; et, je le dis avec regret, il en existe beaucoup de cette espèce parmi les skippers de la marine anglaise.

On ne peut se figurer la somme de souffrances qui peut être subie en pareil cas; la vie des mousses, des matelots novices, des vieux marins eux-mêmes qui ne savent point résister à cette odieuse tyrannie, est vraiment insupportable : forcés de travailler sans cesse, accablés de fatigue jusqu'à pouvoir en mourir, flagellés pour la moindre faute, et parfois sans motifs, ils sont traités en esclaves par un maître qui ne s'intéresse même pas à leur conservation.

Le châtiment qu'on leur inflige, si toutefois on peut appeler de ce nom les coups donnés à un homme qui ne les a pas mérités, est souvent assez grave pour mettre en danger la vie du malheureux qui est contraint de le subir; il n'est pas très-rare qu'une mort immédiate en soit la conséquence, et il résulte dans presque tous les cas des germes de maladies qui prennent plus tard un développement fatal.

Chacun admet que l'autorité d'un capitaine de vaisseau doit être plus étendue que celle d'un chef d'usine ou du directeur d'une entreprise quelconque; la sûreté du navire en dépend; on l'a répété sur tous les tons, et personne ne le conteste. Mais ce n'est pas la nature du pouvoir accordé au capitaine qui a jamais fait l'objet des réclamations élevées à cet égard, c'est l'absence de responsabilité relativement à l'emploi de ce pouvoir sans limite, l'absence de lois pénales suffisantes pour réprimer les abus qui en déroulent.

Jusqu'ici, la peine encourue en pareille circonstance n'a jamais été appliquée, ou bien s'est trouvée tellement disproportionnée au crime qu'elle était destinée à punir, que, loin de servir d'exemple aux autres, elle les a confirmés dans cette idée qu'ils n'étaient pas responsables des actes de

violence commis par eux à bord. En outre, le capitaine, appuyé par ses contre-maîtres, protégé à
la fois par son argent et par la terreur qu'il in-
spire à l'équipage, principalement à ceux qui ont à
se plaindre de lui, peut toujours donner un démenti à la victime de sa cruauté, victime qui elle-
même n'ose pas dénoncer le fait dont elle a eu à
souffrir, dans la crainte de ne pas obtenir justice
et d'avoir plus tard à expier cette démarche im-
prudente. Souvent aussi la joie de se retrouver à
terre, de revoir sa famille, ses amis, de se sentir
délivré de ses tourments, fait perdre de vue tous
les projets de vengeance que l'on avait formés à
bord, et le malheureux qui avait résolu de porter
plainte laisse repartir son bourreau sans l'avoir
fait punir.

L'histoire de l'émigration abonde en faits odieux
de toute espèce dont les pauvres exilés furent victimes en se rendant au désert. Que de récits na-
vrants, de chapitres douloureux ne pourrait-on
pas écrire sur les indignités auxquelles ces inno-
centes créatures ont été soumises de la part de
ceux qui devaient, au contraire, les protéger et les
soutenir ! Il est à regretter que les gouvernements
n'agissent pas à cet égard d'une manière plus
énergique, et ne veillent pas avec plus de sollicitude sur l'infortuné à qui la misère fait chercher
une nouvelle patrie.

De bonnes lois qui restreindraient l'arbitraire des capitaines de navires marchands seraient d'autant plus utiles, qu'en dehors de l'autorité qu'ils exercent dans leurs navires, les skippers sont généralement honnêtes et ne manquent pas d'humanité. C'est parce que leurs pouvoirs sont mal définis, parce qu'ils savent qu'ils n'auront pas à répondre de leurs actes, qu'ils abusent de leur position ; et, ne connaissant d'autres règles que leur bon plaisir, ils ne tardent pas à suivre la pente commune à tous les hommes, et finissent par devenir des tyrans de la pire espèce.

On a fait depuis peu, il est vrai, quelques exemples salutaires, et l'un de ces capitaine inhumains, qui l'avait certes bien mérité, fut même condamné au dernier supplice ; mais il est à craindre que l'on ne retombe dans l'indifférence accoutumée, et que la tyrannie du skipper et de son contre-maître ne continue comme autrefois à faire de nombreuses victimes.

Les observations qu'on vient de lire n'étaient pas même applicables à l'incident qui me concerne ; les démons qui me torturaient n'en auraient pas moins exercé leurs cruautés en dépit des tribunaux les plus sévères : ils vivaient en dehors de toutes les lois divines ou sociales, et ne connaissaient ni le remords du crime, ni l'appréhension du châtiment qu'il entraîne. On verra

par le fait suivant qu'ils se faisaient un jeu de
m'exposer à la mort.

CHAPITRE V.

L'une des choses les plus pénibles pour celui
qui débute dans la carrière maritime est l'obliga-
tion où il se trouve de monter en haut des mâts.
Si le capitaine avait la moindre bienveillance, il
permettrait au novice de vaincre peu à peu le
vertige dont il est saisi en gravissant les haubans,
et commencerait par ne l'envoyer qu'aux étages
inférieurs, tout au plus au mât de hune ; il lui
donnerait le temps d'habituer ses mains et ses
pieds aux cordages qui doivent lui servir d'appui,
et le laisserait passer un certain nombre de fois
par le trou du chat, au lieu de le forcer à descendre par les haubans de revers.

La pratique ne tarderait pas à le délivrer du
vertige ; et, lui interdisant alors le passage du
trou du chat, on l'enverrait par degrés jusqu'au
perroquet volant et à la pomme de girouette, sans
qu'il y eût pour lui ni terreur ni péril ; c'est ainsi

que, du reste, agissent les capitaines qui ont une
certaine humanité.

Mais, hélas! il y en a bien peu qui soient assez
bons ou assez prudents pour y songer. Que de
pauvres élèves, en mettant le pied pour la première fois sur le pont du navire, sont envoyés
aux grandes vergues de perroquet, plus haut encore, s'il est possible! et combien d'entre eux ont
été victimes de cet ordre cruel, qui, dans tous les
cas, les soumet à une affreuse torture!

Quinze jours s'étaient écoulés depuis mon départ de la terre ferme, et le capitaine ne m'avait
pas encore adressé le mot *aloft*[1]. Si j'avais esca-
ladé les premiers haubans, c'était moi qui l'avais
bien voulu, parce j'avais le désir de m'habituer à
grimper aux cordages; avant de monter sur *la
Pandor*, je n'avais jamais dépassé les branches de
nos pommiers, et je comprenais la nécessité d'apprendre le plus tôt possible à me mouvoir avec ai-
sance au milieu de tous les agrès du navire.

Malheureusement, je n'avais pas eu l'occasion
d'exercer ma bonne volonté; une ou deux fois
j'avais grimpé aux enfléchures, et, passant par le
trou du chat, j'étais arrivé jusqu'à la grande lune,
expédition qui m'avait paru assez glorieuse, car
le vertige m'avait saisi plus d'une fois pendant

1. En haut

que je l'accomplissais; j'aurais poussé plus loin mon escalade, mais la voix du capitaine ou celle du contre-maître m'avait toujours rappelé sur le pont, où ils m'ordonnaient, en jurant, de frotter leur cabine, de nettoyer le tillac, de cirer leurs bottes, ou de me livrer à quelque autre occupation du même genre.

Je commençais à m'apercevoir que mon ivrogne de commandant n'avait nulle intention de m'enseigner la moindre des choses qu'un marin doit apprendre, et qu'il m'avait engagé tout simplement pour me transformer en esclave à tout faire, bon à recevoir les coups de pied de tout le monde, et particulièrement les siens.

Cette détermination du capitaine, qui devenait chaque jour de plus en plus évidente, me causait un vif chagrin; non pas que je voulusse alors rester dans la marine : si j'avais pu à cette époque me retrouver en Angleterre, il est probable que jamais je n'aurais remis le pied sur le pont d'un vaisseau; mais je savais que nous étions partis pour faire un long voyage. Combien devait-il durer? c'est ce que je ne pouvais dire; et, en supposant qu'il me fut possible de déserter de *la Pandore*, projet que je nourissais au fond du cœur, que deviendrais-je en pays étranger, sans amis, sans argent, sans rien savoir, ni du commerce, ni d'autre chose? Comment vivrais-je, et par quel

moyen revenir en Angleterre ? Si j'avais au moins
su mon métier de matelot, j'aurais pu offrir mes
services pour payer mon passage, afin de rentrer
dans ma famille. J'étais incapable de le faire, et
voilà pourquoi je regrettais si vivement de ne pas
savoir ce qu'en définitive j'étais convenu d'apprendre.

J'ignore d'où me vint cette audace, mais un
matin j'en parlai au capitaine, et je lui reprochai,
avec toute la délicatesse dont j'étais susceptible,
de ne pas remplir les conditions de mon brevet
d'apprentissage. Pour toute réponse, je fus immédiatement jeté sur le dos, accablé de coups de
pied qui me marquetèrent de taches bleues ; et le
seul résultat de mon imprudence fut d'être encore
plus maltraité que je ne l'étais auparavant.

Moins que jamais il m'était permis de gravir
aux cordages et de m'exercer à la pratique des
manœuvres. Une fois cependant, au lieu de m'entendre crier : *à bas !* on m'ordonna d'aller en
haut ; et je puis dire que j'en eus ce jour-là beaucoup plus que je ne l'aurais voulu.

Profitant de l'heure où je pensais que le contre-
maître et le capitaine faisaient la sieste, j'étais
monté jusqu'à la grande hune.

Quiconque a jeté les yeux sur un navire dont
le gréement est complet, a dû remarquer, à une
certaine hauteur au-dessus du pont, une plate-

forme qui entoure le grand mât; si c'est un grand vaisseau, la même chose existe au mat de misaine et à celui d'artimon. Cette plate-forme s'appelle hune; elle a pour objet de tendre les échelles de corde appelées haubans, qui partent de son bord extérieur, et vont se fixer à la tête du mât qui s'élève au-dessus d'elle. Un navire ou une barque a trois mâts ; le mât de misaine, qui est à l'avant; le grand mât, qui se dresse au milieu, et le mât d'artimon, qui est à l'arrière. Mais chacun de ces mâts se divise en plusieurs parties, c'est-à-dire en plusieurs mâts qui portent des noms différents dans le vocabulaire du marin : pour celui-ci, le grand mât n'est pas l'ensemble de cette énorme perche qui se dresse au milieu du navire, et qui s'élève jusqu'aux nuages, le grand mat se termine un peu au-dessous de la plate-forme que nous venons de mentionner, et qui, par ce motif, se nomme la grande hune; là commence un autre mât tout à fait distinct de celui qui le supporte, dont la longueur est à peu près égale à celle du précédent, mais qui est plus mince, et qui s'appelle mât de la grande hune; un troisième est superposé à celui-ci au moyen de barres qui le soutiennent; il est plus court, plus mince que le mât de hune, et s'appelle mât de perroquet; il supporte à son tour, et de la même façon, le mât de cacatois, seulement en usage sur

les plus grands vaisseaux; l'extrémité du cacatois est ordinairement couronnée d'une pièce de
bois circulaire nommée pomme de girouette ou
de pavillon, et qui est le point le plus élevé du
navire.

Les mâts de misaine et d'artimon sont divisés
de la même manière : seulement celui-ci est plus
court que les autres; il porte rarement des voiles
de perroquet, et plus rarement encore des voiles
de cacatois.

J'ai donné cette explication afin que vous puis-
siez comprendre qu'une fois à la grande hune,
j'étais bien loin d'être arrivé à la plus grande élévation qu'on pût atteindre sur le navire, mais
seulemeut à la plate-forme qui couronne le grand
mât, tel que l'entendent les marins.

La grande hune est souvent nommée le *berceau*
par les hommes de l'équipage. et avec assez de
raison, car un navire dont le vent gonfle les voiles est fortement bercé d'un côté à l'autre ou de
l'avant à l'arrière, d'après les mouvements qui
lui sont imprimés. Le berceau est l'endroit le plus
agréable du navire pour celui qui aime la solitude; vous ne voyez plus sur le pont, à moins de
regarder par-dessus le bord ou de vous incliner
vers le trou du chat, dont j'ai parlé plus haut; et
le bruit des voix, qui vous arrivent à peine, se
confond avec celui du vent qui sifile au milieu des

cordages ou qui tambourine sur les voiles. Mon
plus grand bonheur était de passer quelques minutes dans cet endroit solitaire ; le cœur soulevé
par l'horrible compagnie à laquelle je m'étais si
imprudemment associé, dégoûté des blasphèmes
continuels qui frappaient mes oreilles, j'aurais
donné tout au monde pour que chaque jour il me
fût permis de rester quelques instants dans ce
berceau aérien ; mais je n'avais pas de loisir, car
mes tyrans ne me laissaient ni repos ni trêve.
Le contre-maître surtout paraissait prendre plaisir
à me tourmenter sans cesse ; il découvrit ma pré-
dilection pour la grande hune, et décida que, de
tous les endroits du navire, ce serait précisément
celui où je ne m'arrêterais pas.

Toutefois, un jour, persuadé que le capitaine et
le contre-maître étaient allés dormir, je saisis
cette occasion pour monter à mon berceau favori ; j'allongeais mes membres fatigués sur les
planches de la hune, et j'écoutais les soupirs du
vent qui se mêlaient à ceux des vagues ; une brise
pleine de douceur rafraîchissait mon front, et
malgré le danger qu'il y avait à s'endormir sur
cette plate-forme dont rien n'entourait les bords.
Je fut bientôt dans le royaume des songes.

CHAPITRE VI.

Mes rêves n'étaient nullement agréables, et la chose est facile à comprendre ; le cœur accablé de regrets, ployant sous les injures et les dégoûts qui remplissaient ma vie, le corps épuisé des fatigues d'un labeur incessant, il n'était pas possible que je pusse faire de beaux rêves.

Toutefois, les miens devaient être d'une bien courte durée ; il n'y avait pas cinq minutes que j'étais endormi, lorsque je fus brusquement réveillé, non par une voix qui m'appelait, mais par une sensation cuisante d'un instrument que les matelots appellent *un bout de corde*, et qu'une main vigoureuse m'appliquait sur la hanche.

Un premier coup avait suffi pour me faire bondir, et j'étais sur pied lorsque la main du bourreau se releva pour frapper une seconde fois ; la promptitude avec laquelle j'avais bondi empêcha la corde de m'atteindre, et quelle ne fut pas ma surprise en reconnaissant Bigman dans celui qui m'avait réveillé !

Je savais qu'il était fort disposé à me frapper ;

il nourrissait contre moi une rancune implacable, et, si j'avais été seul avec lui dans un endroit écarté, je n'aurais pas été surpris de le voir m'assommer tout à fait ; mais depuis la correction que Ben lui avait infligée, il était muet comme une souris ; et bien que, à vrai dire, son visage devint plus sombre toutes les fois qu'il venait à me rencontrer, je n'avais eu depuis lors à subir de sa part ni injures ni mauvais procédés.

Comment osait-il m'attaquer en cet instant où Ben devait être sur le pont ? Qui avait pu le faire changer ainsi de conduite ? Avais-je, sans le vouloir, offensé mon protecteur, qui m'abandonnait tout à coup à la vengeance de cet affreux bandit ? Bigman s'était-il imaginé que personne ne pourrait le voir de l'endroit où nous étions placés ? Mais non, cette idée ne lui était pas venue, car je pouvais crier, me faire entendre de Ben, ou tout au moins lui raconter plus tard cette odieuse agression, qu'il ne manquerait pas de venger.

Toutes ses pensées traversèrent mon esprit en une seconde ; elles avaient à peine rempli l'intervalle que le bourreau avait mis entre le second et le troisième coup qui m'était destiné, car le bout de corde s'était relevé de nouveau. Je lui échappai d'un bond, et, me précipitant vers le mât, je regardai par le trou du chat si j'apercevais Ben. Je ne vis pas mon protecteur, et j'allais

l'appeler, quand mes yeux rencontrèrent deux
individus qui, debout sur le tillac, avaient la tête
evée et regardaient la grande hune. La voix ex-
pira sur mes lèvres : je venais de reconnaître la
face ronde et jubilante du skipper, flanquée du
visage féroce du contre-maître ; il n'y avait pas à
s'y méprendre, Bigman et moi nous étions leur
point de mire ; c'était l'horrible traitement qu'ils
me faisaient infliger qui allumait les regards
du capitaine et qui donnait ce rictus de bête fauve
à son affreux coadjuteur.

L'attaque imprévue de l'Américain, son audace,
tout m'était expliqué : c'était pour les autres, non
pour lui, qu'il s'agissait ; à voir le capitaine, son
attitude et celle du contre-maître, il était évident
qu'ils assistaient à l'exécution des ordres qu'ils
lui avaient donnés ; et, à l'expression infernale
qui éclatait sur leurs figures, il m'était facile de
comprendre qu'ils me réservaient quelque nouveau supplice.

A quoi bon appeler Ben ? Sa force ne pouvait
rien en pareil cas. S'il avait osé me défendre, élever seulement la voix en ma faveur, ces hommes
qui me faisaient battre pour leur bon plaisir
pouvaient le faire mettre aux fers, et s'il était
venu à mon secours, ils avaient le droit de le tuer,
la loi était pour eux.

Il n'aurait pu qu'assister à mon supplice ; il valait mieux lui en épargner la vue et ne pas l'exposer à lutter avec ses supérieurs; je gardai donc le silence et j'attendis les ordres qui allaient être donnés; mon incertitude ne fut pas longue.

« Damné lourdaud, chien de paresseux! s'écria le contre-maître; réveille-le à coups de corde, Yankee. Ronfler en plein jour! Frappe encore, encore! fais-le chanter, mon brave!

— Non, interrompit le capitaine; fais-le grimper, Yankee; conduis-le tout en haut; il aime à s'élever, il veut être marin; qu'il apprenne le métier!

— Parfait! répondit le contre-maître en ricanant, parfait! C'est lui qui l'a voulu; faisons-lui prendre l'air; courage, Yankee, fais-le grimper, mon brave! »

Bigman se tourna vers moi la corde levée, et m'ordonna de monter.

Je ne pouvais qu'obéir; posant les pieds sur les haubans du mât de hune, je saisis les enfléchures à pleines mains, et je commençai ma périlleuse ascension.

CHAPITRE VII.

Je franchissais les degrés d'un pas nerveux, lentement et par saccades, recevant un coup de corde
à chaque fois que je m'arrêtais; Bigman frappait
avec rage; il cherchait à me faire souffrir le plus
possible et parvenait à son but, car les nœuds de
la corde me causaient une vive douleur; je n'a-
vais pas d'autre alternative que d'avancer ou de
me soumettre à cet affreux supplice, et je continuai à gravir les haubans.

J'atteignis les barres du mât de la grande hune,
j'y posai les pieds; qu'elle effroyable chose que
de regarder bas! je n'apercevais que l'abîme. Les
mâts inclinés par le vent étaient loin d'avoir
conservé leur position verticale; j'étais suspendu
au milieu des airs et je ne voyais partout que des
vagues qui scintillaient au-dessous de moi.

« Plus haut, plus haut! » cria l'Américain en
agitant sa corde.

Plus haut! mon Dieu! mais comment faire? Au-
dessus de ma tête se dressèrent les cordages du
perroquet; mais pas d'enfléchures; pas d'anneaux

où l'on pût mettre le pied, rien que les deux cordes noires et tendues qui convergeaient vers l'extrémité du mât. Comment faire pour le franchir, cela me paraissait impossible.

La brute qui me suivait me frappait les jambes.

Mais l'hésitation même ne m'était pas permise; la brute qui m'avait suivi jusque-là me frappait les jambes à coups redoublés et me menaçait, avec des jurons atroces, de ne pas me laisser un pouce de chair sur le corps, si je n'avançais immédiatement.

J'essayai donc, et, me plaçant entre les cordes, je montai en me hissant à grand'peine jusqu'à la vergue de perroquet, où je m'arrêtai sans pouvoir aller plus loin ; j'étais à bout d'haleine, et c'est tout au plus s'il me restait assez de forces pour me retenir au cordages.

Le mât de cacatois se dressait encore au-dessus de ma tête, et j'avais à mes pieds la face menaçante de Bigman, qui eut un sourire de triomphe en voyant mon agonie.

« Plus haut ! criaient toujours le capitaine et le contre-maître ; plus haut, Yankee ! reste encore le catacois !

Je crus entendre la voix de Ben crier à son tour : « Assez, assez ! vous voyez bien qu'il est en péril ! »

Je jetai un regard oblique vers le pont, tous les matelots étaient sur le gaillard d'avant ; ils me parurent se quereller, sans doute à propos de moi ; j'étais trop ému pour y faire attention, et mon bourreau d'ailleurs ne m'en donna pas le temps.

« Allons, allons ! cria-t-il, monte, où, mille sabords ! je te fais crever à coups de corde ; grand lâche, vas-tu monter ? sacrrr.... »

L'instrument de torture retomba sur mes reins avec plus de violence que jamais.

C'est une chose périlleuse, même pour celui
qui a l'habitude de monter aux cordages, que d'atteindre la vergue de cacatois d'un grand navire;
mais pour l'apprenti qui débute, c'est tenter l'impossible; je n'avais pour y arriver qu'une corde
lisse, n'offrant pas même un nœud pour me servir d'appui; il me fallait traîner le poids de mon
corps de mes mains épuisées.... perspective effroyable! mais après cela je n'aurais plus rien à
franchir; une fois que je serais parvenu à l'extrémité du dernier mât, mes bourreaux seraient
probablement satisfaits; d'ailleurs je n'avais pas
à choisir, et, le désespoir aidant, je saisis la corde
et je continuai mon ascension.

J'étais à moitié chemin, j'allais atteindre la vergue, un peu plus et je pouvais la saisir, quand la
force m'abandonna complétement; le vertige s'empara de ma tête, mon cœur défaillit, mes doigts
lâchèrent la corde, et je me sentis tomber.... tomber et perdre haleine sans pouvoir respirer.

Toutefois je conservai ma connaissance; je
voyais l'abîme; j'étais persuadé que j'allais être
noyé, si je ne me brisais pas à la surface de l'eau;
j'atteignis les vagues, je me sentis enfoncer profondément dans la mer; il me sembla néanmoins
que je n'y étais pas arrivé directement du cacatois : j'avais une idée confuse d'avoir rencontré
dans cette horrible descente quelque chose qui en

avait changé la direction. Je ne me trompais pas,
comme je l'appris ensuite : j'étais d'abord tombé
sur la grande voile qui, gonflée par une forte
brise, m'avait renvoyé comme une balle, et qui,
en atténuant la violence du choc, m'avait sauvé
d'une mort certaine ; au lieu de me précipiter la
tête la première, comme cela m'était arrivé
au moment où j'avais lâché la corde, j'avais fait
la culbute en rencontrant la voile, et c'est par les
pieds que je m'enfonçais dans l'eau. Tous ces détails m'ont été donné plus tard par une personne
qui avait suivi tous mes mouvements avec anxiété.

Lorsque je remontai à la surface de l'eau, je fus
tout surpris de me retrouver de ce monde ; ce fut
d'abord une perception confuse ; je sentis que je
vivais, que j'étais dans la mer, je levai les yeux et
j'aperçus le vaisseau, dont j'étais à la distance
d'un câble, et qui s'éloignait de moi. Je crus voir
des hommes penchés sur le *taffrail*[1], et quelques
autres échelonnés sur les haubans : mais le navire
fuyait toujours et me laissait derrière lui.

J'étais bon nageur pour un garçon de mon âge ;
n'étant pas blessé, je me débattis contre les flots,
instinctivement et pour m'empêcher de couler à
fond, plutôt que dans l'espérance de rejoindre le

---

1. Couronnement de la poupe dans les vaisseaux anglais

navire; je regardais autour de moi si je ne voyais
pas une corde à laquelle je pusse me rattacher; il
me semblait qu'on devait m'avoir jeté quelque
chose du vaisseau. Je n'aperçus rien d'abord, mais,

Ben Brace sauve le petit Will. (P. 46.)

en remontant à la crête d'une vague. je distinguai
un objet rond qui se trouvai entre moi et la coque
du bâtiment; j'avais le soleil dans les yeux, néanmoins je reconnus que c'était la tête d'un homme·

il était assez loin, mais évidemment il se dirigeait
vers moi; lorsqu'il fut plus près, je reconnus la
figure de mon protecteur Ben Brace; en me voyant
tomber à la mer, il avait sauté par-dessus le bord
et arrivait à mon secours.

« Bien, mon garçon! très-bien! s'écria-t-il quand
il se fut approché; nous nageons comme un ca-
nard, et pas de blessure, n'est-ce pas? Appuie-toi
sur moi, si tu es fatigué. »

Je luis répondis que je me sentais assez de force pour nager encore pendant une demi-heure.

« Parfait! reprit-il; nous aurons plus tôt que
ça un bout de corde à saisir; de la corde! tu dois
en avoir assez, pauvre enfant! Que les maudits
gueux soient pendus! Je te vengerai, mon garçon,
n'aie pas peur! Oh! du vaisseau! cria-t-il, par ici
la corde, par ici! Ohé! ohé! »

Le bâtiment pendant ce temps-là virait de bord
et se dirigeait de notre côté. Si j'avais été seul,
comme je l'ai su plus tard, cette manœuvre n'aurait
certainement pas eu lieu; mais Ben Brace avait
trop d'importance pour être sacrifié impunément:
ni le skipper, ni le contre-maître n'auraient osé
l'abandonner à son sort, et ils avaient immédiatement donné des ordres pour que l'équipage se mît
en mesure de nous recueillir.

Par bonheur, la brise était douce, la mer assez
calme, et nous nous retrouvâmes bientôt sur le

pont, où les matelots nous hissèrent au moyens des cordes qu'ils nous avaient lancées.

La haine de mes persécuteurs paraissait être apaisée; je ne vis ni l'un ni l'autre jusqu'au lendemain matin, et il me fut permis de descendre et de passer dans le gaillard d'avant tout le reste de la journée.

CHAPITRE VIII.

Chose assez bizarre! je fus dorénavant beaucoup moins mal traité par le capitaine et par le contre-maître: non pas que leur nature se fût adoucie ou qu'ils éprouvassent des remords de leur conduite à mon égard, mais parce qu'ils s'étaient aperçus de l'impression défavorable que leur injustice avait produite sur l'équipage. La plupart des matelots étaient les amis ou les admirateurs de Brace, et ne craignaient pas de se joindre à lui pour désapprouver le jeu cruel dont j'avais failli être victime. On en parlait assez haut dans les réunions qui se tenaient autour du cabestan pour que cela parvint aux oreilles des officiers; d'ailleurs Ben, en se jetant à la mer pour venir à mor

4

secours, avait gagné de nouveaux amis : car le
véritable courage est vivement apprécié, même
par ces natures grossières : et la faveur dont il
jouissait parmi ses camarades imposait une certaine réserve à nos deux commandants. Il avait
pris ma défense, protesté avec force contre l'abominable traitement qu'on m'avait fait subir ; il
avait osé commander à Bigman de me faire descendre tandis que ses chefs ordonnaient qu'on me
fit monter ; et le capitaine, qui se trouvait sur le
tillac, n'avait pas même eu l'air de s'en apercevoir. Un autre, en pareil cas, eût été sévèrement
châtié, mais, grâce à l'influence de Ben, personne
ne fut puni pour avoir osé me défendre, et, comme
je le disais tout à l'heure, on me traita désormais
avec moins de cruauté.

A partir de cette époque, j'eus la permission de
me joindre aux matelots pour exécuter les manœuvres, et je fus délivré d'une partie de la sale besogne que j'avais faite jusqu'à présent. Le pauvre
Hollandais, simple et douce créature que j'ai déjà
citée, partagea dorénavant le gros ouvrage avec
moi, et reçut les trois quarts de la colère qu'il
fallait absolument que le capitaine déchargeât sur
quelqu'un.

C'était un être bien malheureux que ce pauvre
Hollandais, le plus triste échantillon de toutes les
misères humaines ; si l'on détaillait les infamies

dont cet homme fut victime de la part du skipper
et du contre-maitre de *la Pandore*, personne n'a-
joutait foi à la réalité de pareils faits, personne
ne voudrait croire qu'il y ait tant d'insensibilité
dans certains cœurs; mais il en est ainsi chez les
natures profondément vicieuses ; toutes les fois
qu'elles ont trouvé à exercer leur passion du mal
sur une victime qui ne leur oppose aucune résistance, leur fureur, au lieu de s'apaiser, augmente
sans cesse comme la férocité des bêtes sauvages
qui ont goutté du sang. Les officiers de *la Pandore*
en fournissaient l'exemple; s'ils avaient eu à se
plaindre du pauvre Hollandais, leur vengeance
aurait été depuis longtemps assouvie; c'était, au
contraire, parce qu'ils n'avaient rien à lui reprocher, qu'ils se plaisaient à faire souffrir cet être
faible et craintif, dont ils n'avaient pas à redouter
la colère.

Je me rappelle qu'on attachait ce malheureux
par les pouces et qu'on lui fixait les mains sur le
plancher du pont; cette posture, qu'on l'obligeait
à garder pendant des heures entières, et qui ne
semble pas très-pénible à celui qui n'en a pas fait
l'expérience, est un supplice digne de l'Inquisition
et qui arrachait bientôt des gémissements à la
pauvre victime.

Une autre distraction du capitaine et de son
acolyte consistait à faire suspendre au bout d'une

vergue l'infortuné matelot, qu'on attachait par la
ceinture à une corde volante, ce qu'il appelaient
ironiquement la balançoire du singe, par allusion
à l'un des jeux favoris de l'équipage.

On l'enferma une fois dans un tonneau vide, où
il resta plusieurs jours sans manger; le malheureux allait périr de faim et de soif, lorsqu'un peu
de biscuit et d'eau furent passés par la bonde et
lui conservèrent l'existence. Il y avait encore bien
d'autres châtiments qui lui étaient infligés, mais
qui sont trop abominables pour que je puisse vous
les dire; et, chose étrange, cet infortuné, qui
n'avait pas d'amis, excitait à peine la commisération des hommes de l'équipagne : c'était un de ces
déshérités auxquels personnes ne s'attache et que
leurs habitudes empêchent même d'avoir des camarades.

Toujours est-il que je profitais de sa misère et
qu'il recevait chaque jour une foule de mauvais
traitements que j'aurais éprouvé sans lui; place
entre moi et nos bourreaux communs, il me servait de plastron, Je lui en étais reconnaissant,
mais je n'osais lui montrer ni pitié ni sympathie;
j'avais moi-même trop besoin de compassion, car,
en dépit du changement qui s'était opéré à mon
égard, j'étais toujours bien malheureux.

Et pourquoi? demanderez-vous; pourquoi me
plaindre, alors qu'ayant vaincu les premières dif-

ficultés, je faisais des progrès rapides dans la carrière que j'avais embrassée avec tant d'amour?
Rien n'est plus vrai; sous la direction de Ben
Brace, je devenais bon matelot; huit jours après
le fameux plongeon qui pouvait m'être si funeste,
je grimpais à la vergue de cacatois sans la moindre terreur, et, par bravade, j'allais même jusqu'à poser la main sur la pomme du pavillon; je
savais tresser une garcette[1] ou faire une épissure[2]
tout aussi promptement que certains hommes de
l'équipage, et plus d'une fois il m'était arrivé,
lorsqu'il faisait grand vent, d'aller avec les autres
carguer les voiles de perroquet. Ce dernier ex-
ploit qui n'était pas sans mérite, m'avait attiré
l'approbation de Ben Brace. Oui vraiment j'étais en
train de devenir bon matelot; et cependant j'étais
loin de me trouver satisfait; moins que cela, j'é-
tais franchement malheureux.

Vous en demandez la raison; je vais vous la
dire en peu de mots.

Dès mon arrivée sur *la Pandore*, j'avais été
frappé du caractère que présentait le navire; la
composition de l'équipage et son absence de discipline étaient loin de répondre à ce que j'avais
lu dans certains livres, où il était question de

1. Cordage d'environ deux ou trois mètres, qui sert à diminuer
l'ampleur des voiles, lorsque le vent devient trop fort.
2. Réunir deux cordes bout à bout au moyen de l'épissoir.

l'obéissance et du respect scrupuleux des matelot
envers leurs officiers. Il était possible, après tout
que ce respect et cette obéissance ne fussent de
rigueur que sur les vaisseaux de guerre, et que
la discipline des navires de commerce en différât
complétement ; je m'imaginai que l'équipage de *la
Pandore* en fournissait la preuve ; cette découverte
ne laissa pas que de m'humilier profondément.
Quelle amère déception ! J'avais rêvé l'existence du
navigateur si noble et si heureuse, et j'étais à la
fois dégoûté du marin et de la vie qu'il menait.
Mon attention n'était pas moins attirée par le
nombre des hommes qui se trouvaient avec moi :
la Pandore n'était que de cinq cents tonneaux ; ce
n'était qu'une barque, en d'autres termes, un
vaisseau dont le mât d'artimon n'avait pas de perroquet.

Je sais bien que, pour une barque, *la Pandore*
était d'assez belle taille, qu'elle portait une voi-
lure complète, ayant même son clin-foc¹, ses bon-
nettes², ses voiles de cacatois, et qu'elle était surtout l'un des plus fins voiliers qu'on pût trouver
en mer ; néanmoins, je ne pouvais pas m'expli-
quer pourquoi nous étions si nombreux ; la moi-

---

1. Voile triangulaire qui se place à l'avant du bâtiment.
2. Voile supplémentaire que l'on étend sur un bout-dehors,
dans le prolongement du plan d'une voile principale dont on
augmente ainsi l'étendue.

lié des hommes n'étaient jamais employés, alors
même qu'il fallait virer de bord, et j'étais persuadé qu'une vingtaine de matelots auraient complètement suffi à l'exécution de toutes les manœuvres. Comment se faisait-il que nous fussions
quarante, y compris Boule-de-Neige ?

Cette circonstance avait fait sur moi une impression assez légère, il est vrai ; mais la conduite
des officiers et de l'équipage, les conversations
étranges, dont certaines phrases m'arrivaient aux
oreilles, finirent par éveiller dans mon esprit des
soupçons inquiétants : bref, je craignais de m'être
engagé dans une bande de fieffés scélérats.

Pendant les premiers jours qui avaient suivi
notre départ, les écoutilles¹ étaient demeurées
baissées et recouvertes de toile ; la brise s'était
soutenue, et le vaisseau marchant bien, il n'avait
pas été nécessaire de descendre à la cale ; on ne
m'y avait pas envoyé ; j'ignorais donc de quelle
nature était la cargaison. J'avais bien entendu
dire qu'elle se composait principalement d'eau-
de-vie que nous transportions au Cap ; mais je
n'en savais pas d'avantage.

Quelque temps après, néanmoins, lorsque nous
nous fûmes rapprochés du tropique, le prélart²

1. Ouvertures carrées pratiquées au milieu du pont pour des-
:endre dans l'intérieur du bâtiment.
2. Toile goudronnée.

fut enlevé, on ouvrit les écoutilles de l'avant et
de l'arrière, et chacun à son gré put parcourir les
entreponts.

La curiosité me fit descendre, et ce que je vis
dans la cale me remplit de terreur et me confirma
ce que j'avais soupçonné. Notre chargement, ainsi
que je l'avais entendu dire, avait bien l'air de se
composer d'eau-de-vie, d'énormes tonneaux remplissaient à peu près toute la cale; on y voyait, en
outre, du fer en barres, plusieurs caisses de marchandises et une pile de sacs, probablement remplis de sel.

Rien de tout cela direz-vous, n'était fait pour
m'effrayer : aussi n'étaient-ce pas ces objets qui
avaient provoqué mon effroi; c'était un monceau
de ferrailles qui gisait sur le bas pont et dont les
formes hideuses m'inspiraient une horreur profonde : car, malgré mon inexpérience, j'y recon-
naissais des menottes, des carcans, de grosses
chaînes munies d'anneaux. Pourquoi *la Pandore*
était-elle chargée de ces instruments de torture?

Je ne tardai pas à le savoir; le charpentier
faisait une espèce de grille avec de fortes pièces
de chêne, et c'était pour clore le passage des
écoutilles. Cela suffisait pour m'éclairer; j'avais
lu maint récit des atrocités commises dans cet
affreux passage : plus de doute, *la Pandore* était
un négrier.

Pont et gaillard d'un négrier.

CHAPITRE IX.

Oui, je me trouvais sur un négrier, sur un navire équipé pour faire le commerce d'esclaves,
armé pour ce travail humain : car si nous n'avions
pas de canons j'avais remarqué un nombre considérable de coutelas, de mousquets, de pistolets,
qu'on avait tirés de leur cachette et distribués aux
hommes de l'équipage, afin de les nettoyer et de
les mettre en état. Il était évident que *la Pandore*
avait pour but quelque entreprise dangereuse et
qu'elle saurait disputer à un autre navire sa cargaison de chair humaine ; toutefois, trop faible
pour engager le combat avec le moindre vaisseau
de guerre c'était plutôt à ses voiles qu'à ses armes
que notre capitaine devait, en cas de poursuite,
demander son salut ; à vrai dire, construite et
gréée comme était *la Pandore*, peu de vaisseaux
de la marine royale auraient pu la joindre en
pleine mer si elle avait eu un bon vent.

J'ai dit que je ne doutais plus de la nature de
notre expédition ; d'ailleurs l'équipage n'en faisait
pas un secret ; les matelots s'en glorifiaient au

contraire comme d'une noble entreprise : ils cé-
lébraient dans leurs chansons bachiques le hardi
négrier, dont le joyeux équipage allait montrer
sa bravoure, et d'atroces plaisanteries circulaient
continuellement sur la cargaison de peaux noires.

Nous avions alors dépassé le détroit de Gibraltar et nous traversions des parages où, selon toute
probabilité, nous n'avions pas à craindre de rencontrer un vaisseau de guerre. C'est beaucoup
plus au sud, le long des côtes où se font en général les chargements d'esclaves, que vont et
viennent les croiseurs dont l'unique affaire est
d'empêcher la traite des nègres. Aussi l'équipage
de *la Pandore*, délivré de toute inquiétude, ne son-
geait-il qu'à s'amuser la plus grande partie du
jour, et du matin jusqu'au soir on buvait, on
chantait à bord du négrier.

Peut-être vous demandez-vous comment une
barque si ouvertement destinée à la traite des
nègres avait pu sortir sans encombre de l'un des
ports d'Angleterre. Il faut se rappeler que je parle
de ma jeunesse, et par conséquent d'une époque
assez ancienne ; mais je ne ferais pas d'anachro-
nisme, alors que je placerais mon histoire en
1857 ; plus d'un négrier, aujourd'hui même, s'é-
quipe sur les côtes de la Grande-Bretagne, et,
malgré tous les efforts dont nous nous vantons pour
réprimer la traite des noirs, le nombre des An-

glais qui se livrent à cet odieux trafic est tout aussi grand que celui des marchands d'esclaves appartenant aux autres pays.

Les tentatives que l'on a faites pour mettre un terme à la vente des Africains n'ont jamais été qu'une mystification; tous les gouvernements qui ont pris part à ce projet philanthropique n'y ont apporté que de la tiédeur; et les efforts, plus apparents que sincères, qu'ils ont faits pour réprimer cet abominable commerce, n'ont jamais eu d'autre but que d'apaiser les clameurs de certains négrophiles. Pour un négrier que l'on capture, vingt autres passent tranquillement et vont décharger leur cargaison amaigrie sur les rivages du nouveau monde.

Assurément si l'Angleterre, y mettant plus d'ardeur, avait assimilé la traite des nègres à la piraterie, et qu'on eût pendu le capitaine et l'équipage d'un négrier aux vergues du navire, il y a des années que cet odieux trafic aurait disparu. Pourquoi laisser la vie aux négriers lorsqu'on pend les pirates? Si vous admettez que la vie d'un noir ait la même valeur que celle d'un blanc, le négrier est doublement assassin; n'est-il pas avéré qu'un tiers au moins de la cargaison humaine qui franchit l'Atlantique périt dans la traversée? Pourquoi dès lors se montrer plus indulgent pour le voleur de chair que pour le voleur de marchandises? Je ne peux pas comprendre la différence qui existe aux yeux du législateur entre ces deux sortes de bandits ; cela dépasse ma logique, et je me demande toujours pourquoi l'un ne partage pas le sort de l'autre. Il est probable que, traités de la même façon, les négriers seraient maintenant aussi rares que le sont devenus les pirates ; mais, hélas! le commerce d'esclaves est plus florissant que jamais.

J'étais trop jeune, lors de mon premier voyage, pour faire toutes ces réflexions philosophiques ; mais déjà la traite des nègres m'inspirait autant de dégoût qu'à la plupart de mes compatriotes. C'est alors que l'Angleterre, entraînée par Wilberforce et par quelques autres bons cœurs, offrait au monde un noble exemple et donnait vingt millions de livres sterling (cinq cents millions de francs) à la cause de l'humanité. Gloire à ceux qui ont pris part à cette souscription généreuse ! J'avais donc entendu souvent raconter les horreurs de la traite des nègres, qu'en ce moment les philanthropes dénonçaient à l'Angleterre.

Figurez-vous la douleur que j'éprouvais en me trouvant à bord d'un navire engagé dans cette criminelle opération, la honte que je ressentais en me voyant l'associé des hommes qui m'inspiraient le plus de dégoût, le désespoir qui me saisissait en pensant que je faisais partie de leur

bande et que je devais les assister dans leur
affreux commerce.

Toutefois cette découverte m'aurait encore plus
péniblement affecté si elle avait été soudaine ;
mais j'y étais arrivé peu à peu ; les soupçons
avaient longtemps précédé la certitude ; j'avais
pensé d'abord que je me trouvais au milieu d'une
société de pirates ; ce genre de bandits n'était pas
rare à cette époque, et l'équipage de *la Pandore*
pouvait, certes, rivaliser avec les brigands de la
pire espèce. J'éprouvai une sorte de soulagement
à découvrir qu'il ne s'agissait pas de piraterie ;
non pas que mes camarades m'en parussent moins
odieux, mais la fuite me semblait plus facile, et
je me promettais d'en essayer à la première
occasion.

Dès que j'avais un instant de loisir, je l'em-
ployais à chercher les moyens de recouvrer ma
liberté ; mais, hélas ! une perspective effrayante
se présentait à mon esprit ; des mois entiers pouvaient s'écouler avant que j'eusse la moindre
chance de m'échapper de cet horrible vaisseau ;
des mois !... je devrais dire des années ! Je ne
craignais plus mon brevet d'apprentissage, dont
les conditions m'avaient jadis inquiété ; je ne
pouvais être contraint légalement à faire un service réprouvé par la loi ; ce n'était pas cela qui
m'effrayait, mais la difficulté d'échapper au con-

trôle des êtres infernaux qui disposaient de mon
sort.

Le navire se dirigeait vers la côte de Guinée;
ce n'était pas là que je trouverais l'appui nécessaire pour me protéger contre les prétentions du
capitaine. Je ne rencontrerais là-bas que des chefs
indigènes et de vils marchands d'esclaves, qui seraient heureux de prouver leur dévouement au
négrier en me faisant ramener auprès de lui. Me
sauverais-je dans la forêt? mais ce serait pour y
mourir de faim ou pour y être dévoré par les
bêtes féroces qui abondent en Afrique. Je pouvais
encore être tué par les sauvages ou devenir leur
prisonnier, l'esclave d'un affreux nègre.... Quelle
effroyable pensée !

Je traversais alors en imagination l'océan Atlantique, et j'examinais les chances de salut que
pourrait m'offrir le rivage opposé. *La Pandore*, en
quittant la côte de Guinée, irait certainement au
Brésil, ou à l'une ou l'autre des Antilles ; mais ce
serait d'une manière clandestine qu'elle déchar-
gerait sa cargaison; elle aborderait pendant la
nuit à quelque plage déserte, où elle se hâterait
de jeter ses nègres pour échapper aux croiseurs;
puis elle repartirait le lendemain matin, et peut-
être pour une expédition du même genre. On ne
me laisserait pas descendre à terre, où je me se-

rais enfui sans scrupule, remettant à Dieu le soin
de ma conservation.

Plus je réfléchissais, plus j'étais convaincu de
l'extrême difficulté que j'éprouverais à m'échapper de ma prison flottante, et le désespoir s'em-
parait de mon esprit.

Si nous pouvions être poursuivis par un croi
seur anglais! Quelle joie d'entendre les boulets
siffler à travers les cordages, faire craquer la mâture et s'enfoncer dans les flancs de *la Pandore!*

CHAPITRE X.

Toutefois je m'abstenais avec soin d'exprimer
les sentiments qu'on vient de lire; Ben Brace lui-
même aurait été impuissant à me protéger contre
la fureur de mes compagnons, si je leur avais
laissé voir le dégoût que m'inspirait leur société;
et je ne faisais qu'obéir à la prudence la plus élé
mentaire en ne divulguant pas l'impression que
je ressentais à l'égard de *la Pandore* et de son
affreux équipage.

Il paraît cependant que ma figure trahissait ma

5

pensée, car plus d'une fois mes odieux camarades m'avaient pris à partie, et, me raillant de mes scrupules, m'avaient appelé marin d'eau douce, blanc-bec, fils de coq et de poule, etc., m'appliquant toutes les épithètes injurieuses dont ils possédaient un riche vocabulaire.

Je redoublai d'attention pour ne pas leur montrer les sentiments qui remplissaient mon cœur; mais je résolus d'en causer avec Ben et de lui demander son avis. Je pouvais me confier à lui sans crainte; néanmoins, la chose était délicate, et réclamait des précautions oratoires; car enfin il faisait partie de la bande et pouvait se choquer de mes paroles, supposer que je blâmais sa conduite, et me retirer sa protection.

Je m'imaginais pourtant qu'il ne m'en voudrait pas; deux ou trois mots que je lui avais entendu dire me donnaient tout lieu de croire qu'il était fatigué de l'existence qu'il menait, et ne l'avait prise que malgré lui, contraint qu'il y avait été par les rigueurs du sort. Je désirais qu'il en fût ainsi, car je l'aimais infiniment; chaque jour me fournissait une nouvelle occasion d'apprécier la différence qui existait entre lui et les autres matelots: bien qu'on finisse en général par prendre le ton des personnes avec lesquelles on est sans cesse, Ben Brace avait une manière de voir et d'agir qui n'appartenait qu'à lui, une sorte d'idiosyncrasie

morale qu'il avait su conserver en dépit des souil-
lures auxquelles il se trouvait exposé. Je pris
donc la résolution de lui confier mes tourments,
et de le consulter sur la manière dont il fallait
agir.

Il existe sur le beaupré un endroit fort agréable,
surtout quand l'étai de la voile du mât de hune
de misaine est baissé et repose sur le mâtereau ;
deux ou trois individus peuvent s'y asseoir ou se
coucher sur la toile et causer avec abandon, sans
crainte que personne vienne surprendre leurs se-
crets ; il est rare qu'on ait le vent debout, il
souffle au contraire de la poupe et chasse vos paroles en dehors du navire. Les matelots d'humeur
méditative recherchent cette petite solitude ; et
sur les vaisseaux qui sont chargés d'émigrants,
les passagers les plus audacieux grimpent souvent jusque-là pour se confier le programme de
leur vie transatlantique.

C'était la place favorite de Ben, et souvent, à la
fin du jour, il allait s'asseoir pour y fumer sa
pipe.

J'avais eu plus d'une fois le désir de l'y accompagner, mais j'avais craint de lui déplaire, et je
m'en étais abstenu. A la fin, cependant, je m'étais
glissé à côté de lui sans rien dire ; il m'avait
adressé la parole ; j'avais cru voir que ma présence ne lui était pas désagréable, et qu'il sem-

blait éprouver un certain plaisir à m'avoir pour compagnon,

Un soir, je l'avais suivi comme à l'ordinaire, bien résolu cette fois à lui confier mes tourments.

« Ben ! lui dis-je en m'adressant à lui avec cette familiarité qui existe entre tous les matelots, Ben !

— Qu'est-ce qu'il y a, mon garçon ? »

Il vit que j'avais quelque chose à lui dire et me prêta une oreille attentive.

« Le navire où nous sommes, qu'est-ce que c'est ? lui demandai-je après un instant de silence.

— Ce n'est pas un navire, mon enfant, c'est une barque.

— Mais après ?

— C'est une barque.

— Je voudrais savoir de quelle espèce.

— Une belle barque, bien équipée, régulièrement gréée. Si c'était un vaisseau, le mât d'artimon, qui est à l'arrière, porterait en haut des voiles carrées ; et comme il n'en a pas, c'est pour ça qu'elle est une barque et non pas un vaisseau.

— Je le sais bien, tu me l'as dit plusieurs fois ; mais je voudrais savoir quel genre de barque est la *Pandore*.

— Qu'est-ce que tu demandes ? Elle est d'un

genre excellent. Jamais plus fin voilier n'a fendu
la mer de sa proue ; elle n'a qu'un défaut, c'est
d'être un peu faible, à mon idée ; elle plonge un
peu trop par le gros temps ; si elle n'est pas lestée
comme il convient, ça ne m'étonnerait pas qu'un
de ces jours la mâture allât se promener par-
dessus le bord, et bonsoir l'équipage.

— Tu ne vas pas te fâcher, Ben ; mais tu me
l'as déjà dit, et c'est autre chose que je tiendrais
à savoir.

— Et que diable as-tu besoin de savoir? Je veux
être pendu si je te comprends.

— Ben, réponds-moi : la, bien vrai, est-ce une
barque marchande?

— Oh! oh! c'est là que tu veux en venir? Cela
dépend, mon garçon, de ce que tu appelles marchandises ; il y en a de plusieurs espèces. Il y a
des navires qui en portent d'une manière ; les uns
sont chargés....

— Et de quelle espèce est la cargaison de *la
Pandore?* »

Je lui posai ma main sur le bras, et, l'implorant
lu regard, j'attendis sa réponse. Il hésita pendant
quelques instants ; puis, voyant qu'il était impossible d'éluder ma question : « Des nègres, répondit-il ; ce n'est pas la peine de te le cacher, faut
toujours bien que tu le saches ; *la Pandore* n'est pas
un vaisseau marchand, non, c'est un vrai négrier

— Oh! Ben, lui dis-je d'une voix suppliante, n'est-ce pas une horrible chose?

— Oui; tu n'étais pas fait pour cette vie-là, pauvre enfant; j'ai du chagrin de t'y voir. La première fois que tu es venu sur *la Pandore*, je voulais te glisser un mot à l'oreille, et je l'aurais fait si j'en avais eu l'occasion; mais le vieux requin t'avait cloué avant que j'aie seulement pu t'approcher; il avait besoin d'un mousse, et tu faisais l'affaire. La seconde fois que tu as mis le pied à bord, j'étais dans mon cadre; bref, te voilà parmi nous autres; non, petit Will, non, tu n'es pas ici à ta place.

— Et toi, Ben?

— Assez, mon cadet, assez! Après tout, je ne t'en veux pas; il est naturel que cette idée-là te soit venue. Je ne suis peut-être pas aussi mauvais que tu l'imagines.

— Je ne te crois pas mauvais, Ben, au contraire, et c'est pour cela que je te parle ainsi; je fais une très-grande différence entre toi et les autres; je....

— Tu as peut-être raison, peut-être que tu as tort. Il fut une époque où je te ressemblais, Will, une époque où je n'avais rien de commun avec tous ces bandits; mais il y a dans ce monde des tyrans qui rendent les hommes mauvais et qui m'ont fait ce que je suis. »

Ben s'arrêta; un profond soupir s'échappa de sa

poitrine, et sa figure exprima une amertume suprême : quelque souvenir révoltant surgissait dans
sa mémoire.

« Non, Ben, me hasardai-je à lui dire, ils t'ont
rendu malheureux. mais tu n'es pas méchant.

Ben Brace raconte son histoire au petit Will. (Page 72.)

— Merci, petit Will, répliqua mon pauvre ami,
tu es bon de me dire cela, bien bon, mon enfant ;
tu me fais sentir ce que je ressentais autrefois. Je
te dirai tout ; écoute bien, tu vas comprendre.... »

Une larme tremblait dans les yeux de Ben, la
première qu'il eût versée depuis bien longtemps :

et je vis sur sa figure bronzée un mélange d'affection et de tristesse.

Je me plaçai de façon à l'écouter attentivement.

« C'est une histoire qui n'est pas longue, reprit-il, et qui n'exige pas beaucoup de paroles. Je n'ai pas toujours été ce que tu me vois aujourd'hui. J'ai fait longtemps partie de l'équipage d'un vaisseau de guerre ; et, bien que ce soit moi qui te le dise, il n'en est pas moins vrai qu'ils étaient rares, ceux qui connaissaient leurs devoirs et qui les remplissaient mieux que moi. Tout cela n'a rien empêché, Will. C'était à Spithead, où la flotte se trouvait alors ; j'en vins par hasard à dire son fait au contre-maître, à propos d'un brin de fille qui était ma bonne amie ; il prenait avec elle trop de libertés, cela me fit bouillir le sang ; je ne fus plus maître de moi, et je le menaçai.... Je ne fis que le menacer.... Regarde, enfant, voilà ce qui en est résulté. »

En parlant ainsi, Ben ôta sa jaquette et releva sa chemise jusqu'aux épaules : son dos était couturé dans tous les sens de profondes cicatrices, marques implacables des blessures que lui avai faites le *cat o' nine tails*[1].

---

1. Mot à mot, chat à neuf queues, martinet à neuf courroies dont on se sert pour fustiger les matelots dans la marine anglaise.

« Maintenant, poursuivit Ben, tu sais comment il se fait qne je suis sur *la Pandore*. J'ai déserté l vaisseau, et j'ai tâché de me placer dans la marine marchande : mais je portais avec moi la marque de Caïn, elle me suivait en tous lieux; d'une manière ou de l'autre elle se découvrait toujours, et cela me forçait de partir. Ici, vois-tu, je ne fais pas disparate; il y a plus d'un dos labouré comme le mien parmi notre équipage. »

Ben cessa de parler. J'étais moi-même trop ému par l'histoire que je venais d'entendre pour ne pas garder le silence. Quelques minutes après, néanmoins, j'abordai la question qui me tenait tant au cœur.

« Ben, lui dis-je, c'est une horrible vie que celle que l'on mène sur *la Pandore*; tu n'as certainement pas l'intention de continuer à vivre ainsi? »

Pour toute réponse, il détourna la tête.

« Quant à moi, je ne supporterai pas cette existence; je suis bien résolu à m'enfuir dès que j'en trouverai l'occasion, ajoutai-je; et tu m'aideras, n'est-ce pas?

— Enfant, nous partirons ensemble, répondit Ben Brace.

— Oh! quel bonheur!

— Oui, je suis fatigué de la vie que je mène, poursuivit-il. J'ai songé plus d'une fois à quitter

la Pandore; c'est mon dernier voyage, tout au
moins pour ce genre de trafic. Il y a déjà quelque
temps que je pense à m'enfuir et à t'emmener
avec moi.

— Que je suis heureux, Ben! Mais quand par-
tirons-nous?

— C'est là ce que j'ignore, petit Will; nous
sauver sur la côte d'Afrique, ce serait risquer
notre vie parmi les noirs, qui probablement nous
assassineraient. Ce n'est pas de ce côté-ci de l'O-
céan que nous pouvons quitter le navire. Il faut
faire la traversée avec lui; mais en arrivant en
Amérique, nous arrangerons l'affaire; sois tranquille, je te garantis que nous filerons.

— Que de temps encore à souffrir!

— Tu ne souffriras pas, c'est moi qui te le dis;
j'y veillerai, n'aie pas peur. Seulement, fais attention à ne pas laisser voir que telle ou telle chose
te déplait; surtout, pas un mot de ce que nous
avons dit ce soir; pas un mot, entends-tu? »

Je promis à Ben d'observer fidèlement toutes
ses recommandations, et, comme on l'appelait
pour être de quart, je descendis avec lui sur le
pont; c'était la première fois que je me sentais
le cœur léger depuis l'instant où j'avais mis le
pied sur *la Pandore.*

CHAPITRE XI.

Je ne vous ferai pas le détail des incidents qui signalèrent notre course vers la côte de Guinée ; un voyage sur mer offre peu d'événements, et le journal d'un marin est assez monotone : une bande de marsouins, une ou deux baleines, des poissons volants, des dauphins, quelques espèces d'oiseaux et des requins, sont à peu près les seuls êtres vivants que l'on rencontre pendant les plus longues traversées.

Nous nous dirigions en droite ligne vers le tropique du Cancer, et, plus nous avancions, plus la chaleur était grande ; il faisait tellement chaud, que le goudron fondait partout, et que nos souliers s'attachaient aux planches, d'où ils se décollaient en craquant à chaque pas que nous faisions.

On apercevait presque tous les jours quelques voiles à l'horizon ; la plupart de ces vaisseaux allaient aux Indes ou retournaient en Angleterre. Nous vîmes aussi des bricks, une ou deux barques sous pavillon anglais, qui, probablement, se rendaient au Cap ou à la baie d'Algoa ; mais ni les uns ni les autres ne semblaient jaloux de faire connaissance avec le négrier; nous paraissions nous-mêmes assez désireux d'éviter leur visite, et aucun de ces navires ne fut hélé par le capitaine de *la Pandore*.

Toutefois, il s'en trouva un dans le nombre qui semblait au contraire vouloir se rapprocher de nous; il avait changé de direction dès qu'il nous avait aperçus, et courait à toutes voiles pour tâcher de nous atteindre. Comme nous étions maintenant dans le golfe de Guinée, à peu près à cent milles de la côte d'Or, il était probable que le vaisseau qui nous poursuivait avec tant d'acharnement était un croiseur, c'est-à-dire la plus mauvaise rencontre que pût faire le capitaine. La chose fut bientôt hors de doute : la marche de ce navire, son gréement, qui était celui d'un cutter[1], cette poursuite audacieuse de la part d'un bâtiment beaucoup plus petit que le nôtre, prouvaient d'une manière évidente que c'était un vaisseau de la marine royale ou peut-être un pirate, et dans tous les cas un navire beaucoup mieux armé que ne l'était *la Pandore*.

A cette époque la piraterie était beaucoup moins rare qu'à présent, et, si nous avions été dans une

---

1. Petit bâtiment léger et rapide, ayant un mât planté en avant du centre de longueur du navire et penché en arrière.

région différente, il aurait été fort possible que
nous eussions affaire à l'un de ces brigands maritimes qui détroussaient les navires ; mais l'endroit
où nous nous trouvions alors n'était guère fréquenté par les pirates ; les vaisseaux qui font le
commerce de ces parages ne sont que de petits
bâtiments chargés de sel, de fer, de rhum, de clin-
quant, de brimborions de toute espèce, ayant
beaucoup de valeur aux yeux des sauvages de
Dahomey et d'Ashanti, mais qui en réalité sont
fort insignifiants. Néanmoins, quelques-uns revenaient chargés de poudre d'or et d'ivoire, et constituaient une prise assez avantageuse : cela suffisait pour qu'il y eût plusieurs de ces hardis fili-
bustiers, même sur la côte de Guinée, bien qu'ils
y fussent moins nombreux que dans la mer des
Indes ou aux environs des Antilles. Si donc nous
avions été plus près du cap de Bonne-Espérance,
nous aurions pu prendre le cutter pour un pirate,
et l'inquiétude de notre équipage aurait été beaucoup moins vive, car cette espèce de gens a bien
moins peur des pirates que d'un honnête vaisseau
de guerre ; ils savent que les premiers les regar-
dent à peu près comme étant de leur famille et
qu'ils n'ont pas grand'chose à redouter de ces bandits qui sont comme eux à l'index de la loi. Ceux-
ci, d'ailleurs, ne pouvaient nous faire subir
qu'une perte bien minime ; un pirate ne s'embar-

rasserait pas du sel, du fer, ni des babioles qui complétaient la cargaison de *la Pandore* ; il n'y avait que le rhum et l'eau-de-vie qu'ils ne manqueraient pas de capturer ; mais il s'en trouvait tout au plus cinq ou six tonnes ; c'était de l'eau tout bonnement qui remplissait les grands muids que j'avais pris tout d'abord pour des pipes de liqueur.

Aussi l'équipage de *la Pandore* se serait-il peu soucié de rencontrer un pirate ; en supposant même que celui-ci eût trouvé la barque à son goût et s'en fût emparé, c'eût été un malheur pour les propriétaires, mais les matelots en auraient pris leur parti ; la plupart d'entre eux se seraient mêlés volontiers à cette vie de meurtre et de pillage, qui, j'en suis sûr, n'aurait éveillé aucun remords dans leur âme.

Le cutter approchait néanmoins, et il était maintenant facile de le reconnaître ; il portait à son pic le pavillon de la Grande-Bretagne, et bien qu'il soit arrivé plus d'une fois à des boucaniers d'arborer ces couleurs, l'équipage de *la Pandore* ne pouvait s'y tromper : c'était un vaisseau de guerre, un croiseur anglais, qui précisément avait pour mission d'empêcher la traite des nègres.

Aucune rencontre, avons-nous dit, ne pouvait être plus inquiétante pour un navire comme le nôtre, et, quand il fut bien avéré que c'était un

croiseur anglais qui suivait notre sillage, la plus
grande confusion régna sur *la Pandore*. Le cutter
était un fin voilier, qui, sans se donner la peine
de dissimuler sa nature, n'avait pas hésité dès le
commencement à nous donner la chasse. Notre
barque avait elle-même pris la fuite sans plus
d'hésitation ; et, pendant plusieurs heures ce fut
une course rapide entre les deux vaisseaux, la
proue du cutter se dirigeant en droite ligne vers
la poupe du négrier, qui portait toutes ses voiles.

CHAPITRE XII.

Quant à moi, les yeux fixés sur le croiseur, je
mesurais sans cesse la distance qui le séparait de
la Pandore ; mon cœur était plein d'espoir et battait avec force à mesure que l'espace diminuait
entre les deux navires, et qu'à chaque minute je
voyais le cutter se dessiner plus nettement sur
les vagues. Une seule chose modérait ma joie, et
par instants me faisait souhaiter d'échapper à la
poursuite dont nous étions l'objet: Ben était dé-

serteur de la marine royale ; si l'équipage était
fait prisonnier, on pourrait le reconnaître ; les cicatrices qu'il portait sur le dos éveilleraient les
soupçons, on ferait des recherches, on acquerrait
des preuves, et quelle punition terrible ne devait-
il pas subir ? Pour moi, je souhaitais donc la prise
de *la Pandore*; mais en pensant à mon protecteur,
à celui qui m'avait sauvé la vie, je faisais des
vœux pour le salut du négrier. Je flottais entre
ces deux sentiments contraires ; l'horrible existence à laquelle j'étais condamné, l'impossibilité
de rompre cette chaîne odieuse, se dressait tout
à coup devant moi: j'étais alors dominé par le
désespoir, et je regardais tout haletant les voiles
du croiseur qui se rapprochait de plus en plus, et
qui nous gagnait de vitesse.... Puis mes yeux rencontrèrent Ben, qui allait et venait sur le pont,
faisant des efforts inouïs pour presser la marche
de *la Pandore*, et l'effroi venait subitement remplacer l'espérance.

Je restai longtemps plongé dans cette douloureuse alternative; le vent soufflait dur, et c'était
pour le cutter un immense avantage. Ainsi que
Ben me l'avait dit, *la Pandore* était faible ; elle
portait mal ses voiles quand il faisait grand vent;
l'un des vaisseaux les plus rapides qu'il fût possible de voir lorque la brise était douce, elle avait
été choisie pour sa vitesse et non pour un bon

arrimage¹. On s'inquiète peu de la capacité d'un négrier : c'est une course légère qu'on lui demande, et non des flancs profonds ; les malheureux qu'il est destiné à recevoir y sont emmagasinés tout aussi étroitement qu'une autre espèce de marchandises, car il est rare que celui qui trafique de chair humaine se préoccupe des souffrances de sa cargaison vivante.

La Pandore avait donc été construite pour fuir rapidement sous un vent léger, comme le sont en général ceux qu'elle devait trouver entre le tropique et l'équateur, et qu'on appelle vents alizés.

Le cutter marchait aussi bien par la brise, mais il portait mieux le grand vent que *la Pandore*, et le temps avait considérablement fraîchi ; le vent devenait impétueux, et, malgré cela, il conservait la plupart des voiles, tandis que *la Pandore* avait été contrainte de baisser ses voiles de cacatois et de carguer complètement ses voiles de perroquet. Elle était donc bien loin d'aller aussi vite qu'elle aurait pu faire en toute autre circonstance ; mais il lui était impossible de déployer un pouce de toile de plus sans compromettre sa sûreté : l'équipage le savait bien.

---

1. Opération qui consiste à distribuer d'une manière convenable le chargement d'un navire.

Le cutter continuait à gagner du terrain, et si la
force du vent s'était soutenue pendant deux heures,
la Pandore était rejointe et certainement capturée.

La preuve qu'on en était convaincu à bord du négrier, c'est que le capitaine donna des ordres pour
que l'on fît disparaître tous les instruments qui
devaient servir à son odieux trafic : les carcans,
les menottes et les chaînes furent cachés dans une
tonne qui fut hissée au milieu des voiles et des
cordages ; la grille que le charpentier avait pris
tant de peine à construire fut immédiatement dé-
truite, ses matériaux défigurés, et les mousquets,
les pistolets et les coutelas furent portés dans la
cale et serrés dans une cachette préparée à cette
intention.

On ne pouvait pas songer à faire usage de ces
armes contre un adversaire pareil à celui qui
nous poursuivait. Bien que le croiseur fût moins
grand que *la Pandore*, son équipage était bien plus
nombreux : il avait des canons, et une bordée
d'artillerie n'aurait pas manqué de répondre à la
moindre tentative de résistance de la part du négrier. C'était par la fuite qu'il fallait échapper au
cutter ; et maintenant que cet espoir était presque
perdu, l'équipage se mettait en mesure de subir
la visite. Une partie des matelots commençaient à
se cacher, pour ne pas faire naître les soupçons
que leur chiffre n'aurait pas manqué d'éveiller :

La Pandore, couverte de toute sa toile, s'enfuit avec rapidité. (Page 86.)

car, ainsi que je l'avais observé en arrivant, ils étaient le double de ce qu'ils auraient été sur un bâtiment de même grandeur faisant un commerce légal.

Enfin le capitaine sortit ses papiers de bord, qui avaient été préparés pour cette occurrence, et qui devaient prouver qu'il était parfaitement en règle.

Le croiseur n'était plus qu'à un mille du négrier, lorsqu'un boulet tiré de l'un de ses canons de chasse ricocha sur l'eau tout auprès de la coque de *la Pandore*; puis un signal fut hissé pour ordonner à cette dernière de mettre immédiatement en panne.

Mon cœur battait de façon à me rompre la poitrine : l'instant de la délivrance me semblait arrivé, et cependant, au fond de ma joie, quelque chose me faisait pressentir qu'il n'en serait rien encore.

Ce pressentiment, hélas ! devait se réaliser; il était écrit que nous échapperions au croiseur, et que *la Pandore* ne serait pas capturée.

Comme si le canon lui en eût donné le signal, le vent s'apaisa tout à coup et ne fut bientôt plus qu'une brise légère ; le soleil, qui était au moment de se coucher, avait sans aucun doute opéré cette transformation, et quelques minutes après, les voiles se détendirent et frappèrent mollement contre les vergues.

Le capitaine de *la Pandore* saisit ce changement

d'un coup d'œil habile, et comprit aussitôt l'avantage qu'il pouvait en tirer. Au lieu d'obéir au signal du croiseur, tous les matelots se précipi-
tèrent sur les enfléchures, toutes les voiles furent
déployées, celles de perroquet et de cacatois dé-
ferlèrent, les bonnettes[1] s'arrondirent, et *la Pandore*, couverte de toute sa toile, put s'enfuir avec
rapidité.

L'effet se produisit immédiatement : le croiseur
tirait toutes ses bordées aussi vite qu'il lui était
possible de charger ses canons, mais il perdait du
terrain à chaque minute, et ses boulets étaient bien
loin d'arriver jusqu'à nous.

Une heure après, *la Pandore* était à plusieurs
milles du cutter ; et avant que la nuit eût répandu
ses ténèbres sur la mer, le croiseur avait diminué
successivement à nos yeux, et n'était plus à l'horizon qu'un point imperceptible.

1. Voile supplémentaire que l'on étend sur un bout-dehors,
dans le prolongement du plan d'une voile principale dont en
augmente ainsi l'étendue.

CHAPITRE XIII.

En fuyant ainsi devant le croiseur, dont la chasse avait duré presque une journée entière, *la Pandore* s'était écartée d'environ cent milles [1] de la route qu'elle devait suivre. Elle en fit cinquante autres vers le sud pour échapper plus sûrement au cutter, et ne rentra dans sa voie que lorsqu'il fut bien certain que l'ennemi avait abandonné sa poursuite. Elle accomplit néanmoins cette dernière partie de sa course en ligne diagonale ; et, au point du jour, n'apercevant plus aucun navire à l'horizon, elle fit voile de nouveau pour la côte de Guinée. L'obscurité de la nuit avait secondé ses efforts ; le cutter l'avait assurément perdue de vue, et elle se trouvait maintenant hors de la portée du plus puissant télescope.

La déviation qu'elle avait été obligée de subir n'était rien pour un voilier aussi rapide que *la Pandore*, et le vent ayant tourné précisément dans la nuit sans acquérir plus de force qu'il n'était

[1]. 161 kilomètres.

nécessaire, elle fila sous ses bonnettes à raison de dix ou douze nœuds[1] à l'heure.

Nous courions directement vers la côte d'Afrique, et, avant la fin du jour, mes yeux se reposèrent sur ce rivage que la traite des nègres c'est-à-dire la chasse et la vente des femmes, des enfants et des hommes, a rendu si tristement célèbre.

La Pandore resta pendant la nuit à quelques milles de la terre, mais elle s'en approcha dès que le soleil vint à paraître. On n'apercevait ni port ni village, pas la moindre cabane; la rive s'élevait à peine au-dessus du niveau de la mer, et semblait être couverte d'une forêt épaisse qui arrivait jusqu'au bord de l'eau. Il n'existait ni phare, ni bouée indicatrice qui pût servir de guide à la marche du vaisseau. Mais le capitaine savait parfaitement vers quel point il devait gouverner; ce n'était pas la première expédition du même genre qu'il faisait dans ces parages, ni la première fois qu'il abordait à l'endroit vers lequel nous nous dirigions. Il allait à coup sûr, et, bien que le pays semblât complétement inhabité, il savait qu'à peu de distance de la côte, il y avait des individus qui attendaient son arrivée.

1. Dix ou douze milles marins valant chacun 1852 mètres; ce qui faisait, pour *la Pandore*, une course de 18 à 22 kilomètres par heure.

On aurait pu croire que *la Pandore* allait échouer sur la grève ; nous n'avions en vue aucune baie, aucun lieu d'abordage, et il ne semblait pas être question de jeter l'ancre : il est vrai que la plupart des voiles avaient été baissées, et que la course du navire s'était sensiblement ralentie ; mais nous marchions encore assez vite pour nous heurter violemment contre la côte si nous venions à la toucher.

Quelques-uns des hommes de l'équipage, qui étaient nouveaux sur *la Pandore*, commencèrent à exprimer leur étonnement et leurs craintes ; mais les anciens matelots, qui étaient déjà venus plusieurs fois sur la côte des esclaves, leur répondirent en se moquant de leurs frayeurs.

Tout à coup la surprise cessa ; le navire doubla un pointe couverte d'un bois touffu, et une petite nappe d'eau, qui s'enfonçait dans les terres, brisa la ligne du rivage, qui jusqu'ici nous paraissait continue. C'était l'embouchure d'une rivière étroite et profonde. *La Pandore* en traversa la barre sans la moindre hésitation, remontant le courant pendant quelques minutes, et jeta l'ancre à un mille du rivage.

En face de l'endroit où nous nous étions arrêtés, j'aperçus une cabane singulièrement bâtie, qui s'élevait près de la rive, et, un peu plus loin, une autre construction beaucoup plus grande, qui

était cachée dans les arbres. Devant la première,
tout à fait au bord de l'eau, se tenait un groupe
de sombres personnages qui firent un signal auquel répondit le contre-maître de *la Pandore*. Un
canot monté par d'autres hommes apparut sur la
rivière, alla chercher quelques-uns des noirs individus qui semblaient nous attendre, et les rameurs se dirigèrent de notre côté.

Les bords du fleuve étaient couverts de palmiers; c'était la première fois que je voyais des
arbres de cette espèce; néanmoins, il m'était facile de les reconnaître d'après les gravures que
j'avais trouvées dans les livres. Ils se mêlaient à
des arbres énormes, d'une apparence non moins
singulière, et d'une famille toute différente de
ceux qui croissent dans notre pays. Mais mon attention fut bientôt absorbée par les hommes noirs
qui se dirigeaient vers *la Pandore*.

La rivière n'avait pas plus de deux cents mètres
de large, et, comme nous étions à l'ancre au milieu du courant, la pirogue n'avait pas grand chemin à faire pour venir nous trouver; en quelques
minutes elle fut auprès du navire, et je pus contempler tout à mon aise les affreux passagers
dont elle était remplie.

Je me dis, en les regardant, que si tous leurs
compatriotes leur ressemblaient, il était certain
qu'il fallait avoir avec eux le moins de relations

possible, et je comprenais pourquoi Ben Brace ne
voulait pas quitter le navire sur la côte de Guinée :
« Ce serait folie toute pure, avait-il répondu aux
instances que je lui adressais la veille. Quelque
mauvais que soient les garnements de *la Pandore*,
ils ont la peau blanche et quelque chose d'hu-

Le village du roi Dingo.

main tout au fond de leur nature ; mais ces gre-
dins qui habitent la côte d'Afrique ont l'âme aussi
noire que la peau. Tu les verras, mon garçon, et
tu me diras si j'ai tort. » J'examinai donc le visage des huit ou dix individus qui se trouvaient
dans la pirogue, et je fus convaincu de la vérité

de cette assertion. Jamais on n'a pu voir de figures plus féroces; c'étaient de vrais suppôts de
l'enfer.

Ils étaient onze, la plupart aussi noirs que le
cuir de vos souliers; mais on trouvait parmi eux
différentes nuances, depuis la couleur de l'ébène
jusqu'à un vilain jaune tanné. Il était évident
qu'ils n'appartenaient pas à la même tribu; le
mélange des races est d'ailleurs très-commun sur
la côte occidentale d'Afrique, où le commerce
d'esclaves a depuis longtemps confondu toutes les
familles de nègres. Mais si les personnages qui
étaient dans la pirogue différaient entre eux sous
le rapport de la couleur, ils se ressemblaient complétement sur beaucoup d'autres points : ils
avaient tous le front bombé, les lèvres épaisses,
de la laine courte et frisée sur la tête, et la physionomie la plus brutalement féroce qu'on puisse
imaginer. Les rameurs n'avaient pour tout vêtement qu'une bande de cotonnade enroulée autour des hanches, et qui leur tombait à mi-cuisse.
Je suppose qu'ils appartenaient en même temps
à l'armée du pays, car il y avait des lances et de
vieux mousquets à côté d'eux. Les trois individus
qu'ils nous amenaient étaient d'un rang plus
élevé, si l'on en jugeait par leur costume, infiniment plus complet que celui des canotiers : mais
l'expression de leur visage était encore moins ras-

surante. Quant au chef de ces hideux compa-

Portrait du roi Dingo-Bingo.

gnons, il joignait à son atroce figure un accou-

trement si bizarre qu'on ne savait pas tout d'abord
si l'on devait rire ou trembler.

C'était un vrai nègre, aussi noir que de la poudre à canon, d'une taille énorme et gros comme
un tonneau ; sa figure moins *négrophile*, si je puis
dire, que celle des gens qui l'accompagnaient,
n'en était que plus effrayante ; elle offrait un mélange de ruse et de férocité que j'ai retrouvé plus
tard dans les Indes, chez les gras despotes qui
oppriment certaines parties de cette malheureuse
contrée ; la moustache et la grande barbe de Sa
Majesté noire ajoutaient encore à la similitude.

Ce n'était pas la grande taille et le visage cruel
de cet homme qui donnaient envie de rire, bien
au contraire ; mais c'était son costume : jamais
clown ingénieux cherchant à se déguiser pour
une pantomime de tréteaux ne serait parvenu à
s'accoutrer d'une manière aussi burlesque. Mon
nègre portait un habit écarlate dont la coupe annonçait un vieil uniforme de l'armée du roi Geor-
ges ; c'était la veste d'un ancien sergent (on y
voyait encore les chevrons sur les manches), et
d'un sergent qui avait été, je vous assure, l'un
des hommes les plus gros et les plus grands de
l'armée britannique. L'habit, malgré cela, était
beaucoup trop étroit pour son présent possesseur ;
il s'en fallait bien de trente centimètres que celui-

ci pût le boutonner sur sa poitrine, et les manches, beaucoup trop courtes, laissaient à découvert les noirs poignets du chef, dont la couleur
ressortait vivement à côté de cette étoffe qui avait
été d'un rouge vif ; les pans de l'habit s'écartaient
violemment sur l'énorme derrière du porteur, et
laissaient flotter la braie d'une chemise rayée,
qu'un matelot avait usée jadis. Quant au pantalon, notre homme n'en avait pas, et se trouvait
absolument nu depuis la ceinture jusqu'aux or-
teils.

Un vieux tricorne aux plumes râpées, aux ga-
lons noircis, et qui avait sans doute orné la tête
d'un ancien amiral, était perché sur la toison du
nègre, qui avait de plus un énorme couteau dans
le ceinturon et un grand sabre qui lui battait dans
les jambes.

Partout ailleurs, cette apparition eût provoqué
nos rires ; mais le capitaine avait ordonné à tout
le monde de recevoir avec respect Sa Majesté
Dingo-Bingo, et l'équipage de *la Pandore* conserva
son sérieux.

Ainsi donc l'homme au chapeau retroussé, à
l'habit écarlate et à la bannière volante, se trouvait être un monarque, le roi Dingo-Bingo ; les
deux autres, partiellement vêtus de façon diverse,
étaient ses conseillers, et les huit rameurs une
partie de ses gardes du corps.

Au moment où il s'approchèrent du navire, on leur jeta des cordes ; le canot fut halé contre le flanc du vaisseau ; une échelle avait été préparée pour faciliter l'abordage à Sa noire Majesté, qui fut accueillie avec tous les honneurs qui étaient dus à son rang.

Elle échangea de bruyants saluts avec le capitaine, et le vieux skipper, ouvrant la marche, conduisit le roi Dingo dans sa cabine, en traversant le tillac avec un certain décorum, où perçait néanmoins une jovialité de manières qui prouvait que les deux chenapans étaient d'anciennes connaissances et les meilleurs amis du monde

Le contre-maître fit de son mieux pour divertir les conseillers d'État ; quant aux gardes du corps, ils demeurèrent dans la pirogue, le roi Dingo sachant bien qu'il n'avait rien à craindre. Il connaissait le négrier, l'attendait depuis quelque temps, n'avait nulle question à lui faire et nul doute à son égard ; le skipper et le roi étaient bien faits pour s'entendre.

CHAPITRE XIV.

Je n'ai pas entendu la conversation qui eut lieu entre ces deux coquins, mais je puis vous en dire le résultat. Sa Majesté avait dans le voisinage, probablement dans cette espèce de grande maison que j'avais aperçue au milieu des arbres, une foule de pauvres nègres dont il voulait se défaire; il en avait acheté une partie dans les provinces de l'intérieur, et s'était procuré les autres en les chassant avec ses guerriers, ni plus ni moins que des bêtes fauves. Il était même probable qu'il se trouvait, parmi ses victimes, quelques-uns de ses propres sujets : car les potentats africains ne se font pas le moindre scrupule de trafiquer des membres de leur tribu, lorsqu'ils sont à court d'argent ou de cauries[1], et que la chasse à l'esclave n'a pas été heureuse.

Le roi Dingo-Bingo avait donc à vendre un de ces troupeaux humains; et le sourire joyeux qui

1. *Cyprea moneta*, coquillage blanc, univalve qui sert de monnaie courante sur une partie de la côte d'Afrique, dans la Sénégambie, la Nigritie, etc.

rayonnait sur la face du capitaine, lorsque repa-
rurent les deux amis, prouvait que la bande était
nombreuse et que le négrier n'aurait pas besoin
d'aller chercher ailleurs le complément de sa cargaison. Il arrive souvent que par l'effet d'une
compétition désastreuse, il devient très-difficile
de compléter son chargement; et les traitants des
côtes, blancs et noirs, car il s'en trouve de toute
couleur, se montrent alors d'une extrême exi-
gence. Le prix de la marchandise forme dans ce
cas-là un déboursé considérable, et les profits
sur lesquels le négrier comptait sont diminués
d'autant. Mais, lorsqu'il n'y a pas de concurrence,
le prix d'achat est une simple bagatelle. On peut
s'approvisionner de balles noires, comme disent
les traitants, pour quelques brimborions qui ne
valent pas qu'on en parle; l'acquisition du navire,
le salaire de l'équipage, nécessairement nombreux, constituent presque tous les frais du négrier; quant à la nourriture de la cargaison, c'est
tout au plus si elle entre en ligne de compte :
elle se réduit à si peu de chose! du millet africain, plus ordinairement appelé sagou, et de
l'huile de palme de qualité inférieure, que l'on se
procure aisément sur toute la côte de Guinée.

Le millet est bien connu, mais on appelle ainsi,
en différentes contrées, diverses graines qui, bien
qu'elles portent le même nom, sont loin d'avoir

la même origine et d'être produites par la même plante.

L'huile de palme constitue aujourd'hui l'un des articles les plus importants du commerce africain; on en exporte chaque année des milliers de tonnes en France et en Angleterre, où elle est employée à la fabrication de la bougie et du savon; elle est extraite du fruit d'un grand palmier dont on rencontre des forêts entières dans la partie de la côte occidentale qui est comprise entre les deux tropiques. Il n'y a pas très-longtemps que les Africains exploitent cette branche d'industrie; mais, depuis quelques années, les demandes d'huile de palme ont été si nombreuses que l'appât du gain a triomphé de l'indolence des indigènes, et qu'à présent ils conservent avec soin leurs forêts d'élaïs [1], et en récoltent les fruits dans la saison voulue.

L'huile de palme est extraite de la pulpe qui entoure le noyau du fruit de l'élaïs; elle devient tellement dure quand elle est refroidie, qu'il faut, pour la couper, un instrument tranchant; c'est dans cet état qu'elle fait partie de la nourriture des nègres, pour qui elle remplace le beurre et dont elle forme l'un des principaux aliments.

1. Palmier qui fournit de l'huile de palme.

Puisque le millet et l'huile de palme sont les
denrées les moins chères que l'on puisse se procurer en Afrique, ils sont nécessairement empor-
tés par les négriers pour la consommation des
captifs, dont on ne songe pas à varier la nourriture ; leur unique boisson est composée d'eau
claire ; et c'est afin de pouvoir les abreuver qu'on
trouve, dans la cale des navires qui les portent,
cette quantité de grands tonneaux que j'avais remarqués dans celle de *la Pandore*. Quand la cargaison a été déchargée, ces tonneaux, remplis
d'eau de mer, servent de lest pour le voyage de
retour ; une fois sur la côte où l'on prend les esclaves, comme l'embarquement a presque toujours lieu dans une rivière, les tonnes sont vidées et remplies d'eau douce pour les besoins de
la traversée prochaine.

Ces explications données, revenons à notre
skipper et à son noir monarque.

Il était évident que le capitaine de *la Pandore*
était en belle humeur ; il n'avait pas de concur-
rent auprès du roi Dingo, et le chiffre de la cargaison dépassait toute espérance. Sa Majesté ne
semblait pas moins satisfaite de l'entrevue qu'elle
venait d'avoir ; elle sortait à peu près ivre de la
cabine du skipper, tenant de la main droite une
bouteille de rhum à moitié vide, et de l'autre
quelques morceaux d'étoffe de couleur voyante,

quelques brimborions étincelants, dont le capitaine venait de lui faire cadeau. Il traversa le pont
en prenant des airs de matamore, faillit tomber
une ou deux fois en marchant sur son grand sabre, fit un éloge pompeux de ses qualités guer-
rières, se vanta d'avoir pillé maints villages qu'il
avait mis à sac ; et, se glorifiant du nombre de
captifs qu'il avait faits dans sa vie, il rappela au
capitaine la superbe cargaison qu'il lui avait ras-
semblée : cinq cents nègres, jeunes et forts, qu'il
tenait enfermés dans le baracon (c'est ainsi qu'il
appelait l'édifice dont j'ai déjà parlé), cinq cents
esclaves qu'il livrerait le jour même, si tel était
le bon plaisir du capitaine !

Mais le skipper n'était pas encore prêt ; il fallait d'abord que les tonneaux fussent vidés et
qu'on échangeât l'eau de mer dont ils étaient
remplis contre la provision d'eau douce qui devenait indispensable.

Enfin, après avoir exalté ses prouesses dans un
anglais tout émaillé de jurons, le roi Dingo Bingo
retourna dans sa pirogue et fut ramené à terre.
Quelques instants après, le capitaine de *la Pandore*, accompagné du contre-maître et de cinq ou
six hommes de l'équipage, alla rejoindre Sa Majesté qui, pour compléter la débauche, donnait à
ces messieurs un grand repas dans la case royale,
qui s'élevait au bord du fleuve.

Je suivis la guigue ' du capitaine avec des yeux d'envie : non pas que j'eusse le moindre désir de partager le festin du roi Dingo Bingo ; mais j'aspirais vivement au bonheur de me retrouver sur la terre ferme, de me promener au milieu de ces beaux arbres que je voyais du navire, de m'asseoir à leur ombre, d'écouter les oiseaux qui chantaient dans les bois, d'être seul, d'être libre, ne fût-ce que pour un jour.

CHAPITRE XV.

Il est probable que, sans l'intervention de Ben Brace, on ne m'aurait pas permis de satisfaire mon désir ; j'étais toujours le frotteur et le brosseur de *la Pandore*; j'avais du matin au soir le balai. le torchon ou la brosse à la main. Pas un moment de répit ! Les autres pouvaient quitter le vaisseau, une fois leur besogne faite; ils allaient à terre suivant leur bon plaisir; tout leur ou-

1. Canot très-léger à fond plat, ayant les deux bouts en pointe, de sept à huit mètres de long, et marchant au moyen de six avirons et d'une voile légère que · orte un mât très-court.

vrage était de décharger le rhum, le fer et le sel qu'on donnait en payement au roi Dingo Bingo.

J'avais tenté à plusieurs reprises de me glisser avec eux dans leur chaloupe; mais le capitaine et le contre-maître m'en avaient toujours repoussé Lorsqu'en m'éveillant chaque matin, je voyais le soleil étinceler à la cime des grands arbres dont il dorait le feuillage, je soupirais après la liberté; j'aurais donné tout au monde pour qu'il me fût permis de parcourir ces bois resplendissants. Il faut avoir passé des mois entiers sur un vaisseau, enfermé dans des limites étroites, pour se faire une idée de la puissance du désir que j'éprouvais alors; et je n'étais pas seulement prisonnier comme tout le monde; j'étais esclave, accablé de fatigue et d'ennui, rudoyé sans cesse dégoûté à la fois des officiers et de l'équipage. Oh! certainement, j'aurais tout sacrifié pour courir pendant une heure dans cette belle forêt qui se déployait sur les deux rives, et dont la limite échappait à mes regards.

Je ne sais pour quel motif le capitaine et le contre-maître s'opposaient avec tant d'acharnement à ce que j'allasse à terre; peut-être craignaient ils que je ne vinsse à m'enfuir : il est vrai que, se rappelant la manière dont ils m'avaient toujours traité, ils pouvaient à bon droit m'en supposer l'intention.

Ils auraient été fâchés de mon départ, et c'est
pour cela probablement qu'ils ne me permettaient
pas de m'éloigner du navire. J'étais un fort bon
mousse, un excellent domestique, et mon service
leur convenait à merveille. Ils ne se seraient fait
aucun scrupule de m'assommer ou de me noyer
dans un moment de fureur, ou pour satisfaire
une de leurs fantaisies; mais ils m'auraient beaucoup regretté si j'avais réussi à les priver de mes
services.

La même rigueur était observée à l'égard de ce
malheureux Dutchy [1], comme on l'appelait à bord.
Si maltraité que je fusse, ma position était fort
douce en comparaison de la sienne, et l'on devait
penser qu'il chercherait tous les moyens d'échapper à ses tortures : l'instinct devait l'y pousser
inévitablement ; la résignation a des bornes, et
la chair se révolte à la fin. Le pauvre Dutchy, par
malheur, était à bout de patience et résolut de
déserter; je dis par malheur! car cette tentative,
bien naturelle, amena pour cet infortuné une
mort effroyable, que je ne puis me rappeler sans
pâlir.

Quelques jours après que *la Pandore* eut jeté
l'ancre devant la case du roi Dingo, Dutchy me
communiqua l'intention qu'il avait de quitter le

---

1. *Dutch*, Hollandais.

navire; il me confiait ses projets dans l'espoir
que je m'enfuirais avec lui, ou tout au moins que
je lui prêterais assistance : j'étais le seul de tout
l'équipage qui lui eût jamais adressé quelques
paroles de commisération; il savait, de plus, que
j'étais également victime de ses persécuteurs, et
supposait que je ne demanderais pas mieux que
d'échapper à nos tyrans communs. Il avait raison;
mais Ben Brace m'ayant conseillé d'attendre que
nous fussions en Amérique, j'étais résolu à subir
jusque-là toutes les exigences et toutes les infamies du capitaine et du contre-maître; je savais
qu'un voyage de la côte d'Afrique à celle du Brésil ne dure pas plus de quelques semaines, et j'a-
vais confiance dans la promesse que mon protecteur m'avait faite de quitter avec moi cet affreux
négrier.

C'est pour cela que je refusai la proposition du
Hollandais; je m'efforçai même de le détourner
du dessein dont il me faisait part, en lui conseil-
lant d'attendre que nous puissions mettre le pied
sur la côte américaine.

Malheureusement tous mes conseils furent inutiles : Dutchy avait trop souffert et ne pouvait
plus supporter cette existence.

Une belle nuit, tandis que chacun était plongé
dans un profond sommeil, on entendit à côté du
navire la chute d'un corps pesant dans l'eau : « Un

homme à la rivière! » s'écria le matelot de quart,
et, bientôt les dormeurs, dont une grande partie
avaient tendu leurs hamacs sur le pont, s'éveillèrent en se demandant qui avait pu tomber dans
le fleuve.

La lune était pleine, et le ciel était si pur, que
l'on distinguait presque aussi bien que dans le
jour les objets dont nous étions environnés. Tous
les matelots s'étaient précipités vers le bord du
navire et cherchaient du regard ce qui avait pu
motiver l'alerte qui venait d'être donnée; ils vi-
rent alors à la surface du fleuve un point noir qui
avait l'air de flotter vers la rive : c'était évidemment la tête d'un homme, et, à en juger d'après
les ondes qui accompagnaient les mouvements
précipités qui battaient l'eau du fleuve, il était
certain que le nageur se hâtait de fuir et se dirigeait vers la terre.

Peut-être quelqu'un avait-il vu le pauvre Dutchy faire ce plongeon fatal : car c'était lui qui venait d'exécuter ses projets d'évasion.

Le capitaine et le contre-maître avaient, comme
la plupart des hommes de l'équipage, suspendu
leurs hamacs en plein air, à cause de la chaleur :
ils furent immédiatement sur pied, coururent
prendre leurs armes, et, avant que le déserteur
eût franchi la moitié de la distance qui le séparait de la rive, ses tyrans se penchaient au-dessus

du bord du navire, ayant chacun leur mousquet
à la main.

Ils auraient pu traverser d'une balle le corps
de leur victime ou lui faire sauter la cervelle;
mais, bien que le sang de l'infortuné dût retomber

Le crocodile s'élança comme un trait et saisit la cuisse du nageur.
(Page 105.)

sur leur tête, ce n'était pas de leurs mains que
devait périr le malheureux Dutchy.

Avant que leur coup fût ajusté, des rides se
dessinèrent à la surface de l'eau; elles décrivirent
une diagonale, et semblèrent se diriger de façon
à rejoindre les ondes qui étaient produites par le
nageur; une tête se montra bientôt à l'endroit où

l'on remarquait ces rides, et l'on aperçut un monstre dont la couleur était sombre et le corps très-allongé.

« Un crocodile! un crocodile! » s'écria-t-on de *la Pandore*.

Le capitaine et son complice ôtèrent le doigt qu'ils avaient posé sur la détente, et relevèrent leur mousquet; l'œuvre de mort allait avoir lieu sans qu'ils eussent besoin d'intervenir, et je vis une joie satanique rayonner sur leur visage.

« Pauvre Dutchy! s'écria une voix pleine de pitié, il n'atteindra jamais la rive; c'en est fait de lui. Pauvre garçon! le crocodile va le saisir. »

A peine ces paroles étaient-elles prononcées, que le monstrueux amphibie, qui s'était rapproché de sa victime, s'élança comme un trait, laissa voir au-dessus du fleuve son dos couvert d'écailles, saisit la cuisse du nageur entre ses mâchoires puissantes, et plongea subitement. Un cri déchirant s'échappa des lèvres du malheureux qu'il entraînait au fond du fleuve, cri suprême qui retentit dans les bois, dont les échos le prolongèrent; il vibrait encore à notre oreille, que les bulles d'eau teintes de sang, qui montaient à la surface de la rivière, indiquaient seules l'endroit où avaient disparu l'infortuné Dutchy.

« C'est bien fait! vociféra le skipper en accompagnant ces mots d'un horrible juron; la perte n'est pas grande : un marin d'eau douce, un lâche dont nous nous passerons bien.

— Assurément ! s'empressa de dire le contre-maître, qui appuya cette affirmation par une kyrielle de blasphèmes. Avis à quiconque essayerait de déserter, ajouta l'odieux homme en se retournant vers moi. Si l'imbécile n'avait pas quitté *la Pandore*, cette aventure ne lui serait pas arrivée ; après tout, s'il préférait la panse d'un crocodile au gaillard d'avant d'un bon navire, il a ce qu'il demandait. Mais c'est tout de même dans un drôle d'équipage qu'il a fini par s'enrôler. »

Le capitaine accueillit ces paroles avec d'affreux éclats de rire auxquels se mêlèrent ceux d'une partie des matelots ; puis, ayant reporté leurs mousquets à la place où ils les avaient trouvés, le skipper et le contre-maître retournèrent à leurs hamacs, et furent bientôt profondément endormis. Les hommes de l'équipage, groupés autour du cabestan, causèrent pendant quelques minutes de l'horrible catastrophe qui venait de se passer sous leurs yeux ; mais leur conversation prouvait la cruauté de leur âme ; les uns riaient des plaisanteries des autres. « Je voudrais bien savoir, disait-on, si Dutchy a fait un testament ? » Question d'autant plus piquante que le malheureux n'avait jamais possédé qu'un vieux couteau, une écuelle d'étain, une fourchette, une cuiller de fer, et quel-

ques haillons qui lui servaient d'habits. « Mais
qui sera son héritier? » dit quelqu'un. Et toute la
bande de rire à cette demande imprévue.

Bref, on arrêta que le lendemain matin on joue-
rait à la râfle à qui appartiendrait l'équipement
du défunt; ce point une fois réglé, tous les matelots se dispersèrent, les uns pour retourner à
leurs cadres, les autres pour regagner leurs hamacs, qui se balançaient au vent.

Tout l'équipage fut bientôt endormi, et le silence régna de nouveau sur *la Pandore*; quant à
moi, j'étais appuyé sur le bordage du navire, le
regard fixé à l'endroit où j'avais vu disparaître
l'infortuné Dutchy. Rien ne pouvait guider les
yeux; l'écume sanglante qui, pendant quelques
minutes, avait rougi un point du fleuve, s'était
dispersée depuis longtemps , et l'eau sombre
fuyait autour de moi sans que le moindre mouvement intérieur vînt en rider la surface; mais mon
imagination frappée revoyait toujours cet horrible
spectacle, ce monstre hideux ayant dans sa gueule
le corps de sa victime; j'entendais toujours ce cri
d'angoisse répété par l'écho. Rien pourtant ne
bruissait autour de moi; pas une feuille que le
vent fît trembler sur la rive, pas un souffle de
l'air, pas un murmure de l'onde, on aurait dit
que la nature elle-même, terrifiée par cet effroyable événement, avait été réduite au silence.

CHAPITRE XVI.

Je fus bien content lorsque le matin arriva, car je n'avais pas pu dormir de la nuit; le sort de mon pauvre camarade me préoccupa toute la journée suivante : il me semblait que je devais avoir une pareille destinée. C'est la terreur que m'inspirait le capitaine qui éveillait dans mon âme ces douloureux pressentiments ; suivant moi, les véritables meurtriers du pauvre Dutchy étaient le skipper et son affreux contre-maître, le crocodile n'était venu là que par hasard et comme un accessoire; le Hollandais, sans lui, n'en aurait pas moins été tué par ces deux hommes qui l'avaient déjà visé; le monstre n'avait fait que les prévenir, et il était évident que, si le pauvre matelot avait succombé sous les balles de ces affreux coquins, ces derniers n'en auraient eu ni plus de remords, ni plus de souci. J'avais donc de bons motifs pour les craindre, et il n'est pas étonnant que l'inquiétude assiégeât ma pensée.

Durant toute la journée, le cri suprême du pauvre matelot retentit à mon oreille, et d'une façon d'autant plus douloureuse, qu'il formait un contraste poignant avec les éclats de rire et la gaieté bruyante de tout notre équipage. C'était grande fête à bord du négrier : le capitaine recevait le roi Dingo Bingo, et Sa Majesté s'était fait accompagner, non-seulement des principaux hommes de sa tribu, mais encore des beautés à peau noire qui composaient son harem ; un bal avait été organisé par les matelots, et les libations et la danse se prolongèrent fort avant dans la nuit.

Les grossières marchandises que nous avions apportées furent alors déposées sur la rive et délivrées au roi Dingo, qui, en échange, compta ses captifs au capitaine, dont ils devenaient les esclaves. Toutefois, avant de les emmagasiner à bord, il nous restait à faire quelques travaux indispensables : les grilles que l'on avait détruites pendant la chasse du croiseur devaient être remplacées ; il fallait consolider les cloisons destinées à séparer les hommes des femmes, vider les tonnes et les remplir d'eau douce, enfin terminer tous nos préparatifs ; on s'occuperait ensuite de charger la cargaison, chose extrêmement facile, puisqu'on n'avait pas la peine de transporter les ballots, et que d'eux-mêmes ils pouvaient prendre la place qui leur était assignée.

En attendant que *la Pandore* fût prête à les recevoir. les esclaves restèrent à l'endroit où ils étaient casernés, et l'on travailla sur le navire à disposer tout ce qu'il fallait pour leur embarquement.

J'aspirais toujours, et avec plus d'ardeur que jamais, à passer quelques moments à terre ; il me semblait que j'aurais été bien heureux si j'avais pu courir dans les bois, que j'y aurais puisé la force de supporter les horreurs de la traversée que nous allions faire, et dont la seule idée éveillait dans mon âme les plus vives appréhensions.

Ce n'était pas la perspective de mes propres souffrances qui m'inspirait tant d'inquiétude : c'était la pensée des tortures dont j'allais être témoin, du spectacle de cette foule entassée dans un endroit insuffisant pour la contenir, de tous ces pauvres nègres ayant à peine assez de place pour s'asseoir, condamnés à passer de longues semaines sans se coucher, à demi morts de faim et de soif, pantelants sous une chaleur tropicale, au milieu d'un air empoisonné, où beaucoup de ces malheureux allaient trouver la mort ; et non-seulement j'aurais sous les yeux le tableau de toutes ces misères, mais je serais peut-être condamné à prendre part à l'œuvre des bourreaux : il n'était donc pas étonnant que je fusse d'une inquiétude affreuse.

Ma vie était déjà bien assez misérable, bien assez pleine de regrets. Ce n'était point une voca-

8

tion irrésistible pour la marine qui m'avait arraché au foyer paternel ; c'était le besoin de parcourir
des pays inconnus, la passion des voyages, l'a-
mour des aventures qui m'avaient entraîné. « Une
fois marin, me disais-je, plus d'obstacles, plus
d'entraves, le monde me sera ouvert. » Quelle
déception ! J'étais en Afrique, à cent mètres de la
rive, et c'est tout au plus s'il m'était permis de
regarder le sublime paysage qui se déroulait à
mes yeux. J'étais comme un prisonnier qui, à
travers les barreaux de sa geôle, entrevoit l'horizon sans limites, comme un oiseau qui, derrière le treillis de sa cage, aperçoit la feuillée qui
l'attire.

Toutefois, j'avais quelque espérance de réaliser
mes vœux ; Ben Brace m'avait promis qu'aussitôt
qu'il obtiendrait pour lui-même la permission
d'aller à terre, il demanderait que je pusse l'accompagner. Cette perspective me ravissait, bien
que je ne fusse pas sans inquiétude sur la réponse
qui serait faite à la requête de mon généreux
protecteur.

En attendant, je m'efforçais de me d straire, de
rompre la monotonie des jours, en observant avec
soin toutes les choses que je pouvais découvrir.
Du pont même de *la Pandore*, tout ce que j'apercevais était nouveau pour moi et m'intéressait
vivement. Nous nous trouvions dans un pays tout

Les bords d'une rivière de l'Afrique. (Page 118.)

à fait inhabité ; les baraques et les cases que l'on
voyait auprès du fleuve n'étaient qu'une résidence
temporaire ; elles constituaient la factorerie du
roi Dingo Bingo ; mais Sa Majesté n'y demeurait
pas habituellement ; sa ville et son palais étaient
situés dans l'intérieur des terres, où le sol est
plus élevé et le climat plus salubre ; car les maladies abondent sur la côte occidentale d'Afrique.
Le roi ne venait ici qu'une fois par an, à l'é-
poque où certains négriers entraient dans la rivière pour y prendre leur cargaison d'esclaves. Il
descendait alors avec le troupeau qu'il avait ras-
semblé, troupeau humain qui formait son principal revenu, et qu'il se procurait, ainsi que nous
l'avons dit, par des chasses à l'homme et des combats sanglants ; ses gardes, ses conseillers, ses
épouses, toutes les femmes de sa cour, ne manquaient pas de le suivre dans cette expédition
commerciale : car la visite du négrier, dont le
chargement de rhum et d'eau-de-vie était destiné
au roi Dingo, donnait lieu à une série de fêtes ou
plutôt d'orgies grossières, qui faisaient les délices
des courtisans de Sa Majesté.

Pendant tout le reste de l'année, la factorerie
était déserte ; le baracon était vide, ainsi que les
cases du roi ; les animaux féroces, moins cruels
et moins redoutables que l'homme, venaient prendre la place que celui-ci avait occupée, et leurs

voix troublaient seules le silence de la nature.

C'est pour cela que je trouvais un charme profond à la scène qui se déployait à mes yeux ; son
aspect sauvage avait pour moi un puissant intérêt ; et dans le cercle restreint que ma vue pouvait saisir, je découvrais de quoi satisfaire mon
ardente curiosité.

Je voyais les hippopotames géants traverser
l'eau du fleuve, et se traîner sur la rive. Il y en
avait de deux sortes : car, bien que ce soit un fait
peu connu, même des natura...stes, on en trouve
deux espèces dans les rivières de la côte occidentale d'Afrique ; l'une est beaucoup plus petite que
l'autre et n'a pas été décrite aussi souvent que
l'hippopotame ordinaire. Il n'y avait pas d'heure
où je ne visse d'énormes crocodiles, gisant au
bord du fleuve comme des troncs d'arbres, auxquels ils ressemblaient alors, ou poursuivant dans
la rivière quelque poisson dont ils s'emparaient
bien vite. De gros marsouins bondissaient au-dessus de l'eau, et s'approchaient tellement du navire, que j'aurais pu les frapper avec un anspect[1] ;
ils habitent l'Océan, et remontaient la rivière
quelquefois jusqu'à une assez grande hauteur
pour y chercher une plante qu'ils mangent avec dé-

1. Levier particulier à la marine.

lices, et qui était fort commune à l'endroit où nous étions arrêtés.

J'apercevais encore des amphibies de plusieurs espèces ; un grand lézard qui, pour la dimension, pourrait rivaliser avec le crocodile, et je vis un animal rouge et très-rare, le cochon de rivière des Cameroons, dont nous étions peu éloignés.

Des animaux terrestres passaient également sur la rive : je remarquai un lion qui apparaissait entre les arbres, et de grands singes, les uns noirs, les autres rouges, que l'on voyait à travers les branches, et dont les cris, les gémissements et le babillage, ne cessaient pas de la nuit. Un nombre infini de ramiers, de perroquets, de magnifiques oiseaux de toute espèce, volaient constamment au-dessus de la rivière, allant d'un bord à l'autre, où, perchés à la cime des arbres, ils faisaient entendre les chants les plus variés.

Si j'en avais eu le loisir, je ne me serais jamais lassé de contempler ce spectacle rempli d'animation ; mais toutes ces voix qui frappaient mon oreille, tous ces animaux qui allaient et venaient sous mes yeux, augmentaient encore le désir que je ressentais de visiter leur retraite et de voir de plus près ceux dont la douceur et la beauté m'inspiraient toute confiance.

Quelle ne fut pas ma joie lorsque Ben m'annonça qu'il avait congé pour le lendemain, et que

je l'accompagnerais dans son expédition! Ce n'é-
tait pas pour m'être agréable que cette faveur lui
avait été accordée; mais il avait dit que je lui serais nécessaire : il allait à la chasse, il lui fallait
quelqu'un pour porter son gibier, etc. Bref, c'était
uniquement par obligeance pour lui que cette
permission m'avait été donnée. Quant à moi, peu
m'importaient les motifs qui avaient décidé le capitaine, ou la mauvaise grâce que celui-ci avait
pu mettre à m'accorder quelques instants de repos; j'étais trop heureux pour m'inquiéter de ces
misères, et je me préparai à suivre Ben avec un
sentiment de bonheur que jamais, plus tard, la
perspective d'aucun plaisir ne m'a fait éprouver.

CHAPITRE XVII.

Le lendemain matin, au point du jour, nous quittions *la Pandore*; deux amis de Ben Brace nous
conduisirent au rivage et ramenèrent le canot. Je
ne fus pas tranquille avant d'avoir été déposé sur
la rive; il me semblait toujours que mes tyrans
allaient se repentir de leur générosité, rappeler

les rameurs et leur donner des ordres pour que
je revinsse à bord ; je ne respirai même librement
qu'après m'être enfoncé au milieu des broussailles qui me dérobaient enfin à mes persécuteurs.

C'est alors que je me sentis heureux ! je bon-
dissais avec ivresse, je courais comme un fou, je
dansais en agitant les bras, je riais et je pleurais
de joie, au point que mon compagnon crut un
instant que j'allais perdre la tête. S'il avait suffi
de la perspective de cette partie de plaisir pour
me donner tant de bonheur, jugez de ce que devait être la joie produite par la réalité ; il n'y a
pas de langage qui puisse exprimer la sensation
que j'éprouvais en ce moment : je me retrouvais
à terre, mes pieds reposaient sur l'herbe après
avoir pressé pendant deux mois le pont glissant
d'un navire. A la place d'une forêt de mâts, d'espars et de cordages goudronnés qui m'environ-
naient à bord, j'avais de grands arbres qui balançaient au-dessus de ma tête leurs branches flexibles
et chargées de feuilles vertes ; au lieu de siffler
à travers les agrès, ou de gronder en frappant sur
les voiles, le vent soupirait avec douceur en agitant le feuillage et m'apportait des chants d'oiseaux ; puis enfin j'étais libre ; je pouvais penser,
parler et agir : c'était la première fois, depuis
que j'avais mis le pied sur *la Pandore* que j'avais
un instant de bonheur.

Plus de ces ignobles faces que je rencontrais
sans cesse; plus d'infâmes plaisanteries, d'affreux
jurons que des voix éraillées hurlaient à mes
oreilles; ma vue se reposait sur la belle et bonne
figure de mon courageux protecteur, dont les paroles joyeuses vibraient à l'unisson des miennes :
car il était aussi heureux que moi de ces quelques
moments de plaisir et de liberté.

Nous avions l'intention de chasser, comme je
l'ai dit plus haut, et nous étions munis des engins
nécessaires pour accomplir nos projets. Toutefois
il eût été difficile de voir des armes de chasse
dans celles que nous portions l'un et l'autre; Ben
était chargé d'un grand mousquet à pierre du
temps de la reine Anne, ayant une baguette de
métal, et d'un poids à faire fléchir l'épaule d'un
grenadier; mais Ben Brace aurait chassé avec un
petit canon, sans se douter qu'il portait quelque
chose de pesant. Quant à moi, j'étais pourvu d'un
énorme pistolet d'abordage qui me tenait lieu de
fusil; le reste de notre équipement se composait
d'une livre de petit plomb que mon camarade
avait mis dans sa blague à tabac, et d'une certaine quantité de poudre que nous emportions
dans une bouteille qui avait contenu jadis du gin-
ger-beer, ce breuvage favori des Anglais, bouteille
dont il était impossible de méconnaître l'origine,
même au sein des forêts africaines. Nous avions

pris des étoupes à calfater[1] pour nous servir de
bourre ; et c'est avec cet équipage que nous avions
le projet d'occire toutes les bêtes, plume et poil,
qui se trouveraient sur notre chemin.

Il y avait déjà longtemps que nous parcourions
la forêt sans avoir découvert autre chose que la
piste des animaux que nous cherchions ; les oiseaux chantaient ou babillaient au-dessus de nos
têtes ; il était facile d'entendre qu'ils se trouvaient
à portée de notre petit plomb ; mais nous avions
beau regarder dans la direction des voix, pas une
plume n'était perceptible et ne pouvait nous indiquer où il fallait viser. Les oiseaux nous voyaient
parfaitement, et il est probable que nous les aurions vus à notre tour, si nous avions pu savoir
où ils étaient cachés ; mais ils se perdaient au
milieu des branches ou des feuilles ; car la nature
revêt les animaux sauvages de couleurs analogues
au milieu qu'ils habitent : la robe du lièvre ressemble aux terrains fauves, aux bruyères desséchées qu'il fréquente ; le plumage de la perdrix
se confond avec le chaume et la terre du sillon ;
je pourrais en citer beaucoup d'autres exemples.
Le même fait se produit également dans les ré-
gions tropicales : la fourrure tachetée de la pan-
thère et du léopard se distingue à peine, malgré

1. Calfater, boucher les trous qui se font dans le navire pendant la traversée.

tout son éclat, des feuilles rousses dont la forêt
est jonchée; les perroquets, destinés à vivre au
milieu des arbres verts, sont eux-mêmes de cette
couleur, tandis que les espèces qui fréquentent
les rochers sont grises, et que celles qui habitent
au milieu des troncs d'arbres gigantesques sont
d'une teinte beaucoup plus sombre.

C'est par ce motif que nous avions marché pendant longtemps sans apercevoir une seule plume;
toutefois nous n'étions pas destinés à revenir à
bord sans avoir eu l'occasion de brûler un peu de
poudre. Nous vîmes enfin un gros oiseau brun
qui perchait tranquillement sur la branche inférieure d'un arbre dépouillé de toutes ses feuilles.

Je m'arrêtai à une certaine distance, et Ben s'a-
vança pour tirer sur l'oiseau; mon protecteur ne
manquait pas d'adresse, ayant été jadis quelque
peu braconnier; le voilà donc se glissant d'un arbre à l'autre et arrivant auprès de celui où perchait sa victime. La simple créature ne parut pas
même faire attention au chasseur, qui ne prenait
plus la peine de dissimuler sa présence; un oiseau
d'Angleterre se fût envolé depuis longtemps. Ben,
qui était résolu à ne point rentrer les mains vides, s'approcha de manière à ne pas manquer sa
proie; l'oiseau demeura complétement immobile,
vous auriez dit qu'il était empaillé; Ben leva sa
reine Anne, appuya sur la détente. et la bête.

qu'il lui était impossible de manquer, tomba *tuée morte*, comme disent les Irlandais.

J'accourus bien vite pour ramasser l'animal, dont j'ignorais, ainsi que Ben, le nom et la famille ; c'était un gros oiseau, presque aussi grand qu'un dindon, avec lequel il offrait une singulière resemblance ; il avait, comme celui-ci, la tête et le cou tout rouge et sans la moindre plume. Ben était persuadé que c'était une dinde sauvage. Quant à moi, j'étais sûr du contraire ; je me rappelais parfaitement qu'on n'en trouve qu'en Amérique et en Australie ; mais s'il n'existe pas de dinde sauvage en Afrique, on y voit des outardes, des floricans[1] et diverses espèces d'oiseaux qui ressemblent beaucoup au dindon ; j'en conclus que c'était un de ces derniers, et que, pour n'être pas une dinde, notre volatile n'en ferait pas moins un rôti succulent. C'est dans cette espérance que Ben Brace prit l'oiseau, qu'il s'attacha en bandoulière ; puis il rechargea son mousquet, et nous poursuivîmes notre chemin.

A peine avions-nous fait dix pas, que nous vîmes le cadavre d'un animal à moité dévoré. Ben me dit que c'était un daim ; effectivement on pouvait le croire ; mais j'observai que la bête avait des cornes au lieu de bois ; j'avais lu d'ailleurs

---

1. Outarde de la petite espèce.

qu'il n'existait ni daim ni chevreuil en Afrique, à
l'exception d'une seule espèce que l'on trouve
vers le Nord, à une très-grande distance de l'endroit où nous étions. Je répondis à Ben que ce
devait être une antilope, animal qui tient en Afrique la place des daims, des chevreuils et des
cerfs. Ben n'avait jamais entendu parler d'antilopes et ne voulut point ajouter foi à mes
paroles.

« Une antilope! s'écria-t-il avec un certain mépris; non, non, petit Will; c'est un daim, pas autre chose, mon garçon; mais quel dommage qu'il
ne soit pas vivant! ça nous aurait fait une fameuse cargaison, n'est-ce pas, fanfan ?...

— Oui, » répliquai-je d'un air préoccupé, car
je pensais à autre chose. Le cadavre de l'antilope
avait été déchiré par quelque bête de proie qui en
avait mangé la moitié; Ben me disait que c'était
un chacal, peut-être un loup qui en avait fait son
repas; je le crus d'abord, et cependant les yeux
de l'antilope me firent supposer que nous étions
dans l'erreur. Quand je dis les yeux, je parle de
la place qu'ils avaient occupée; le globe de l'œil
n'existait plus, et l'orbite se trouvait parfaitement
nettoyé Cette circonstance me frappa; évidemment ce n'était pas l'œuvre d'un quadrupède; la
cavité qui avait renfermé les yeux était beaucoup
trop petite pour permettre à un chacal d'y intro-

duire sa gueule : c'était un bec d'oiseau qui avait produit ce résultat; le bec d'un oiseau qui mange de la chair morte, et probablement c'était celui d'un vautour,

Je vautour. (Page 128.)

Mais quel était donc l'animal que Ben portait sur son épaule? Je le connaissais maintenant; l'endroit où nous l'avions rencontré, le voisinage de la charogne, son immobilité à l'approche du chas-

seur, son aspect, sa tête chauve, son col entièrement nu, tous ces points me confirmaient que
c'était bien un vautour. J'avais lu que cet animal
est parfois si peu farouche qu'en certains cas il
est possible de le tuer à coups de bâton, surtout
lorsqu'il vient de remplir son estomac ; or la présence de l'antilope à demi dévorée indiquait suf-
fisamment que notre vautour s'était gorgé de
charogne, ce qui expliquait la torpeur où nous
l'avions trouvé.

J'étais donc bien convaincu de la nature de notre gibier. Mais il me coûtait d'annoncer ma découverte à mon pauvre compagnon ; j'aimais
mieux qu'il s'aperçut lui-même de la méprise
qu'il avait faite. Je n'attendis pas longtemps : à
peine avions-nous fait cent pas, que je vis Ben
Brace dénouer subitement la corde qui attachait
l'oiseau, attirer celui-ci par-dessus son épaule, le
porter à son nez, et le rejeter en s'écriant :

« Un dindon ! ah ! petit Will, non, non, ce n'est
pas une dinde ; mille sabords ! c'est un damné
vautour qui pue comme une charogne. »

CHAPITRE XVIII.

Je fis semblant d'être étonné, bien que je ne
pusse m'empêcher d'éclater de rire en voyant la
surprise que témoignait mon pauvre ami. Il est
certain que l'affreuse odeur qui s'échappait de
cet abominable vautour était absolument la même
que celle de la charogne d'antilope que nous
avions vue quelques instants avant; et c'est lorsque cette puanteur avait frappé les narines de Ben
que celui-ci avait fini par croire que son gibier
n'était pas un dindon. Il aurait parfaitement reconnu le vautour de Pondichéry, qu'il avait vu
dans l'Inde, ou bien le griffon de couleur jaunâtre,
qu'il avait rencontré à Gibraltar et sur les bords
du Nil. Mais celui qu'il venait de tuer, bien plus
petit que les deux autres et se rapprochant beaucoup plus de la dinde, ne se trouve qu'en Afrique
et sur la côte occidentale. J'ai été, depuis cette
époque, dans presque tous les pays du monde, et
'e n'y ai jamais rencontré de vautour de cette
espèce : il n'est donc pas étonnant que mon

9

compagnon n'ait pas pu le reconnaître, puisque c'était la première fois qu'il venait dans ces parages.

L'expression qui couvrit la figure de Ben, lorsqu'il jeta au loin sa bête puante, avait quelque chose de si drôle, que j'en aurais bien ri si je n'avais craint d'ajouter au dépit qu'il paraissaî' éprouver. Désirant, au contraire, lui faire oublier sa déconvenue, je m'approchai de la bête immonde, je feignis d'être étonné, je reconnus qu'effectivement c'était bien un vautour; et, la laissant à la place où Ben l'avait envoyée, nous poursuivîmes notre course au hasard, avec l'espoir de rencontrer quelque gibier dont la chair fût plus appétissante.

A peu de de distance de l'endroit où Ben avait jeté son vautour, nous entrâmes dans une grande forêt de palmiers, dont la vue donnait satisfaction à l'un de mes vœux les plus ardents. Si jamais, en pensant aux rivages lointains, j'avais désiré quelque chose, c'était de contempler ces arbres d'une nature particulière, qui n'existe que dans les pays les plus chauds du globe, et dont j'avais lu tant de descriptions dans mes livres de voyage. En face de cette forêt de palmiers, je comprenais que les récits les plus brillants ne donneront jamais qu'une idée imparfaite des beautés de la nature; de tous les chefs-d'œuvre qu'elle a produits, je n'ai rien vu qui m'ait causé plus de ravissement.

Il y a beaucoup de palmiers qui ne se réunissent point de manière à constituer des forêts : ils

Le palmier oléifère (elaïs guineensis). (Page 132.)

poussent isolément ou par groupe de deux ou trois individus mêlés à d'autres arbres : et dans le nombre des espèces de palmiers, qui s'élève, dit-on, à un mille, vous pensez bien qu'il s'en trouve de beaucoup moins belles les unes que les autres : on en voit d'informes, de tortues, de rabougries ; quelques-unes même déploient leurs palmes sur la terre et n'offrent point de stipe[1].

Mais les palmiers qui constituaient la forêt où nous venions de pénétrer appartenaient à l'une des plus nobles familles de cette magnifique tribu. J'ignorais alors quelle en était l'espèce ; j'ai appris plus tard que c'était le palmier oléifère, que les Africains de la côte occidentale appellent *mava*, et les savants *elaïs guineensis*.

Il a quelque ressemblance avec le cocotier, dans la famille duquel les botanistes l'ont placé ; d'une grosseur médiocre (c'est tout au plus s'il acquiert 90 centimètres de tour), il s'élance à une hauteur de trente mètres, où il se couronne de feuilles semblables à d'immenses plumes d'autruche, qui retombent gracieusement en forme de parasol ; chacune de ces feuilles est longue d'environ cinq mètres : elles appartiennent au genre que l'on nomme *pennées*, c'est-à-dire qu'elles sont composées de folioles nombreuses, disposées parallèlement comme les barbes d'une plume ; chaque foliole de ces feuilles a la forme d'une rapière, et sa longueur est de quarante-

1. On appelle ainsi le tronc des palmiers.

cinq centimètres. Le fruit de l'élaïs naît à l'ombre de cet admirab   feuillage, précisément au-dessous du point où la feuille s'éloigne du stipe.

Ce fruit est une noix de la grosseur d'un œuf de pigeon; seulement sa forme est régulière, et il se produit par grappes énormes, que l'on appelle régimes. La coquille de cette noix est entourée d'un brou épais et charnu, pareil à celui qui recouvre la noix ordinaire, mais d'une nature plus oléagineuse, et d'où l'on extrait l'huile de palme, que j'ai déjà citée à propos de la nourriture des nègres. L'amande peut également fournir de l'huile, qui est plus difficile à extraire, mais qui est aussi d'une qualité supérieure à celle que l'on fabrique avec la pulpe de l'écorce.

Rien n'est plus beau qu'un élaïs complétement développé, avec ses longs régimes de fruits mûrs, dont le jaune brillant contraste de la façon la plus heureuse avec le vert foncé des frondes qui s'inclinent gracieusement comme pour protéger les grappes d'or contre le soleil des tropiques.

Rien de plus beau qu'un élaïs, à moins que ce ne soit une forêt tout entière de ces arbres splendides, précisément comme la forêt où je venais d'entrer avec Ben. Ce rude matelot, lui-même, ressentit une vive impression de la grandeur du spectacle qui s'offrait à nos yeux, et nous nous arrêtâmes instinctivement pour contempler cette admirable scène.

Tant que nos regards pouvaient s'étendre, nous n'apercevions que des colonnes élancées, tellement droites et régulières, qu'on les aurait crues faites de main d'homme; elles soutenaient la voûte de feuillage qui se déployait au-dessus de nos têtes, et dont les courbes gracieuses, aux folioles délicates, formaient d'énormes arcades fouillées et ciselées avec un art parfait. Du haut de ces colonnes pendaient, comme autant de lustres d'or, les grappes éclatantes qui rehaussaient l'effet général, tandis que le sol était jonché de fruits sans nombre. On croyait voir un temple grandiose, élevé par la nature à la Pomone antique.

Si, au lieu de vendre ses prisonniers, ou même d'employer ses soldats à chasser des esclaves, le roi Dingo Bingo leur faisait recueillir ces fruits d'or et pressurer leur péricarpe huileux, quelle immense fortune ne ferait-il pas en peu de temps, et que de douleurs seraient épargnées à ces milliers d'êtres humains dont il fait marchandise et dont l'infortune lui rapporte si peu de chose!

CHAPITRE XIX.

Nous avions fait plus d'un mille à travers cette forêt merveilleuse, et malgré sa beauté nous désirions vivement d'en sortir au plus vite : non pas qu'elle fût obscure; les palmes qui tamisaient les rayons du soleil nous préservaient de sa chaleur sans nous priver de sa lumière; la scène était riante et l'effet toujours magique. Mais il n'était rien moins qu'agréable de parcourir ces lieux enchantés : le sol était couvert de noix d'élaïs, comme le dessous des pommiers après une nuit d'orage, bien plus encore; en maint endroit les fruits se trouvaient tellement pressés qu'il devenait impossible de ne pas les écraser; vous glissiez alors au milieu de cette pulpe gommeuse, tenace comme de la poix, et dans laquelle se trouvaient des myriades de noyaux qui rendaient la marche excessivement pénible; parfois une grappe entière s'attachait à vos chaussures; il fallait s'arrêter continuellement pour se dégager de ces entraves; nous n'avancions qu'en chancelant, et ce

n'est qu'au bout d'une heure que nous pûmes
nous retrouver à la lisière du bois.

Nous l'atteignîmes enfin, après mille et mille
peines, et je fus enchanté d'apercevoir des arbres
d'une espèce différente, beaucoup moins beaux, à
vrai dire, mais qui permettaient d'errer sous leur
ombre sans courir le risque de tomber à chaque
pas ou de se donner une entorse. Toutefois, après
avoir cheminé quelque temps sous la voûte
épaisse de cette nouvelle forêt, nous commençâmes à désirer de nous retrouver dans la plaine;
aucun gibier n'apparaissait à nos regards; d'ailleurs, pour celui qui a toujours vécu dans un
pays découvert, les grands bois sont fort peu at-
trayants; on est frappé tout d'abord de leur aspect
majestueux, mais on ne tarde pas à se fa guer
de la monotonie qu'ils présentent; tous les arbres
sont pareils, tous les points de vue sont les
mêmes; la couche épaisse de feuilles mortes que
vous foulez en marchant produit un son que vous
vous lassez d'entendre, et vous aspirez bien vite à
vous retrouver dans un endroit où le ciel bleu se
déploiera sur votre tête, où l'horizon est sans
bornes, et où l'herbe fine et verte formera sous
vos pieds un tapis aussi moelleux qu'il est agréable à voir.

Mon compagnon était du même avis, d'autant
plus qu'il espérait trouver du gibier lorsqu'une

fois nous serions dans la plaine. Nos souhaits furent bientôt réalisés. Nous n'avions pas franchi
un quart de mille depuis l'endroit où nous avions
quitté les élaïs, quand nous vîmes tout à coup le
soleil ruisseler entre les arbres et un coin du ciel
apparaître. Nous courûmes dans cette direction,
où il devait exister tout au moins une clairière ;
et quelques instants après nous étions sur le bord
d'une plaine immense, qui s'étendait à perte de
vue. Çà et là s'élevaient quelques arbres magnifiques, soit isolés, soit en bouquet, et si heureusement placés qu'on aurait dit un parc admirable,
dessiné avec art; mais on n'apercevait ni maison ni cabane, rien qui annonçât la présence de
l'homme.

Quant à des animaux, il y en avait de char-
mants qui paissaient dans la prairie ; Ben les qua-
lifia du nom de daims, bien que ce fussent des
antilopes, je le voyais à leurs cornes, mais peu
nous importait : quelle que fût leur espèce nous
étions enchantés de cette rencontre qui nous permettait d'espérer une bonne chasse. Nous nous
arrêtâmes un instant au milieu d'un bouquet
d'arbrisseaux, pour décider par quel moyen nous
approcherions de ce gibier qui excitait notre con-
voitise; nous n'avions qu'un parti à prendre, celui
de nous glisser dans les taillis qui parsemaient la
plaine, et d'arriver sans être remarqués des anti-

lopes, à celui qui se trouvait auprès d'eles. Nous
voilà donc marchant à demi courbés, ou rampant
sur nos mains et sur nos genoux, et finissant par
atteindre le bosquet d'où nous voulions attaquer
notre gibier. Ce n'était pas sans peine et sans égra-
tignures que nous étions parvenus à nous frayer
un passage à travers ce fouillis d'acacias, d'aloès,
d'arbustes épineux qui formaient le hallier

Cependant, malgré tous les obstacles que nous
avions rencontrés, nous nous étions enfin rapprochés du troupeau. Avec quelle émotion nous vîmes que les antilopes continuaient à pâturer sans
montrer d'inquiétude, et qu'elles se trouvaient à
belle portée de la reine Anne ! Je n'avais pas l'intention de tirer mon pistolet, c'eût été gaspiller
de la poudre sans aucune chance de réussite, et
je n'avais suivi mon compagnon que pour mieux
voir ce qui allait arriver.

Je n'attendis pas longtemps; Ben sentait bien
qu'il fallait se dépêcher; les antilopes, jusqu'à
présent si tranquilles, avaient relevé la tête, et,
présentant à la brise leur mufle délicat, elles paraissaient comprendre qu'un ennemi était proche.

Mon camarade abaissa le canon de la reine Anne,
le posa sur une branche, visa soigneusement et
appuya sur la gâchette du mousquet.

Au même instant, toutes les antilopes détalè-
rent, et si vite, si vite, qu'elles avaient disparu

avant que l'écho eût cessé de retentir. Ben était certain, disait-il, d'avoir touché la bête qu'il s'était désignée ; mais les chasseurs n'avouent presque jamais qu'ils ont tiré à faux ; si on voulait en croire les récits qu'ils ne manquent pas de vous faire, le nombre des animaux blessés qui parviennent à s'enfuir dépasserait toute imagination.

Le fait est que le plomb de Ben était beaucoup trop petit pour chasser la grosse bête, et qu'il aurait pu tirer cent fois, en atteignant son but, sans parvenir à tuer un animal de la grosseur des antilopes.

CHAPITRE XX.

Ben regretta bien vivement de n'avoir pas pris des balles ou tout au moins emporté quelques petits morceaux de fer ; quant au plomb, il n'en existait pas d'autre à bord du négrier. Mais au moment de partir, notre ambition n'allait pas jusqu'à tuer des antilopes, et nous avions fait nos préparatifs comme pour chasser la plume aux en-

virons de Portsmouth. Les oiseaux seuls avaient
donc à redouter l'adresse de mon compagnon et
les oiseaux de petite taille; car Ben n'aurait pas
abattu le vautour s'il ne s'en était approché de
manière à le tirer à bout portant. Mais à quoi bon
les regrets? Nous étions beaucoup trop loin pour
songer à retourner au navire, surtout par cette
chaleur dévorante; puis il aurait fallu traverser
une seconde fois la forêt d'élaïs, et nous étions
bien résolus à faire un long détour pour ne pas
y rentrer. Il fut donc décidé que nous nous pas-
serions de balle ou de mitraille; et Ben rechar-
geant son mousquet avec son plomb à bécassine,
nous nous mîmes en quête d'un gibier plus abor-
dable.

Nous n'avions pas fait beaucoup de chemin,
lorsqu'un arbre singulier attira notre attention;
il était seul, bien qu'il y en eût à peu de distance
quelques autres du même genre, mais infiniment
plus petits. Impossible de s'y méprendre, ces derniers appartenaient certainement à la même famille que le gros arbre; néanmoins, ils présentaient avec lui une différence très-grande, et, sans
les feuilles particulières qui les caractérisaient,
on aurait pu supposer qu'ils étaient d'une tout
autre espèce : mais les feuilles absolument pareilles, et quelques autres signes que l'on remarquait tout d'abord, montraient évidemment que

c'était l'âge qui avait créé cette dissemblance, tout aussi grande que celle qui existe entre un enfant potelé, aux joues roses, et un vieillard au front ridé. Les petits arbres, conséquemment les plus jeunes avaient un ou deux mètres de hauteur et ils pouvaient avoir cinquante centimètres de circonférence ; ce qu'il y avait de curieux, c'est qu'ils étaient moins gros à la base qu'à l'extrémité supérieure, comme si on les avait arrachés et replantés la tête en bas; leur tronc bizarre ne formait pas une branche, n'avait pas une brindille; il se couronnait tout bonnement d'une grosse touffe de longues feuilles épaisses, droites et roides, qui ressemblaient à des lames de sabre et qui se dirigeaient dans tous les sens, de manière à constituer une masse globulaire. Si vous avez vu des aloès, il vous sera facile de vous représenter le feuillage de cet arbre singulier; toutefois il offre encore plus de ressemblance avec un autre arbre que l'on appelle yucca; c'est au point que plus tard, lorsque je vis des yuccas à Mexico et dans l'Amérique méridionale, je fus frappé de la similitude qu'il y avait entre eux et que je ne doutai pas qu'ils ne fussent de la même famille, bien que les botanistes les aient classés dans des genres différents.

A cette époque je ne connaissais pas l'yucca, et je n'avais jamais eu l'occasion de voir l'arbre au

singulier feuillage que nous regardions avec surprise.

Ben supposait que c'était un palmier; mais il
n'était pas habile à distinguer les différentes espèces de plantes et d'animaux, et cette fois encore

Aloés de Guinée.

il se trouvait dans l'erreur. Il fondait son opinion
sur l'aspect des jeunes arbres qui s'élevaient autour de leur énorme ancêtre; à vrai dire, leur
absence de rameaux, leur tronc arrondi, la couronne de feuilles dont ils étaient surmontés, ex-

pliquaient la méprise de Ben, et tous ceux qui n'ont pas étudié la botanique seraient tombés dans la même erreur. Aux yeux des matelots, chaque arbre dont les feuilles émergent directement du tronc et s'irradient, comme celles de l'aloès, de l'yucca ou du zamia, sont toujours des palmiers. C'est pour cela que Ben n'hésitait pas à trancher la question qui s'élevait entre nous ; il voyait bien que ce n'était pas le même arbre que l'élaïs ou le cocotier, mais il savait qu'il y a dans le monde beaucoup d'espèces de palmiers qui présentent entre elles d'énormes différences : il n'aurait cependant pas voulu me croire si je lui avais dit alors qu'il en existe plus de mille.

Je me serais probablement rangé à l'avis de Ben, car je n'étais guère plus fort que lui en botanique ; mais je savais par hasard que ces arbres n'étaient pas des palmiers, je pouvais même lui citer le nom sous lequel on les désigne, et je vais vous dire à quelle source j'avais puisé ma science.

Il se trouvait, parmi les livres qui m'avaient été donnés, un volume qui traitait des merveilles de la nature ; c'était l'un de mes ouvrages favoris, et je l'avais lu dix ou quinze fois, toujours avec plaisir. Au nombre des merveilles que mon auteur avait dépeintes, figurait un arbre excessivement curieux, que l'on voit aux Canaries et qui est connu sous

le nom de dragonnier d'Orotava. D'après M. de
Humboldt, qui en a fait la description, il mesure
quinze mètres de hauteur et treize mètres cinquante centimètres de circonférence. Lorsqu'on a
fait une incision, la sève qui découle de sa blessure est d'un rouge sanglant, et pour ce motif
elle a été nommée sang-dragon. Cet arbre, du
reste, n'est pas le seul qui donne un suc rouge ;
il en est d'autres qui offrent cette particularité,
et, bien qu'ils appartiennent à des famillles différentes, ils s'appellent également dragonniers. Celui d'Orotava s'élève d'abord à une vingtaine de
pieds sans branches, puis il se divise en rameaux
nombreux et trapus, qui se séparent du tronc
comme les branches d'un candélabre et qui supportent chacun, à leur extrémité, un des globes
de feuilles roides que j'ai décrits plus hauts; du
milieu de ces touffes éparses se dresse une hampe
de fleurs disposées de manière à former une pa-
nicule, et qui plus tard sont remplacées par de
petites noix.

Ce qu'il y a de plus étrange dans le récit de
M. de Humboldt, c'est que non-seulement les Espagnols ont trouvé le dragonnier d'Orotava lorsqu'ils vinrent aux Canaries pour la première fois,
il y a plus de quatre cents ans, mais que depuis
lors c'est à peine s'il a grossi d'une manière appré-
ciable. L'éminent voyageur en conclut que ce dra-

gonnier célèbre est l'un des arbres les plus vieux
du globe, et qu'il est peut-être du même âge que
l'île de Ténériffe où il s'est développé.

A l'exception de cette conjoncture, qui est pure-
ment philosophique, tout ce que j'avais lu au sujet de cet arbre curieux est matériellement vrai ;
j'ai visité moi-même les Canaries et j'ai contem-
plé cette merveille du monde végétal, qui, par
malheur, depuis la visite de M. Humboldt a
éprouvé un accident fâcheux : pendant un orage
du mois de juin 1819 la moitié de la couronne de
ce géant, tant de fois séculaire, a été brisée par
la tempête ; mais l'arbre continue à végéter ; les
habitants d'Orotava, qui ont pour lui une véné-
ration profonde, ont pansé sa blessure et ont in-
scrit la date de l'événement à l'endroit même où
le dragonnier a été frappé.

Grâce aux soins dont il est entouré, je ne doute
pas que cet arbre vénérable ne vive encore au
moins pendant un siècle.

Vous ne devinez pas ce que le dragonnier d'Orotava peut avoir de commun avec Ben Brace et avec
les arbres qui attiraient nos regards ; mais vous
allez le comprendre : il était représenté dans le
livre où la description m'en avait été donnée ;
c'était une gravure sur bois grossièrement des-
sinée, mais assez exacte pour que j'eusse reconnu
tout de suite à quelle famille appartenaient les

arbres que nous avions sous les yeux ; à peine les
avais-je aperçus que l'image de mon vieux livre
m'était revenue à l'esprit. C'était bien cela ; un
tronc massif que la base des feuilles disparues
depuis longtemps avait rendu tout raboteux ; de
grosses branches verticillées [1], portant chacune
un groupe de feuilles en forme de baïonnettes ;
les panicules [2] de fleurs d'un blanc verdâtre ; exactement comme dans la gravure de mon livre ; ce
n'était donc pas un palmier dont la vue nous étonnait, mais un énorme dragonnier, peut-être du
même âge que celui d'Orotava.

CHAPITRE XXI.

Je fis part de ma conviction à Ben Brace, qui
persistait à voir un palmier dans l'arbre que nous
regardions ensemble, et qui contesta mes paroles.

Comment, disait-il, pouvais-je connaître cet arbre, puisque c'était le premier de cette espèce
que je voyais ? Je lui parlai de mon livre et de la

1. Disposées autour du tronc sur un même plan horizontal.
2. Épi lâche, flexible et ramifié : celui de l'avoine, par exemple.

gravure qui était restée présente à ma mémoire; il n'en conserva pas moins son incrédulité.

« Veux-tu que je te prouve que j'ai raison? lui dis-je; rien n'est plus facile à établir.

— Comment cela? demanda Ben Brace.

— Si l'arbre saigne, lui répondis-je, il est évident que ce sera un dragonnier.

— Si l'arbre saigne? reprit mon compagnon; est-ce que tu es fou, petit Will? Qui a jamais entendu dire qu'il y avait du sang dans les arbres?

— Je parle de la séve.

— Que le diable t'emporte, il est bien certain qu'il y a de la séve dans tous les arbres, excepté quand ils sont morts.

— Mais non pas de la séve rouge.

— Comment! tu crois que la séve de cet arbre que nous voyons là-bas est rouge?

— Aussi rouge que du sang, j'en suis presque certain.

—·Essayons, mon enfant la chose est très-facile; une entaille de ce gros arbre, et nous verrons quel genre de séve coule dans ses horribles veines: car, sans lui faire du tort, c'est bien le plus affreux des madriers que j'aie rencontrés de ma vie; on n'en ferait pas le bout d'un mât, pas même une petite vergue; mais il est assez laid pour servir de potence »

En disant ces paroles, Ben se dirigeait vers le
dragonnier et je le suivais tranquillement; rien ne
nous pressait, l'arbre ne s'enfuirait pas comme
une antilope, ou un oiseau; rien ne bougeait autour de lui, ni sur ses branches; il aurait fallu un
vent plus qu'ordinaire pour agiter ses feuilles,
qui se seraient rompues, mais non pas ébranlées.
Il avait moins l'air d'un végétal que d'un arbre de
fonte. Cependant, à mesure que nous approchions,
son inflexibilité prenait, si l'on peut dire, un caractère plus doux par l'aspect de ses fleurs, dont
le parfum se répandait même à une grande distance.

Immédiatement autour de l'arbre se trouvait
une couche de grandes herbes jaunies comme les
blés à l'époque de la moisson, mais bien plus
fortes et bien plus hautes. On y voyait la passée
d'un animal pesant qui s'y était même roulé en
différents endroits. Ceci n'avait rien d'extraordinaire, dans un pays où abondent les animaux sauvages; des antilopes avaient pu venir se reposer à
l'ombre du dragonnier et laisser leur forme dans
l'herbe. Nous n'y attachâmes aucune importance,
et Ben, tirant son grand couteau, l'enfonça d'une
main vigoureuse dans le tronc colossal du prétendu palmier.

Ni l'un ni l'autre nous ne vîmes la séve qui
s'échappa du corps de l'arbre : car, au moment où

le couteau frappa l'écorce, un animal bondit à
vingt pas de l'endroit où nous étions placés, et
nous regarda tout surpris de notre audace.

Il n'était pas besoin d'être un grand naturaliste
pour reconnaître l'animal qui nous regardait de
la sorte : à son pelage fauve, à sa crinière abondante, à cette face énorme où brillaient des yeux
jaunes et féroces, où des lèvres frémissantes,
ornées de longues barbes, découvraient d'effroya
bles canines, personne ne pouvait s'y méprendre :
c'était un lion qui dormait dans les grandes herbes et que nous venions de réveiller. Un enfant
l'aurait immédiatement reconnu.

La terreur nous avait paralysés : nous restions
immobiles, contemplant avec effroi l'énorme félin,
qui semblait éprouver moins de colère que de
surprise. Par bonheur, cette anxiété ne fut pas
longue ; après nous avoir considérés pendant quelques instants, le lion poussa un grondement
sourd, laissa retomber sa queue et s'éloigna d'un
air maussade, comme le font en général tous
les lions en présence de l'homme, surtout quand
ils n'ont pas faim et qu'on ne les attaque pas.

Il marchait avec une extrême lenteur, se couchait à des intervalles rapprochés, et tournait la
tète par-dessus son épaule, afin de regarder s'il
était poursuivi. Nous étions loin d'en avoir la
pensée ; au contraire, nous avions été nous mettre

de l'autre côté du gros arbre, ce qui n'aurait pas
servi à grand'chose si le lion avait eu la fantaisie
de nous attaquer; mais, quoique l'animal ne s'é-
loignât pas aussi vite que nous l'aurions bien
voulu, il ne témoignait aucune intention de revenir sur ses pas, et nous commençâmes à nous
rassurer quelque peu.

Il nous aurait été facile de nous enfuir, puisque
la plaine était découverte; mais nous avions peur
d'attirer le lion sur nos pas; quelques bonds lui
auraient suffi pour nous rejoindre, et, d'un seul
coup de son énorme patte, il nous aurait mis en
pièces, ou, comme disait mon compagnon avec
plus d'élégance, « il nous aurait envoyés dans le
milieu de la semaine prochaine. »

Le lion se serait probablement retiré sans nous
rien dire, si on l'avait laissé tranquille; mais mon
ami Ben était d'une audace qui allait parfois jusqu'à la témérité : il s'impatienta de voir que notre ennemi s'éloignait avec autant de lenteur, et
l'idée folle de l'effrayer par un coup de la reine
Anne qui, pensait-il, lui ferait prendre la fuite,
ayant traversé l'esprit de Ben, celui-ci déchargea
son mousquet dans la direction du félin.

Je suis certain que l'animal fut touché; mais
que pouvait sur lui notre plomb à bécassine,
alors même qu'il eût été plus près de nous?

Toutefois l'effet produit par ce coup de feu sur

le moral du lion fut diamétralement opposé à celui que le chasseur en avait attendu. Au lieu de
s'enfuir comme Ben l'avait espéré, l'énorme félin
poussa un rugissement furieux, et, se retournant
aussitôt, accourut en bondissant vers l'endroit où
nous étions.

CHAPITRE XXII.

Une minute de plus, et Ben Brace et moi nous
avions cessé de vivre; j'étais persuadé que nous
allions être déchirés par morceaux, et nous n'aurions pas échappé à cette horrible mort, si mon
compagnon n'avait pas été l'homme de ressources par excellence. Il avisa immédiatement au
moyen de fuir le péril dont nous étions menacés;
peut-être y avait-il pensé d'abord, car il eût été
plus qu'imprudent de tirer sur un lion, en plaine
découverte, avec du plomb à bécassine.

Quant à moi, je ne comprenais pas ce qu'il avait
pu imaginer. Nous étions derrière le tronc d'arbre, mais cela ne pouvait pas nous protéger,
puisque le lion nous avait vus; d'ailleurs il au-

rait bien su en faire le tour, et je m'attendais à
être immédiatement dévoré.

Ben Brace était d'une opinion différente. Je n'a-
vais pas eu le temps de pousser un cri d'effroi,
qu'il m'avait saisi par les jambes, et que me hissant sur ses épaules : « Vite ! s'écria-t-il, saisis la
branche que tu peux atteindre, et grimpe sur la
tête de l'arbre. Vite ! vite ! ou c'est fait de nous. »

Je compris ce qu'il voulait dire, et, sans même
songer à lui répondre, je me mis en devoir d'exécuter sa recommandation. C'est tout au plus si,
en ayant les pieds sur les mains de Ben, qui m'é-
levait de toute la longueur de ses bras, il me fut
possible de saisir l'une des branches du dragonnier. Restait encore à me hisser, du bout des
doigts, jusqu'à la cime de l'arbre; mais je grimpais maintenant comme un singe, et avec un peu
d'efforts je parvins à m'établir en toute sécurité
au sommet du colosse.

Pendant ce temps-là, Ben s'efforçait d'accomplir
son ascension; il m'avait lâché dès qu'il s'était
aperçu que mes mains avaient trouvé un point
d'appui, et il usait de tous les moyens possibles
pour grimper à côté de moi; malheureusemnt la
branche était beaucoup trop élevée pour qu'il pût
y atteindre, et l'arbre était si gros qu'on ne pouvait pas songer à l'entourer de ses bras : il ne
lui aurait pas été plus difficile d'embrasser une

L'instant d'après il se trouvait à mes côtés. (Page 155.)

muraille; mais l'écorce était bien loin d'être unie,
elle présentait des nœuds, des trous; les vieille.
feuilles en tombant y avaient laissé une partie de
leur base, qui formaient des espèces d'échelons.
Ben, avec la rapidité de coup d'œil qui le carac-
térisait, ayant compris l'avantage qu'il pouvait
tirer de ces inégalités, avait défait ses chaussures
et gravissait comme un chat, en s'aidant des mains
et des pieds.

La besogne était pénible et demandait un certain calme, afin d'être sûr de la place où il posait
les doigts; car s'il eût perdu l'équilibre et qu'il
fût tombé en arrière, ou qu'il eût dégringolé, c'é-
tait fini : le lion arrivait trop vite pour lui permettre de tenter une nouvelle escalade. Par bonheur j'avais pu m'établir solidement au milieu des
rameaux où j'étais arrivé, et me penchant vers
Ben, je finis par saisir le collet de sa veste et par
l'attirer vers moi, si bien que l'instant d'après il
se trouvait à mes côtés.

Jamais péril ne fut plus imminent : les pieds
du matelot pendaient encore entre les branches,
lorsque le lion, qui venait d'atteindre le dragonnier, bondissant contre l'arbre, en arracha d'é-
normes lambeaux d'écorce; il n'y avait pas trois
pouces entre la plante des pieds de mon pauvre
ami et les griffes de l'animal. Si les ongles du
lion avaient malheureusement saisi la cheville de

Ben, la dernière heure de celui-ci aurait été son-
née ; mais, comme le disait Ben Brace, dès qu'on
échappe au danger, un pouce est aussi bon qu'un
mille. La suite de l'aventure prouva la vérité de
cet adage.

Toutefois, nous étions loin d'être satisfaits du
poste que nous occupions, je dirai même que
nous éprouvions toujours une certaine inquiétude. Le lion ne peut pas monter à un arbre en
l'embrassant, comme le font les ours, ni gravir
comme un chat, dont il a cependant les ongles
rétractiles, et bien qu'il soit lui-même le plus gros
de tous les chats; mais ses griffes sont généralement trop émoussées pour lui permettre de grimper à un arbre, et c'est une prétention qu'il ne
saurait avoir ; néanmoins sa force est tellement
grande, ses muscles ont tant d'élasticité, qu'il
peut s'élancer à une grande hauteur; et il était
possible que le nôtre, en s'accrochant à l'écorce
rugueuse du dragonnier, trouvât le moyen d'arriver jusqu'à la cime de l'arbre.

Il n'est donc pas étonnant que nous fussions
toujours inquiets, surtout quand nous vîmes la
bête féroce s'arrêter à quelques pas de notre asile,
étendre ses larges pattes et songer évidemment
à s'élancer vers nous.

Ce fut l'affaire d'une seconde : il franchit d'un
bond la distance qui le séparait du dragonnier,

et fit un saut oblique et prodigieux qui lui fit atteindre l'endroit où l'arbre se ramifiait; par bonheur, ses griffes ne purent pas le retenir, et il retomba dans l'herbe.

Cet échec ne le découragea pas; il se recula pour reprendre un second élan et pour renouveler son attaque, plus résolu cette fois et certain du succès. La colère étincelait dans ses yeux, la fureur qu'on voyait sur son visage se révélait dans ses moindres mouvements; ses lèvres retroussées découvraient ses dents blanches, et entre ses mâchoires béantes apparaissait sa langue épineuse et couverte d'écume.

Un rugissement effroyable se fit entendre, un éclair sembla frapper nos regards, et, avant que nous eussions pu dire un mot, nous vîmes la patte fauve du lion s'allonger sur la branche, et son large museau apparaître à nos pieds; une seconde de plus, et la bête furieuse arrivait jusqu'à nous. Mais la présence d'esprit de mon protecteur ne l'abandonna pas dans cet instant critique; le lion n'eut pas le temps de faire un nouvel effort pour atteindre le sommet du dragonnier : la lame affilée du couteau de Ben s'était abaissée à deux reprises différentes sur la patte dont le lion avait saisi la branche. Quant à moi, tirant le pistolet que je portais à ma ceinture, je le déchargeai dans la face de l'effroyable monstre.

Je ne sais pas lequel de nous deux produisit le
plus d'effet ; toujours est-il qu'au moment où je
lâchais la détente de mon pistolet d'abordage, le
lion retomba au pied de l'arbre, et fit le tour du
dragonnier en rugissant d'une voix qui se serait
entendue à plusieurs milles de distance.

Il était facile de voir, à la manière dont il boi-
tait, combien il souffrait des blessures que Ben
lui avait faites, et le sang qui lui couvrait la face
prouvait que mon plomb à bécassine lui avait labouré les chairs.

Nous crûmes un instant qu'après avoir été ainsi
repoussé il abandonnerait la partie ; mais nous
vîmes bientôt que notre espérance était une illusion : ni mon coup de feu, ni les estafilades de
Ben, ne l'avaient sérieusement blessé ; nous n'a-
vions fait qu'augmenter sa fureur et son désir de
vengeance. Après avoir tourné pendant quelques
minutes autour de l'arbre et s'être arrêté plusieurs
fois pour mordiller avec colère sa patte sanglante.
il se prépara de nouveau à franchir l'espace qui
nous séparait de lui. J'avais rechargé mon pistolet, Ben tenait son couteau à la main, et, nous
posant carrément sur notre perchoir, nous atten-
dîmes l'assaut de pied ferme.

Le lion bondit une troisième fois et s'élança
contre l'arbre ; mais, à notre vive satisfaction, il
fut loin d'atteindre à la hauteur où il était arrivé

précédemment; sa patte, sans aucun doute, avait
reçu quelque lésion profonde.

Il renouvela ses efforts à diverses reprises, et
chaque fois avec moins de succès qu'auparavant.
Si la fureur avait pu lui servir, il serait certainement parvenu à son but : on ne se figure pas le
degré de colère, ou plutôt de rage, auquel il était
arrivé; et ses rugissements, entremêlés de cris
aigus, vibraient avec une telle puissance, que je
n'entendais plus la voix de mon protecteur.

Enfin, après avoir essayé vainement de nous atteindre, le lion parut comprendre que nous étions
hors de sa portée, et sembla renoncer au projet
qu'il avait eu d'abord.

Mais son intention n'était pas d'abandonner la
place ; au contraire, il était résolu à nous faire
soutenir un siége en règle, et nous le vîmes, à
notre grand chagrin, s'établir au pied de l'arbre,
où il se coucha dans l'herbe, avec l'intention d'y
rester jusqu'au moment où nous serions con-
traints de descendre.

CHAPITRE XXIII.

Il fallait donc rester à la cime du dragonnier ;
nous ne pouvions pas faire autrement : le lion
s'était placé de manière à nous saisir d'un bond à
l'instant où nous mettrions pied à terre, et c'était
se jeter dans sa gueule que de chercher à descendre. Il était là pelotonné sur lui-même ainsi qu'un
chat ; de temps à autre il se levait, s'étendait
comme s'il avait voulu ramper, se fouettait les
flancs avec sa queue, montrait les dents et rugissait avec colère ; puis il s'accroupissait de nouveau
et léchait sa patte coupée, en grondant d'une voix
sourde, comme s'il s'était promis à lui-même de
venger sa blessure.

Nous avions espéré qu'il se fatiguerait de nous
attendre et que, de guerre lasse, il finirait par
s'éloigner ; mais cette espérance nous abandonna
peu à peu, lorsque nous vîmes l'attention con-
stante qu'il mettait à nous guetter. Au moindre
mouvement que nous faisions dans les branches,
il se levait comme poussé par un ressort, et, supposant que nous allions descendre, il se mettait

mesure de nous arrêter au passage. Ceci prouvait
assez qu'il n'avait pas l'intention de quitter la place,
et nous étions persuadés qu'il ne lèverait pas le
siége de son propre mouvement.

Notre inquiétude commençait à devenir excessive ; jusque-là, terrifiés par la violence de l'attaque et par la vue même de notre terrible assail-
lant, nous n'avions pas réfléchi à toute l'horreur
de notre situation ; le premier effroi passé, il avait
fallu se défendre, et l'avantage que nous avions
d'abord obtenu avait empêché le désespoir de nous
atteindre; je dirai même que la certitude que
nous avions d'être à l'abri des mâchoires et des
griffes de l'ennemi nous avait tout à fait rassurés
pendant quelques instants.

Mais nous commencions à comprendre que nous
allions courir un danger d'une autre nature.
Quelle que fût la sûreté de notre asile, nous ne
pouvions pas y séjourner longtemps: c'est une position fort incommode que d'être à califourchon
sur une branche ; mais ce n'était pas l'absence de
confort qui nous préoccupait: nous étions habi-
tués l'un et l'autre à nous trouver à cheval sur un
bâton, et Ben Brace avait dormi plus d'une fois
avec le boutehors de perroquet entre les jambes.
Notre inquiétude avait un motif bien autrement
sérieux: c'était la perspective d'avoir à souffrir de
la faim et de la soif. Je ne devrais pas même dire

la perspective: car si nous n'étions pas encore
trop affamés, la soif nous tourmentait déjà
cruellement; nous n'avions pas avalé une goutte
d'eau depuis que nous avions quitté la rivière; et
quiconque a marché en Afrique sous un soleil tro-
pical, sait qu'on éprouve le désir de boire tous
les quatre ou cinq cents pas; nous l'avions res-
senti presque aussitôt après notre départ, et
j'avais cherché de l'eau depuis le commencement
de notre promenade, sans pouvoir en trouver.

Combien nous nous reprochions de n'avoir pas
emporté du navire au moins une gargoulette!
mais nous étions partis sans qu'il nous vînt à la
pensée que des provisions nous seraient même
nécessaires. Tout à la joie que nous promettait ce
jour de congé, nous avions oublié que nous nous
trouvions dans un pays sauvage, et nous n'avions
pas fait d'autres préparatifs que si nous avions été
dans un coin du monde civilisé.

A peine étions-nous dans la forêt d'élaïs, que la
soif s'était déjà fait sentir; mais à présent que
nous étions perchés sur des branches nues, sans
rien qui nous protégeât contre les rayons d'un
soleil dévorant, en plein midi, près de l'équateur,
nous éprouvions une véritable torture; je souffrais tellement, qu'il me semblait impossible de
ne pas mourir, pour peu que notre supplice se
prolongeât. Peut-être l'aurais-je mieux supporté,

si j'avais été absorbé par une besogne quelconque ;
mais nous n'avions pas autre chose à faire que de
nous maintenir en équilibre sur la branche, et
de donner cours à nos tristes réflexions.

La perspective était loin d'être consolante. Si
nous quittions notre dragonnier, nous serions
dévorés par le lion ; si nous persistions à y rester,
la faim, et surtout la soif nous feraient mourir
après une affreuse agonie.

Comment sortirions-nous de cette terrible alternative ? Le lion, après s'être ennuyé de nous attendre, finirait-il par aller chercher pâture ailleurs ?
Il n'y paraissait pas disposé ; tous ses mouvements
annonçaient des intentions peu rassurantes, et je
me rappelais avoir trouvé dans mes lectures beaucoup de choses qui prouvaient le caractère implacable de ce roi des forêts, qui est bien loin d'avoir
la générosité qu'on lui attribue. Cette prétendue
générosité n'est peut-être que de l'indifférence à
l'égard des gens qui ne l'attaquent pas, et il l'é-
prouve surtout lorsqu'il est rassasié.

Notre lion pouvait n'avoir pas faim ; mais il avait
été provoqué, blessé dans la lutte qui avait
suivi la provocation, et le sentiment de la vengeance était porté chez lui à son dernier paroxys-
me ; nul doute que sa rage ne fût longtemps à s'a-
paiser. Peut-être la nuit calmerait-elle sa fureur ;
mais que devenir jusqu'au soir, en supposant que

les ténèbres dussent adoucir sa colère, ou nous
permettre d'échapper à sa férocité?

Nous n'avions pas compté un seul instant sur
nos camarades de *la Pandore*; Ben avait, il est vrai,
des amis dans l'équipage, mais ils n'étaient pas de
nature à s'inquiéter de ce qu'il avait pu devenir:
d'ailleurs, quand même ils se seraient mis à sa recherche, comment retrouver quelqu'un dans ces
forêts sans limite, où il n'existe pas même un sentier pour indiquer la route que nous avions pu
suivre?

La seule espérance qui nous vint de ce côté-là
reposait sur un motif assez étrange; il était possible que le soir, en ne nous voyant pas revenir,
le capitaine de *la Pandore* se figurât que nous avions
déserté, et qu'il fit battre les environs de manière
à pouvoir nous retrouver.

Quelque singulière que fût cette conjecture,
nous souhaitions vivement qu'elle se trouvât jus-
tifiée, car c'était la seule chance que nous eussions d'être secourus.

Mais notre soif devenait de plus en plus dévorante, la george nous brûlait comme si nous eussions avalé du piment: notre langue s'était entièrement desséchée, et nous n'avions plus une seule
goutte de salive.

C'est alors qu'une idée vint à l'esprit de Ben
Brace; il tira son couteau et pratiqua une entaille

à l'écorce de la branche où il était assis. La question qui nous avait divisés, relativement à la nature de l'arbre où nous étions perchés, n'offrait
plus aucun doute; une séve rouge s'échappa de la
blessure que Ben venait de produire: c'était bien
du sang-dragon qui s'écoulait des veines de l'arbre.

Espérant nous désaltérer à la source qui nous
était offerte, nous appuyâmes nos lèvres sur l'incision qui avait été faite à la branche, et nous aspi-
râmes le liquide sanglant qui filtrait de sa blessure;
nous nous en serions bien gardés si nous avions été
moins ignorants, car le sang-dragon est l'une des
substances les plus astringentes que l'on connaisse.
Hélas! nous l'apprîmes bientôt à nos dépens; cinq
minutes après avoir avalé de ce liquide étrange, il
nous sembla que du vitriol nous avait été versé
dans la bouche, et notre soif était devenue tellement violente, qu'il n'y avait plus moyen d'en
supporter l'angoisse. Nous nous repentions d'avoir
goûté à cette horrible séve, et nous maudissions
notre imprudence; peut-être sans cela aurions-
nous pu endurer la soif jusqu'au lendemain matin; mais ce n'était pas possible, nous souffrions
autant que s'il y avait eu plusieurs jours que
nous fussions privés d'eau.

Qui pourrait dépeindre notre agonie? Notre
supplice grandissait à chaque seconde, et ce fut
au point que Ben Brace me proposa de descendre

et de lutter corps à corps avec le lion, plutôt que
de supporter nos tortures.

CHAPITRE XXIV.

Oui ; bien que l'issue du combat ne fut pas douteuse, nous pensions à quitter notre asile et à disputer notre vie à l'animal féroce qui nous attendait au passage. Nous préférions courir la chance
de cette lutte inégale et tomber sous la griffe de
notre ennemi, plutôt que de supporter les souffrances indicibles qui pouvaient durer longtemps
encore ; mais par bonheur nous n'en fûmes pas
réduits à cette extrémité.

On se rappelle le vieux mousquet de Ben Brace,
cette arme pesante dont l'origine remontait à l'é-
poque où la reine Anne gouvernait l'Angleterre ;
on pourrait croire que nous l'avions oubliée, mais
il n'en était rien, nous y pensions toujours ; elle
gisait au pied de l'arbre où mon protecteur l'a-
vait jetée dans son empressement à fuir l'ennemi
qui approchait, et nous l'avions regardée plus
d'une fois en nous demandant quel service nous

pouvions en attendre. Mais à quoi bon y penser?
elle était trop loin pour que nous puissions la ressaisir ; et, quand la chose aurait été possible, nous
savions par expérience que notre plomb n'était
pas assez fort pour nous délivrer de notre ennemi. Nous aurions pu tirer sur le lion jusqu'à ce
que notre poudre fût complétement épuisée, sans
produire d'autre résultat que d'augmenter sa rage,
si toutefois sa fureur n'avait pas atteint ses dernières limites. Nous avions donc laissé la reine
Anne au pied du dragonnier, sans faire le moindre
effort pour en reprendre possession.

Mais au moment de nous engager dans un combat final et de chercher notre salut dans une tentative désespérée, nous pensâmes de nouveau à
utiliser le vieux mousquet. Ben s'était mis dans la
tête qu'il pourrait nous servir ; on pouvait toujours en faire l'essai, et je ne comprends point
que cette idée ne nous soit pas venue plus tôt.

Le projet de Ben était celui-ci : reprendre la
reine Anne, y mettre une double charge, provo-
quer l'ennemi d'une manière ou d'une autre, de
façon à lui faire renouveler ses tentatives d'escalade, et au moment où il atteindrait presque la
branche où nous étions assis, lui décharger à
bout portant notre petit plomb, qui ferait balle,
et qui, le frappant à la tête, ne pouvait manquer
de le blesser grièvement.

La première chose à faire était de reprendre notre mousquet : il n'était pas à un mètre de l'arbre; mais, si près qu'il fût du dragonnier, il était impossible de l'atteindre de l'endroit où nous étions placés, car la bête féroce, qui épiait tous nos mouvements, se serait emparée de celui de nous deux qui aurait mis pied à terre. Comment donc faire pour ressaisir le mousquet?

Il n'avait pas été question un seul instant de descendre pour aller chercher la reine Anne, puisque c'était courir à une mort évidente. Ben avait pensé à me prendre par les pieds et à me tenir comme font les singes, qui forment une chaîne en s'attachant à leurs camarades pour saisir les objets que sans cela ils ne pourraient pas atteindre; mais en calculant la distance qui nous séparait de la terre, il n'y avait pas moyen de songer à ce procédé; nous étions beaucoup trop haut pour qu'il pût nous réussir. Ben eut alors une autre idée : c'était de faire un nœud coulant au bout d'une corde, de passer le nœud autour du mousquet, de tirer sur la corde, de manière à serrer la boucle, et d'amener ainsi la reine Anne. Le plan était bon, il ne restait plus qu'à l'exécuter.

Nous avions la corde, cela va sans dire, un marin n'en est jamais dépourvu; la nôtre avait déjà servi à lier le vautour sur les épaules de Ben, et celui-ci n'avait pas manqué de la détacher soi-

gneusement lorsqu'il avait jeté l'oiseau. Elle était
juste assez longue et assez forte pour arriver à
notre but; on n'aurait pas trouvé mieux quand
on l'eût choisie tout exprès. Qui aurait su faire
un nœud coulant, si ce n'avait été Ben? Le nœud
fut bientôt fait et la corde descendue tout doucement, pour que la boucle ne serrât pas avant
d'atteindre l'objet qu'elle devait nous ramener.
Guidé par la main adroite du marin, le nœud coulant finit par reposer sur le sol, précisément en
face de la bouche du mousquet; par bonheur,
l'herbe soulevait légèrement le canon de la reine
Anne, et la corde put, sans trop de peine, glisser
au-dessous de lui; mais Ben Brace ne fut content
qu'après avoir fait voyager son nœud jusque derrière le porte-mousqueton, qui lui offrait un point
d'appui. Un coup sec fut imprimé à la corde, ainsi
qu'un matelot seul était capable de le donner, et
l'instant d'après la reine Anne était dans les mains
de Ben Brace.

Ce fut l'affaire de quelques minutes pour charger le vieux mousquet, opération qui demandait
tous nos soins; il fallait bien prendre garde de
laisser tomber la baguette ou la bouteille qui renfermait la poudre, la blague où était le petit plomb,
et l'étoupe dont nous faisions nos bourres; car,
sans l'un ou l'autre de ces objets, tout le reste
nous devenait inutile.

Pendant tous ces préparatifs, notre adversaire
ne gardait pas le silence; en voyant le mousquet
monter mystérieusement dans l'arbre, il avait
paru deviner qu'il se tramait contre lui quelque
machination plus ou moins meurtrière; et, se levant d'un bond, il avait fait le tour du dragonnier en rugissant avec force.

La reine Anne était chargée, et Ben Brace attendait que le lion s'élançât contre l'arbre, ainsi
qu'il l'avait fait au début; toutefois, l'animal ne
paraissait pas d'humeur à tenter un nouvel assaut; il rugissait toujours et fouettait l'air de sa
queue puissante, mais il ne quittait pas la place
d'où il épiait nos actions.

Un coup de pistolet amènerait peut-être le résultat que nous voulions obtenir, et Ben me con-
seilla de tirer; j'obéis, en déchargeant mon arme
dans la direction de mon adversaire; je ne lui fis
pas grand mal, c'est tout au plus si je le cinglai;
néanmoins, cette provocation ne resta pas sans
effet : la bête furieuse bondit en se rapprochant
du dragonnier, puis elle s'arrêta de nouveau,
continua de rugir et de se frapper les flancs de sa
queue.

L'ennemi n'était plus qu'à huit ou dix pas de la
bouche de la reine Anne, mais il était évident
qu'il n'avait pas l'intention de chercher à nous atteindre : car, après être resté debout pendant

quelques minutes, il s'accroupit en s'appuyant sur
ses hanches à la manière des chats. Sa large poitrine se déployait en face de nous et présentait
au chasseur un point de mire attrayant.

Ben Brace eut bien envie d'appuyer sur la détente du mousquet, mais l'animal était encore
trop loin pour que le plomb à bécassine pût produire le résultat que nous espérions; et mon ami,
devenu prudent, releva son arme qui allait partir.

Il m'avait dit de recharger mon pistolet, et je
me dépêchais de lui obéir, lorsque d'un mot à l'o-
reille il m'ordonna de m'arrêter. Je l'interrogeais
du regard : un nouveau projet lui était venu à
l'esprit; sans me dire ce qu'il avait résolu, il tira,
des anneaux qui la retenaient, la grosse baguette
de fer qui servait à charger la reine Anne, il prit
des étoupes dont il embobina la tête de la baguette, et l'enfonça dans le canon du mousquet;
cette opération terminée, je le vis porter la crosse
de la reine Anne à l'épaule et viser attentivement
notre adversaire; j'entendis bientôt une détonation violente, et le nuage de fumée qui enveloppa
la cime de l'arbre me cacha tous les objets envi-
ronnants.

Mais bien qu'il nous fût impossible de juger
par les yeux du résultat qu'avait produit la décharge du mousquet, il m'était permis de suppo-

ser que Ben Brace avait obtenu un plein succès.
Au lieu de cette voix triomphante qui exprimait
la fureur et qui semblait une menace de mort,
c'étaient des plaintes effroyables qui frappaient
notre oreille, des râlements affreux, des cris
étouffés, pareils aux gémissements d'un chat qui
agonise.

Puis la voix s'éteignit, et lorsque, un instant
après, la fumée de la poudre se fut entièrement
dissipée, nous vîmes avec bonheur l'énorme lion
étendu sur le flanc, immobile et sans vie.

Nous le regardâmes pendant quelque temps
avant de quitter notre asile, afin d'être bien sûrs
qu'il était mort, et, quand nous fûmes certains
qu'il ne respirait plus, nous descendîmes du dragonnier et nous nous approchâmes du corps de
notre ennemi.

La baguette de fer avait accompli son œuvre ;
elle était entrée dans la poitrine de l'animal, et
avait pénétré jusqu'au cœur.

C'était assez de gibier pour un jour ; Ben le
pensait comme moi ; un lion de cette taille suffisait à son ambition, et nous fûmes d'avis de ne
pas chercher d'autre aventure.

Ben cependant n'était pas homme à revenir à
bord sans y rapporter la preuve de son adresse
comme chasseur. Après avoir trouvé une source
et nous être complétement désaltérés. nous re-

vînmes à l'endroit où gisait le corps du lion, et nous le dépouillâmes à l'arbre de l'énorme dragonnier.

Mon compagnon prit la peau du félin, qu'il mit sur ses épaules; je me chargeai de la reine Anne; et, fiers du trophée de notre victoire, nous nous dirigeâmes du côté de *la Pandore*.

CHAPITRE XXV.

Notre intention était bien de revenir immédiatement à bord, et, comme je l'ai dit, nous nous étions orientés de manière à rejoindre le négrier par la voie la plus courte.

Après avoir marché pendant quelque temps, il nous sembla que nous nous écartions de la ligne droite, et, nous détournant tout à coup, nous prîmes une autre direction.

Nous avions fait plus d'un mille depuis l'endroit où nous avions changé de route, lorsque, n'apercevant pas la rivière, nous supposâmes que nous nous étions trompés et nous revînmes sur nos pas; nous fîmes encore un ou deux milles, et, ne voyant pas le moindre cours d'eau à l'horizon, nous commençâmes à croire que nous nous étions égarés ; impossible, en effet, d'imaginer dans quelle direction pouvait être *la Pandore* ou les baraques du roi Dingo Bingo.

Après nous être reposés pendant quelques instants, car nous étions fatigués de marcher au hasard et de tourner dans le même cercle, sans savoir de quel côté nous devions prendre, nous poursuivîmes notre chemin et nous fîmes au moins trois milles sans nous écarter de la ligne droite ; mais, au lieu d'arriver dans les bas-fonds où serpentait la rivière, nous nous trouvâmes dans une région montagneuse et couverte de quelques arbres épars. On y apercevait une énorme quantité de gibier, des antilopes de toute espèce ; mais nous étions beaucoup trop préoccupés de retrouver notre chemin pour éprouver le désir de les chasser, la vue du cacatois de *la Pandore* nous aurait été infiniment plus agréable que celle de tous les antilopes de la terre.

Une montagne nous parut s'élever au-dessus des autres, et, comme elle était également la plus rapprochée de nous, Ben me proposa d'en atteindre le sommet, d'où nous pourrions découvrir tout le pays environnant, sans doute apercevoir la rivière, et peut-être *la Pandore*.

Me laissant guider complétement par Ben Brace,

je ne demandais pas mieux que d'accepter cette
proposition, et nous nous dirigeâmes vers la montagne qu'il m'avait désignée. Elle paraissait à un
mille ou deux tout au plus ; mais, à notre grande
surprise, quand nous eûmes franchi cette distance,
elle nous sembla tout aussi éloignée.

Ce n'était rien encore ; nous continuâmes à marcher pendant une demi-heure, et la montagne
n'en était pas plus prochaine ; nous avancions
toujours, et l'espace qui nous séparait d'elle ne
paraissait pas diminuer.

Si j'avais été seul, j'aurais certainement renoncé
à l'espoir d'atteindre un but qui semblait fuir devant nous, et je lui aurais tourné le dos ; mais Ben
Brace était doué d'une extrême persévérance ; il
avait décidé qu'il gravirait cette montagne, et il
était résolu à ne pas même faire une halte avant
d'être arrivé au sommet, dussions-nous pour l'atteindre marcher jusqu'à la nuit.

Peut-être, s'il avait estimé tout d'abord qu'il y
avait plus de dix milles de l'endroit où il avait
formé le projet d'aborder la montagne jusqu'à la
cime qu'il voulait escalader, peut-être ne se serait-il point engagé dans une pareille entreprise ;
mais le ciel est tellement pur sous les tropiques,
la transparence de l'atmosphère y est si grande,
que, pour celui qui est accoutumé à l'horizon
brumeux des campagnes anglaises, il est très-dif-

ficile de juger de la distance qui vous sépare de
l'objet que vous apercevez de loin.

Il nous restait tout au plus une heure de jour,
lorsque nous atteignîmes enfin l'endroit où nous
voulions arriver. Les flancs abrupts de la montagne avaient rendu notre ascension très-fatigante ;
mais nous étions amplement dédommagés de la
peine que nous avions prise, par la vue splendide
qui se déroulait à nos yeux : la rivière se déployait à l'horizon comme une ceinture d'argent
posée sur un tapis de verdure; l'une de ses extré-
mités s'enfonçait dans la forêt et l'autre allait se
plonger dans la mer, que l'on voyait blanchir dans
le lointain et se confondre avec le ciel ; nous apercevions *la Pandore*, immobile sur l'eau brillante,
et nous crûmes distinguer le baracon du roi Dingo
qui se détachait au milieu du feuillage. Le navire
ne paraissait pas plus grand qu'une pirogue et
nous semblait à l'embouchure de la rivière, bien
qu'il se trouvât à plus d'un mille de la côte.

A cette vue, nous ressentîmes une joie réelle ;
complétement égarés depuis quatre heures, nous
commencions à devenir fort inquiets ; mais, à présent que nous avions déterminé la position de la
rivière et que nous pouvions nous orienter, il
nous était facile de nous rendre au bord de l'eau
et d'arriver ensuite à notre destination.

Une seule chose nous tourmentait encore : il

nous était impossible de franchir la distance qui nous séparait du vaisseau avant la fin du jour. Nous pouvions espérer d'atteindre la rivière au coucher du soleil : mais une forêt épaisse en couvrait les deux rives; on ne pouvait y marcher qu'avec une extrême lenteur; une fois la nuit close, elle devenait impraticable, et nous serions obligés de bivouaquer dans les bois jusqu'au lendemain matin.

Puisqu'il en était ainsi, Ben pensa qu'il valait mieux rester au sommet de la montagne que d'aller coucher dans la forêt; nous aurions moins de dangers à courir de la part des bêtes féroces, dans un endroit où les arbres étaient rares, qu'au milieu des fourrés qui les abritent, surtout au bord de la rivière, où les animaux sauvages se trouvent en plus grand nombre. Nous pouvions d'autant mieux nous établir sur la montagne que la soif n'y était pas à craindre; une belle source, à laquelle nous nous étions désaltérés en arrivant, coulait à deux pas de l'endroit que nous avions choisi pour y camper : il était donc inutile de se rapprocher de la rivière dans le seul but d'avoir de l'eau.

Mais les vivres manquaient; nous n'avions pas une bouchée de viande, pas un morceau de biscuit, et nous étions affamés comme des loups. Comment faire pour supporter la faim qui nous dévorait? Nous ne pouvions l'apaiser qu'en arrivant à *la Pandore*, c'est-à-dire le jour suivant, et peut-être à une heure avancée.

Ben regrettait de n'avoir pas emporté un morceau du lion qu'il avait tué, déclarant qu'une tranche de cet animal aurait bien fait son affaire; mais nous n'en avions pris que la dépouille, et, malgré notre appétit, nous ne pouvions pas y mordre.

Nous étions allés nous asseoir au bord de la fontaine, qui alimentait un ruisseau, et nous parlions des préparatifs que nous avions à faire pour la nuit; il fallait d'abord aller chercher du bois pour établir un grand feu, non pas en prévision du froid, car la soirée était d'une chaleur étouffante, mais pour éloigner les animaux sauvages, que la flamme écarterait de notre bivouac.

Tandis que nous causions, notre faim grandissait toujours; elle devint tellement violente que nous pensions à manger de l'herbe; mais la fortune se montra plus favorable à notre égard et nous épargna cette dure nécessité. Comme nous cherchions autour de nous s'il n'y avait pas quelque racine tuberculeuse dont nous pussions faire notre profit, un gros oiseau sortit d'un bouquet d'arbres et s'avança dans la clairière; il ne nous voyait pas, car il s'approchait de nous en paissant d'un air calme et tout préoccupé de choisir sa nourriture.

Ben avait rechargé la reine Anne; la baguette s'était tordue en frappant le lion, mais le chasseur l'avait redressée tant bien que mal, et s'en était servi pour introduire une nouvelle charge dans le canon du mousquet.

Voyant le gros oiseau s'avancer tranquillement, nous nous étions couchés dans l'herbe sans faire le moindre bruit, et, se plaçant derrière un buisson, Ben passa entre les épines la bouche de la reine Anne.

On aurait dit que la Providence nous envoyait cet oiseau pour notre souper; la folle créature marchait précisément dans la direction du chasseur. Lorsqu'elle fut à dix pas du mousquet, Ben pesa sur la détente, le coup partit, et bien que ce fût toujours avec notre petit plomb, l'oiseau tomba mort, sans même battre de l'aile. C'était une grande outarde, que Ben s'empressa de ramasser et d'apporter au bivouac.

Nous voilà plumant notre gibier, allumant notre feu, vidant la bête et la plaçant au milieu de la flamme pour la faire rôtir plus vite; il est possible qu'elle sentît la fumée, je crois même que c'est probable; mais je ne m'en suis pas aperçu, Ben encore moins, et c'est bien le meilleur repas que j'aie jamais fait de ma vie D'ailleurs, après avoir

été réduit pendant deux mois aux salaisons de
la Pandore, une belle outarde grasse, qui est l'un
des gibiers les plus savoureux que l'on puisse se
procurer, était vraiment une friandise; et ce fut
pour nous un tel régal que, étant revenus à l'assaut un peu avant de nous endormir, presque
toute la bête y avait passé, en dépit de sa grande
taille.

Nous arrosâmes notre souper d'abondantes libations d'eau fraîche, puisée à la source limpide qui
se trouvait à nos pieds, et nous nous mîmes à
chercher un bon endroit où nous pussions nous
étendre pour y passer la nuit.

CHAPITRE XXVI.

Nous pensions tout d'abord nous coucher à la
place où nous avions fait cuire notre outarde et
où nous l'avions mangée; l'herbe y était épaisse
et nous aurait fait un bon matelas, où nous aurions reposé très-confortablement.

Toutefois, si la chaleur était encore assez grande
pour qu'il fût agréable de s'endormir en plein

air, il n'en serait pas de même un peu plus tard ; nous le savions par expérience. Quelle que soit la chaleur du jour dans cette partie de l'Afrique, les nuits y sont parfois très-fraîches ; quand, à bord du navire, on couchait sur le pont, il venait un instant où l'on cherchait ses couvertures pour se préserver des brumes épaisses qui vous glaçaient : non pas que le thermomètre descendît très-bas, mais la différence avec la chaleur de la journée était si grande, que la sensation produite par cet abaissement de température est celui d'un froid très-vif auquel on est excessivement sensible.

Il avait fait ce jour-là plus chaud qu'à l'ordinaire, et la peine que nous avions eue à traverser la forêt d'élaïs, le temps que nous avions passé en plein soleil à la cime du dragonnier, les taillis épineux qu'il nous avait fallu franchir, tout cela avait augmenté pour nous le poids de la chaleur, et nous n'avions pas cessé d'être en nage depuis que nous étions partis ; dépourvus de couvertures et n'ayant que des habits excessivement légers, nous devions, par prudence, aviser au moyen de nous trouver un abri, ne serait-ce qu'un arbre touffu dont la voûte nous empêcherait au moins de souffrir de la rosée.

Nous avions remarqué au versant de la montagne, à peu de distance de la cime, un petit bois qui paraissait devoir remplir toutes les conditions

voulues ; prenant donc notre mousquet, la peau
du lion, quelques branches enflammées pour re-
faire un nouveau feu, surtout n'oubliant pas les
reliefs de notre outarde, nous nous dirigeâmes
vers le petit bois en question.

C'était une espèce de taillis comme on en trouve
souvent dans les grands parcs d'Angleterre. Sa
forme était ronde et il pouvait avoir un acre[1] d'é-
tendue. Quant aux baliveaux qu'il renfermait, leur
élévation n'excédait pas dix ou douze mètres, et,
lorsque nous fûmes assez près pour en distinguer
l'espèce, nous vîmes qu'ils appartenaient tous à
la même famille. Leurs feuilles étaient grandes,
oblongues, d'un vert brillant, digitées, c'est-à-dire
que leurs folioles étaient disposées comme les
cinq doigts de la main ; chacune de ces folioles
était large comme de grandes feuilles entières,
et de chaque bouquet de feuilles s'échappait une
large fleur blanche qui pendait à l'extrémité d'un
pédoncule très-allongé. Rien n'était plus beau que
ces fleurs élégantes, qui contrastaient de la manière la plus heureuse avec la nuance verte des
feuilles dont elles étaient environnées.

Tout d'abord nous ne fîmes pas d'autres observations à l'égard de ce taillis, dont l'aspect néanmoins avait quelque chose d'étrange. Il décrivait

1. Quarante ares.

un cercle parfait, comme s'il avait été soigneusement taillé au croissant, d'après les ordres d'un
jardinier paysagiste. Cela paraissait bizarre, car il
était bien sûr que l'industrie humaine n'était
pour rien dans cette disposition particulière ; mais
j'avais entendu dire qu'on rencontrait souvent des
taillis régulièrement formés sur les plateaux de
l'Afrique australe et dans les prairies américaines,
et je ne trouvais pas surprenant qu'il en existât
sur la côte de Guinée.

La singularité que présentait cette forme circulaire avait à peine été un objet de remarque de
notre part, et nous n'approchions du taillis que
dans le but de nous y abriter ; son feuillage touffu
nous promettait un asile certain contre la rosée,
même contre la pluie, en supposant qu'il en tom-
bât, et nous acceptions avec joie l'hospitalité qu'il
semblait nous offrir.

Ce n'est qu'en arrivant à la lisière de ce bois
particulier que nous nous aperçûmes de sa véritable nature ; au lieu d'un bouquet de bois taillis, comme nous l'avions supposé tout d'abord,
jugez de notre étonnement quand nous vîmes que
c'était un seul arbre qui le composait tout entier.

Il n'y avait pas de méprise possible : un tronc
unique portait cette ramée épaisse, couverte de
feuilles et de fleurs, qui nous avait produit l'effet
d'un bois.

Mais quel arbre était-ce donc? Si le dragonnier avait excité notre surprise, nous étions bien autrement étonnés en contemplant cet arbre gigantesque, auprès duquel le dragonnier n'était qu'un arbrisseau.

Le baobab.

Vous ne me croiriez pas si je vous donnais les dimensions de ce colosse du règne végétal; et cependant j'aurais, pour appuyer mes chiffres, l'autorité de voyageurs illustres qui les ont donnés avant moi; des arbres pareils à celui qui se déployait à nos regards ont été décrits par les bota-

nistes, et leur énorme grosseur est bien connue
du monde savant.

Celui que nous avions découvert sur la montagne avait plus de trente mètres de circonférence;
Ben le mesura soigneusement avec ses bras et déclara qu'il lui trouvait à peu près vingt-cinq brasses; or les brasses de Ben étaient bonnes, car il
était de belle taille. A trois ou quatre mètres du
sol, le tronc se divisait en une multitude de branches, dont quelques-unes étaient plus grosses que
les plus gros arbres de nos forêts; commençant
d'abord par être horizontales et devenant plus
minces vers leur extrémité, elles s'étendaient
très-loin et se courbaient graduellement jusqu'à
toucher la terre ce qui nous avait empêchés de
voir le tronc qui les portait. Cet ensemble de ra-
milles couvertes de feuilles, dont les branches
extérieures étaient garnies, offrait d'autant plus
l'aspect d'un jeune bois, que les rameaux les plus
élevés n'étaient guère qu'à une hauteur de dix ou
douze mètres, ainsi que nous l'avons dit précédemment; cet arbre n'était pas le plus grand de
ceux qui existent; mais il est bien certain qu'il
en était le plus gros.

Je connaissais par hasard ce colosse africain;
mon livre des merveilles de la nature n'avait pas
omis de le décrire, et je savais que cet arbre extraordinaire se nommait *baobab*.

CHAPITRE XXVII.

Je savais aussi que les nègres du Sénégal ont donné différents noms au baobab, qu'ils l'appellent gourde acide, lalo, arbre à pain de singe; mon livre m'avait même appris sa dénomination botanique et m'avait dit qu'on l'appelait *Adansonia*, parce qu'un savant français, nommé Adanson, qui explora le Sénégal il y a cent ans, décrivit le premier cet arbre extraordinaire. Je me souvenais même de l'opinion qu'il avait émise sur l'incroyable longévité du baobab : d'après lui, certains arbres de cette espèce n'auraient pas moins de six mille ans, et remonteraient ainsi à l'époque de la création du monde. Ceux qu'il avait mesurés portaient vingt-cinq mètres de tour; on lui avait dit qu'il en existait dont la circonférence dépassait trente-trois mètres. En face de celui que nous avions sous les yeux, je n'avais pas de peine à le croire. Je me rappelais également la description que le botaniste français avait donnée du fruit du baobab : c'est une capsule ligneuse de vingt-cinq à trente centimètres de

longueur, d'une nuance verdâtre et couverte d'un
duvet blanc : elle ressemble à une gourde et con-
tient plusieurs cellules qui renferment des graines dures et brillantes plongées dans une substance
molle et pulpeuse; les indigènes composent avec
cette pulpe un breuvage acidulé qu'ils emploient
avec succès pour guérir la fièvre; ils font sécher
les feuilles du baobab, les réduisent en poudre et
les mêlent avec leurs aliments, ce qui les empêche de transpirer avec autant d'abondance : les
plus grandes feuilles leur servent à couvrir leurs
cases, et des fibres de l'écorce ils fabriquent des
cordages et une sorte d'étoffe grossière dont les
pauvres se font des pagnes qui leur descendent à
mi-cuisse . enfin, ils trouvent dans l'enveloppe de
la capsule une coque ligneuse qui leur fournit des
vases analogues aux calebasses.

Je me rappelais tous ces détails, et mon intention était de les communiquer à Ben aussitôt que
nous serions installés dans notre bivouac. Jusqu'à
présent nous avions uniquement découvert que
notre taillis était un seul et même arbre.

Arrivés auprès du baobab, il fallut nous baisser
pour pénétrer sous ses branches; nous vîmes du
premier coup d'œil que c'était le meilleur abri
qu'il fût possible de trouver pour y passer la nuit:
c'est à peine si l'on eût été plus à couvert dans
une auberge, et l'équipage d'un vaisseau à trois

ponts y aurait été à l'aise ; peu importait l'endroit
où nous nous placerions, nous étions bien sûrs
que le vent ou la rosée ne troublerait pas notre
sommeil.

Nous pensions néanmoins à faire un grand feu ;
car nous avions peur de la visite des animaux féroces, ce qui n'avait rien d'étonnant après notre
aventure du dragonnier.

Malgré l'épaisseur du feuillage dont nous étions
entourés, une clarté indécise nous permettait encore de ramasser du bois pour entretenir notre
feu ; et, nous débarrassant des objets que nous
avions apportés, nous nous mîmes aussitôt à recueillir les branches mortes que nous apercevions
autour de nous.

Lorsque nous eûmes apporté quatre ou cinq
fagots à l'endroit que nous avions choisi pour
dormir, nous commençâmes à disposer notre feu ;
tout cela nous avait pris assez de temps. La branche sous laquelle nous nous étions installés était
si grosse qu'elle nous servait parfaitement de toi-
ture ; le sol, couvert de feuilles desséchées comme
de l'amadou, nous promettait une couche assez
moelleuse, et nous espérions passer la nuit d'une
manière très-confortable.

Nous avions établi notre foyer à quelque distance du tronc du boabab, et, dès qu'il avait été
bien allumé, nous nous étions assis auprès de la
flamme.

Ben avait tiré sa pipe de sa poche, l'avait rempli de tabac, et fumait avec une vive satisfaction. J'éprouvais moi-même une joie profonde ; après tout ce que j'avais souffert à bord, cette vie de liberté dont on jouit dans les bois avait un bien grand charme, et j'aurais voulu qu'elle pût durer toujours. Je m'étais placé en face de Ben, et, tandis qu'il fumait, nous nous abandonnions au plaisir de jaser sans contrainte.

Lorsque nous étions entrés sous la voûte du baobab, il y faisait trop sombre pour distinguer les objets qui pouvaient être à deux ou trois pas devant nous ; mais à présent que notre feu de bois mort répandait une vive clarté, il nous était plus facile d'examiner en détail l'endroit qui nous servait de logement. La flamme nous permettait de voir au-dessus de notre tête les gourdes allongées suspendues au milieu du feuillage, tandis qu'autour de nous gisaient une quantité de ces fruits mûrs, dont la plupart étaient ouverts J'observai même un grand nombre de ces calebasses qui étaient vides et desséchées. Il nous suffit de quelques secondes pour remarquer tout cela ; mais notre attention fut bientôt concentrée sur un objet qui excita en nous la plus vive curiosité.

A quelques pas du feu, ainsi que je l'ai dit plus haut, le tronc du baobab se dressait comme un grand mur ; l'écorce en était d'un gris brunâtre

elle présentait des nœuds, des crevasses profondes, des rides singulièrement tordues, et cependant, au milieu des inégalités, on apercevait quatre lignes régulièrement tirées, qui se rencontraient
à angle droit; elles formaient un parallélogramme
d'environ un mètre de longueur, sur soixante
centimètres de large, dont la base se trouvait à
cinquante centimètres au-dessus du sol, et dont
le grand côté s'élevait dans le sens de la hauteur
de l'arbre.

Il était évident que ces lignes n'étaient pas le
résultat d'une opération de la nature; l'écorce,
tourmentée partout ailleurs, ne se serait pas fen-
due d'elle-même avec cette régularité géométrique:
c'était bien l'œuvre des hommes. En examinant
ces lignes avec plus d'attention, on distinguait
encore les marques de l'instrument tranchant qui
avait servi à les produire; toutefois elles remontaient à une époque éloignée, car elles étaient de
la même nuance que les fissures naturelles dont
l'écorce du baobab était profondément couturée.

Nous nous étions levés, mon compagnon et moi,
pour observer de plus près ces lignes mystérieu-
ses, qui n'auraient pas même éveillé notre attention dans un pays habité: nous aurions supposé
qu'un promeneur les avait tracées pour se distraire, ainsi que nous l'avions fait souvent dans
notre enfance. Mais cette région était complète-

ment déserte; non-seulement nous n'avions rencontré personne depuis le matin, mais aucun
objet, aucun signe ne nous avait révélé la présence de l'homme. On nous avait dit que cette
contrée ne renfermait pas un seul habitant; nous
en étions convaincus, et c'est pour cela que nous
éprouvions tant de surprise à la vue des lignes que
présentait l'écorce du baobab.

En les regardant avec soin, nous vîmes qu'elles
avaient été profondément tracées; le bois lui-même
paraissait être attaqué, mais elles n'étaient accom-
pagnées d'aucune figure, ainsi que nous l'avions
supposé d'abord; c'étaient tout simplement les
quatre lignes formées par le cadre d'une porte ou
d'une fenêtre. Cette idée me frappa d'autant plus,
qu'en approchant un tison enflammé de l'une de
ces lignes, la séparation qui existait entre les deux
bords de la fissure était noire, comme si l'on eût
aperçu les ténèbres d'une cavité profonde.

Je regardai Ben, à qui cette pensée était venue
en même temps qu'à moi.

« Le diable s'en mêle! s'écria-t-il en frappant
d'un coup poing l'écorce du baobab; mille sabords
c'est bel et bien une porte. N'entends-tu pas, William? ça sonne le creux ainsi qu'un tonneau
vide. »

Effectivement l'écorce rendait un bruit sonore
sous le poignet énergique de Ben Brace, et je crus

voir qu'elle s'ébranlait sous la main vigoureuse
du matelot.

« Tu as raison, dis-je à Ben; cet arbre a été
creusé, et la partie sur laquelle tu frappes est certainement une porte. »

L'instant d'après, cette question ne faisait plus le
moindre doute. Un violent coup de pied, appliqué
par le marin à la partie du baobab qui attirait
notre attention, renversa l'écorce, et découvrit à
nos yeux étonnés une ouverture conduisant à une
caverne pratiquée dans l'intérieur de l'arbre.

Ben courut immédiatement à notre feu y saisit
qulques brins de fagot enflammés, dont il composa
une torche, et, revenant auprès du baobab, il in-
troduisit son flambeau dans la caverne béante. Ce
que nos yeux y rencontrèrent non-seulement nous
étonna, mais nous fit tressaillir; mon compagnon,
malgré tout son courage, n'éprouva pas une impression moins vive que la mienne; il frissonna
de la tête aux pieds, trembla au point de laisser
échapper quelques-uns des brandons qu'il tenait
à la main, et, pendant un instant, il songea à s'enfuir.

C'est qu'en effet les nerfs de l'homme le moins
impressionnable se seraient ébranlés en face du
tableau qui s'offrait à nos regards, et que l'im-
prévu, la situation, l'heure à laquelle il nous apparaissait, rendaient encore plus saisissant.

La cavité que nous avions sous les yeux formait une chambre carrée d'environ deux mètres de largeur, sur autant d'élévation. Elle ne devait pas son origine à la décrépitude de l'arbre, mais elle avait été creusée de main d'homme et faite à coups de hache.

On avait ménagé une espèce de banquette au fond de cette étrange cellule, et c'était là que reposaient les objets dont la vue nous avait terrifiés. Trois formes humaines la face tournée du côté de la porte, et par conséquent vers nous, siégeaient sur ce banc; elles avaient le dos appuyé contre la paroi de la cellule, les bras pendants et les jambes légèrement étendues vers le centre de la pièce.

Aucun de ces trois hommes ne fit le moindre mouvement, car ils avaient cessé de vivre, et néanmoins leur aspect n'était pas celui des morts. Tous les trois étaient desséchés comme des momies, et n'avaient cependant aucune enveloppe; ils ressemblaient à des squelettes renfermés dans des habits de cuir noir, ces habits adhéraient à leurs membres, où ils formaient des rides nombreuses; leur crâne était couvert d'une laine épaisse, et leurs yeux éteints, desséchés comme le reste du corps, demeuraient toujours dans leur orbite, dont la dimension était maintenant démesurée; leurs lèvres sèches, retirées comme par un mouvement convulsif, découvraient leurs dents aussi

blanches que l'ivoire, et qui, tranchant sur la
teinte sombre de leur visage décharné, prêtaient
à leur effroyable hideur un aspect surnaturel, que
Ben Braco n'avait pu regarder sans pâlir.

CHAPITRE XXVIII.

Vous serez étonné d'apprendre que je ne parta-
geais pas la terreur de mon compagnon ; j'étais
cependant plus jeune et d'un courage moins grand
et moins éprouvé que le sien ; mais, si la surprise
m'avait tout d'abord causé un moment d'effroi, je
m'étais immédiatement rassuré.

Il est certain qu'au premier coup d'œil, ces trois
squelettes aux dents blanches, aux yeux fixes, à
la peau noire, découverts à la lueur de nos torches fumeuses, dans un pays sauvage, où nous
avions mille dangers à courir de la part des animaux et des hommes, il est certain, dis-je, que
ces trois squelettes avaient quelque chose d'effrayant qui, au premier regard, me terrifia tout
autant que mon ami Ben.

Mais ce fut l'affaire d'une seconde ; l'instant

d'après, je n'éprouvais plus à l'égard des trois
spectres qu'un sentiment de curiosité avide, et je
les examinais avec autant de calme que si je les
avais rencontrés dans la galerie d'un antiquaire.

Mon sang-froid vous étonne et cependant il n'a
rien de surprenant; c'est toujours à mon livre des
merveilles que je devais la clef de cet incident
mystérieux, et c'est là ce qui me donnait un si
grand avantage sur Ben Brace, dont l'ignorance,
en pareil cas, prolongeait la terreur. Je me rappelais avoir lu dans mon livre, à l'article du baobab, que les nègres de certaines tribus avaient
l'habitude de pratiquer des espèces de caveaux
dans l'intérieur de cet arbre colossal et d'y dépo-
ser quelques-uns de leurs morts; non pas les honnêtes gens qui avaient quitté ce monde d'une manière toute naturelle, mais les scélérats que l'on
avait exécutés en punition de leurs crimes, et qui,
subissant une condamnation infamante, perdaient
d'être inhumés d'après la coutume ordinaire. Il
paraît qu'on trouve chez ces sauvages, en matière
de sépulture, des préjugés tout aussi forts que
chez la plupart des nations civilisées.

Au lieu d'abandonner aux hyènes, aux chacals
et aux vautours le corps des malfaiteurs qui ont
subi la peine capitale, ces nègres les confinent
dans les caveaux qu'ils creusent aux flancs du
baoabab; ce qui est, à mon avis, une sépulture

des plus avantageuses. La décomposition des ca-
·lavres ne s'y opère pas comme il arrive ordinairement ; soit qu'il y ait dans la nature de l'arbre
une qualité préservatrice , soit que l'air extérieur
ne puisse pas pénétrer dans ces caveaux, les corps
que l'on y dépose se dessèchent à la façon des momies et se conservent ainsi pendant des siè-
cles.

Vous ne comprenez pas que ces nègres puissent
se donner autant de peine au sujet des malfaiteurs,
qu'il semblerait plus juste de jeter à la voirie ;
vous vous étonnez d'autant plus du travail qu'ils
s'imposent que vous songez à l'imperfection de vos
outils, et que vous savez combien il est pénible,
même avec de bons instruments, de perforer le
tronc d'un gros arbre ; mais vous serez moins
surpris en apprenant que le bois du baobab est si
tendre qu'il n'est guère plus difficile de creuser
une cellule dans cet arbre singulier que de faire
un trou dans un navet ou dans un banc d'argile :
aussi n'est-il pas rare de voir les nègres se tailler
de grandes chambres dans le tronc des baobabs,
dont ils font leur demeure.

Comme je l'ai dit plus haut, tous ces détails, que
je me rappelais à merveille, me donnaient un
énorme avantage sur mon compagnon, qui n'avait
rien lu à cet égard, et Ben fut très-étonné lorsqu'il
vit la tranquillité avec laquelle je contemplais un

spectacle qui le faisait trembler jusque dans ses chaussures.

Je lui expliquai aussitôt parquelle raison j'étais si brave, et tout son courage lui revint immédiatement. Il alla chercher de nouveaux brins de fagot enflammés pour reconstituer sa torche, et nous pénétrâmes sans crainte dans la cellule funéraire. Notre frayeur était si bien dissipée que nous allâmes jusqu'à toucher les squelettes des trois nègres ; ils étaient parfaitement conservés ; la chair en avait disparu, desséchée par le temps, mais ni les vers ni les fourmis ne les avaient attaqués ; il est probable que l'odeur particulière du baobab en avait éloigné les insectes carnivores.

Quant aux hyènes et aux chacals, la porte de la cellule, qui devait en fermer exactement l'ouverture, à l'époque où l'on y déposa les trois cadavres, avait suffi pour préserver les morts de leurs atteintes ; il est possible, d'ailleurs, que la putréfaction n'ayant pas eu lieu, ces amateurs de charogne n'aient pas même été avertis de la présence des trois défunts. Aujourd'hui l'écorce desséchée ne fermait plus l'entrée du caveau avec la même exactitude, et avait cédé facilement au coup de pied du marin.

Nous restâmes pendant quelque temps dans cette retraite sépulcrale, dont les moindres détails éveillaient notre curiosité : personne évidemment n'y

avait pénétré depuis une époque déjà fort ancienne, peut-être depuis le jour où les trois malfaiteurs y avaient été renfermés ; et, bien qu'il fût
impossible de déterminer d'une manière positive
la date précise de cet événement, il est certain, à
en juger d'après l'état des cadavres, qu'un grand
nombre d'années s'était écoulé depuis qu'il avait
eu lieu.

Peut-être, à cette époque, le pays renfermait-il
une population nombreuse, qu'une horde puissante avait exterminée, ou qui avait été vendue
aprè sa défaite, et emmenée comme esclave aux
colonies américaines.

Tandis que ces réflexions traversaient mon esprit, des pensées d'un autre genre préoccupaient
mon ami Ben ; je soupçonne qu'il rêvait de quelque trésor enfermé avec les trois cadavres dans
cette chambre funèbre, car je le voyais examiner
avec soin les moindres fissures, les plus petits dé-
fauts des parois de la cellule, comme s'il avait
espéré en extraire quelques sacs de poudre d'or
ou quelques-unes de ces pierres précieuses que
l'on trouve parfois chez les sauvages.

Néanmoins, si telle était son espérance, il devait
être complétement désappointé ; à l'exception des
trois nègres, la cellule ne contenait rien du tout,
pas le moindre vêtement, le plus léger ustensile, la
plus petite parcelle d'or, ou le plus mince des joyaux.

Lorsqu'il s'en fut bien convaincu, il jeta un dernier regard aux trois habitants silencieux du baobab, leur fit un salamec demi-sérieux, demi-plaisant, et leur souhaita le bonsoir.

Nous revînmes auprès de notre feu avec l'intention de nous coucher et de dormir : car, bien qu'il ne fût pas très-tard, nous étions fatigués d'avoir couru depuis le matin, et, nous étendant par terre à côté du feu, où nous avions remis du bois, nous nous sentîmes les meilleures dispositions pour passer une très-bonne nuit.

CHAPITRE XXIX.

Nous nous étions endormis immédiatement, mais notre sommeil ne devait pas être de longue durée. Je ne saurais dire au juste depuis combien de temps nous étions couchés, il me sembla qu'il n'y avait pas cinq minutes, lorsque nous fûmes réveillés par un bruit effroyable, le plus étrange de tous les bruits qu'on ait jamais entendus. Nous ne savions ni l'un ni l'autre d'où provenait cette clameur : toutefois, elle était produite par des animaux quelconques.

Il nous vint d'abord à l'esprit que ce devaient

être des loups, ou plutôt des hyènes et des chacals, puisque ce sont eux qui remplacent les loups sur le continent africain ; nous avions pu reconnaître, au milieu des voix discordantes qui frappaient nos oreilles, les cris de ces animaux que nous avions souvent entendus lorsqu'ils venaient rôder sur les bords de la rivière ou autour des barques du roi Dingo Bingo ; mais ces cris étaient accompagnés de sons bizarres que nous écoutions pour la première fois : c'étaient une mêlée de glapissements aigus, de miaulements pareils à ceux des chats, de hurlements sur tous les tons, auxquels se joignaient un caquetage et des vociférations qui avaient quelque chose d'humain et d'analogue aux divagations des fous.

Les animaux qui produisaient tout ce vacarme étaient évidemment nombreux ; mais à quelle espèce appartenaient-ils ? Ni mon compagnon ni moi nous ne savions qu'imaginer à cet égard ; les voix que nous entendions étaient rudes, insupportables, menaçantes, et nous causaient un sentiment d'effroi qui grandissait à mesure qu'elles devenaient plus distinctes.

Nous nous étions levés immédiatement et nous regardions autour de nous, persuadés que, d'un moment à l'autre, nous serions attaqués par l'ennemi, qui approchait ; mais, bien que nous fussions littéralement enveloppés de ce bruit épou-

vantable, il nous était impossible de découvrir
quels en étaient les auteurs. Notre feu ne répandait plus que des lueurs mourantes, qui nous permettaient à peine de voir à quelques pas de l'endroit où nous l'avions établi. Mon compagnon s'en
approcha, et d'un coup de pied, réunissant les
tisons prêts à s'éteindre, il raviva la flamme, qui
jeta bientôt de vives clartés autour de nous. Toute
la salle de verdure formée par les branches du ba-
boab fut illuminée tout à coup, mais elle était déserte : c'était du dehors que provenaient les sons
qui continuaient à retentir dans les ténèbres.

Ils grandissaient en se rapprochant et nous frappaient de tous les côtés à la fois ; nous étions donc
cernés par une légion des affreuses créatures qui
répandaient ces cris horribles.

Après être demeurés longtemps sans rien voir
nous aperçûmes enfin des points brillants qui
scintillaient dans l'ombre ; ces points lumineux
étaient ronds, d'un éclat verdâtre, et paraissaient
étinceler.

C'étaient les yeux de ces animaux dont nous entendions les clameurs, et dont nous ignorions toujours quelle pouvait être l'espèce ; à leurs cris
sauvages, à la manière dont ils nous assiégeaient,
car il était évident que nous en étions entourés,
ce devaient être des animaux féroces, des bêtes
de proie qui allaient nous déchirer.

Quelques instants encore, et ils furent si près de nous, qu'il était facile de les reconnaître. J'avais vu de ces animaux dans les ménageries, et mon compagnon les connaissait mieux que moi ; bref, c'étaient d'énormes singes que l'on appelle babouins.

Cette découverte n'était pas faite pour dissiper les craintes que leur voix nous avait inspirées ; tout au contraire : nous connaissions le caractère intraitable de ces brutes ; quiconque les a vus dans leurs cages, sait que ce sont les créatures les plus vindicatives, les plus haineuses que l'on puisse voir, et qu'il est toujours dangereux de les approcher, alors même qu'elles ont été l'objet des soins constants de la part de l'homme. Il l'est bien davantage de les rencontrer dans les forêts qu'elles habitent ; et les indigènes ne traversent pas les bois où l'on trouve ces quadrumanes sans se réunir à des gens bien armés et sans prendre les plus grandes précautions.

Nous le savions à merveille, et je vous avoue franchement que nous fûmes très-effrayés en voyant les babouins s'approcher de notre bivouac, tout aussi effrayés que nous avions pu l'être en nous voyant poursuivis par le lion.

Nous le fûmes d'autant plus que ces babouins étaient des plus grands et des plus dangereux qu'on pût voir, car il y en a de plusieurs espèces :

ceux-ci étaient d'affreux mandrilles, ainsi que nous
le reconnaissions à leur épais museau, à la barbe
jaune qui recouvrait leur menton proéminent et
à leurs joues gonflées, dont la teinte écarlate et
violette se distinguait parfaitement à la flamme
de notre feu.

Il eût été dangereux de rencontrer un seul de
ces quadrumanes, plus dangereux que de se trouver en face d'une hyène ou d'un dogue en fureur,
car la force du mandrille est prodigieuse; mais ce
n'était pas une seule de ces brutes qui menaçait
de nous attaquer, c'était une armée tout entière;
quelle que fût la direction que prît mon regard,
je voyais partout leur face enluminée rayonnant à
la lueur de la flamme, et de tous côtés j'entendais
leur voix menaçante, qui m'empêchait d'entendre
celle de mon compagnon.

Quant à leurs projets, il était évident qu'ils voulaient nous attaquer. Si tout d'abord ils ne s'étaient
pas précipités sur nous, c'est parce qu'ils avaient
eu peur de s'approcher du feu, ou peut-être parce
qu'ils nous examinaient pour savoir quels étaient
les ennemis qu'ils se disposaient à combattre.

Mais la crainte du feu, pensais-je, ne les retien-
dra pas longtemps, ils seront bientôt accoutumés
à le voir. Effectivement, ils reprenaient confiance,
et le cercle qu'ils formaient autour de nous se
rétrécissait de plus en plus.

Que faire et comment nous sauver? Contre un pareil ennemi, la défense était complétement impossible; en un clin d'œil ces brutes formidables nous auraient abattus et nous déchireraient avec leurs énormes canines. Le seul moyen de leur échapper était d'abandonner la place.

Et comment s'en aller? le procédé qui nous avait mis à l'abri des griffes du lion ne pouvait être employé : les mandrilles grimpent aux arbres beaucoup plus facilement qu'un homme. Restait la fuite, et nous l'aurions tentée, si la chose eût été praticable; mais les babouins formaient autour de nous un cercle pressé qu'il était impossible de franchir.

Et cependant rester où nous nous trouvions, c'était se résigner à une mort certaine. L'ennemi se rapprochait toujours en poussant les mêmes cris, sans doute avec la double intention de nous effrayer et de s'encourager à l'assaut. Je ne doute pas que, sans notre feu, dont la vue les étonnait, ils n'eussent déjà commencé l'attaque, mais ils regardaient la flamme d'un air de défiance, et n'avançaient qu'avec lenteur.

S'apercevant de la réserve que le feu leur inspirait, mon compagnon s'imagina d'en profiter pour les disperser par la terreur; il saisit un morceau de bois enflammé, et, se précipitant vers les singes qui se trouvaient le plus rapprochés de

nous, il agita devant eux le brandon qu'il tenait
à la main. Je suivis son exemple, et je courus du
côté opposé à celui vers lequel il s'était dirigé.

Les babouins reculèrent devant cette attaque
d'un nouveau genre, toutefois, pas avec assez de
précipitation pour nous laisser l'espoir de leur
faire prendre la fuite. Ils s'arrêtèrent dès qu'ils
virer t que nous n'avancions plus ; et lorsque nous
revînmes auprès du feu pour y reprendre de nouveaux tisons, ils se rapprochèrent et devinrent
d'autant plus menaçants, que pas un d'eux n'ayant
été blessé, ils considéraient nos brandons comme
des armes impuissantes.

Nous essayâmes de répéter cette manœuvre,
mais elle cessa bientôt de leur inspirer la moindre crainte ; nous agitions vainement nos torches
à leur barbe ; c'est tout au plus s'ils reculaient, et
ils ne songeaient pas à tourner les talons.

« Pauvre moyen! petit Will, me dit Ben Braco
d'une voix qui exprimait ses alarmes, ils ne s'en-
fuiront pas, les scélérats! Je vais essayer d'un
coup du vieux mousquet, peut-être s'écarteront-
ils un peu. »

La reine Anne fut rechargée, comme toujours,
avec notre plomb à bécassine ; nous savions bien
qu'il était trop petit pour faire autre chose que
de cingler nos adversaires, et qu'ils ne s'en mon-
treraient que plus furieux et plus implacables ;

c'était pour cela que nous nous étions abstenus jusqu'à présent de tirer sur les babouins et que nous avions cherché à les effrayer par la flamme.

Mais Ben était résolu à faire payer au moins à l'un de ces monstres l'horrible attentat qu'ils méditaient contre nous, et je le vis introduire la baguette de fer dans le canon de la reine Anne, de la même façon qu'il s'y était pris quand il avait tiré sur le lion.

Son coup bien préparé, il s'avança jusqu'auprès de la ligne menaçante, visa l'un des plus grands de nos ennemis, et déchargea son arme.

Un cri de douleur annonça qu'il avait bien visé, l'énorme brute se roulait par terre en se débattant contre la mort, tandis que ses compagnons se pressaient autour d'elle. De mon côté j'avais blessé d'un coup de pistolet un autre babouin, qui devint également le centre d'un groupe d'individus éplorés.

Nous revînmes auprès du feu, mon compagnon et moi. Il nous était impossible de recharger la reine Anne, puisque la baguette indispensable à cette opération était restée dans la plaie du mandrille; mais quand même nous eussions possédé vingt baguettes, nous n'aurions pas eu le temps de nous en servir. La décharge de nos armes avait justement produit un effet contraire à celui que nous avions espéré : au lieu d'intimider nos assaillants, elle ne fit qu'augmenter leur fureur; et, abandonnant leurs camarades blessés, ils revinrent sur nous avec l'intention évidente de ne plus différer l'attaque.

Nous touchions à l'instant critique : j'avais saisi l'un des plus gros tisons du foyer, Ben Brace tenait à la main son vieux mousquet, prêt à en faire usage pour frapper autour de lui. Mais à quoi bon cette vaine défense? Vaincus par le nombre, alors même qu'isolément chaque mandrille n'eût pas été plus fort que deux hommes, nous aurions été mis en pièces par ces dents terribles qui grinçaient autour de nous, si un moyen de salut ne s'était présenté à l'esprit de Ben Brace.

Il est étrange que cette idée ne nous soit pas venue plus tôt.

À l'instant où l'espoir nous avait complétement abandonnés, nos yeux se tournèrent par hasard du côté de la chambre des morts, creusée dans le baobab. Nous n'avions pas remis à sa place le morceau d'écorce qui lui servait de clôture, et l'entrée en était restée béante. Cette vue nous frappa tous les deux, et, poussant un cri de joie, nous nous précipitâmes vers cet asile qui nous était offert.

Bien que la porte fût étroite, nous la franchîmes en un clin d'œil; un lapin ne se glisse pas plus rapidement dans son terrier; et les mandril-

les, qui nous poursuivaient, n'avaient pas eu le
temps de nous rejoindre, que nous étions de nouveau en compagnie des trois squelettes

----

CHAPITRE XXX

Toutefois, il ne faudrait pas croire que nous
fussions complétement rassurés. Notre subite disparition avait d'abord étonné les mandrilles, qui
n'avaient pas essayé d'entrer avec nous dans l'intérieur du baobab; mais toute la bande nous avait
suivis, et il était facile de voir qu'ils ne tarderaient pas à franchir l'entrée de la cellule, devant
laquelle ils continuaient leurs démonstrations
menaçantes.

Le caveau était toujours ouvert; nous n'avions
pas eu le temps de ramasser la plaque d'écorce
qui en constituait la porte; elle gisait au dehors,
et il était impossible de sortir pour aller la chercher. La cellule ne renfermait rien que nous pussions opposer à l'invasion de nos terribles assaillants; tout ce que nous pouvions faire, c'était de
leur interdire l'entrée de la caverne, en essayant

de les repousser, Ben avec son mousquet, et moi avec le tison que j'avais toujours à la main ; lorsque ces armes viendraient à nous manquer, nous prendrions nos couteaux et nous soutiendrions la lutte du mieux qu'il nous serait possible : car, une fois que les babouins pénétreraient dans la cellule, notre mort était certaine.

Les brutes vociférantes s'étaient rassemblées vis-à-vis de nous, et occupaient tout l'espace qui existait entre le feu et le baobab ; elles se détachaient comme de noirs démons sur la flamme du foyer, elles dansaient follement autour de leur camarade que Ben avait tué, et poussaient des cris plaintifs entremêlés de clameurs effroyables qui exprimaient la rage et le désir de la vengeance. Autant que je pus en juger, les mandrilles étaient plus d'une soixantaine ; quelques-uns d'entre eux gambadaient en face de nous et paraissaient n'attendre qu'un signal pour s'élancer dans la caverne.

« Si nous pouvions ramasser la porte, dis-je à mon compagnon, en regardant la planche qui gisait sur la terre.

— C'est impossible, répondit Ben ; nous serions bientôt en mille pièces si nous mettions le nez dehors ; mais que je sois pendu, petit Will, si je n'ai pas une idée ! Nous nous passerons de la porte ; empêche-les seulement d'entrer pendant que je

14

vais établir ma barricade; prends le mousquet,
ça vaut mieux qu'un gourdin. Attention, camarade !
et repousse-moi tous ces monstres. Bravo! petit
Will, bravo ! »

Lorsqu'il m'eut indiqué la manière de m'y prendre, Ben se glissa derrière moi sans que je pusse
deviner dans quel but il s'éloignait. A vrai dire,
je ne pris pas le temps de chercher quel pouvait
en être le motif, car les babouins étaient maintenant résolus à forcer l'entrée de la cellule, et j'a-
vais besoin de toute ma force et de toute mon activité pour les maintenir à distance avec le bout
du vieux mousquet. Chacun, l'un après l'autre,
posait le pied sur le bord de l'étroite ouverture,
et allait ensuite rouler par terre, où je l'envoyais
d'une main dont l'imminence du péril décuplait
la vigueur. Mes coups se succédaient avec la ra-
pidite de ceux d'un forgeron qui a peur de voir
refroidir le morceau de fer placé sur son en-
clume.

Néanmoins, je n'aurais pas eu longtemps la
force de continuer cet exercice; je commençais à
faiblir, et la foule implacable me pressait de plus
en plus, lorsque je sentis mon compagnon passer
à côté de moi. La caverne s'assombrit immédiatement, et je ne distinguai plus notre feu qu'à travers quelques fentes qui permettaient à la lumière
de pénétrer dans la cellule.

D'où provenait cette obscurité subite? La flamme ne s'était pas éteinte, puisque je l'apercevais toujours. Était-ce mon compagnon qui s'exposait ainsi aux coups furieux de nos assaillants?

Pas le moins du monde ; Ben Brace avait mieux à faire que de s'offrir en holocauste à ces affreux mandrilles. J'étendis la main, je palpai l'objet qui venait d'être placé entre nous et la foule hurlante, et je reconnus que c'était l'un des trois malfaiteurs.

Ben s'était emparé de la momie, l'avait pliée en deux, et l'avait enfoncée comme un coin entre les parois de l'ouverture, qu'elle bouchait presque entièrement dans le sens de la hauteur. Cependant la barricade n'était pas encore terminée ; mon compagnon, après m'avoir dit de maintenir le squelette à la place où il venait de le poser, alla en chercher un autre qu'il ploya de même, sans s'inquiéter d'en briser les os et d'en faire craquer les jointures, et qu'il appliqua de manière à nous enfermer tout à fait.

La scène, en dépit de l'endroit qui lui servait de théâtre, avait un côté plaisant qui nous aurait amusés en toute autre circonstance ; mais nous étions loin d'avoir envie de rire : la position était trop désespérée. Bien que notre barricade fût un heureux expédient, il ne pouvait nous donner qu'un répit temporaire ; les babouins allaient at-

taquer les momies, et ne tarderaient pas à ren-
verser l'obstacle que nous leur avions opposé.

Toutefois, il existait entre les deux squelettes
un léger espace qui permettait à Ben d'introduire
le canon de la reine Anne, et, à côté de cet espace, une petite fente où j'enfonçai mon bâton,
de manière que nous pûmes continuer à repousser les mandrilles et à les empêcher de démolir
notre barricade.

Par bonheur, l'ouverture du caveau allait en se
rétrécissant du dedans au dehors, comme les
meurtrières d'une forteresse, et les momies, fortement appuyées contre les joues de l'embrasure,
n'auraient pu être arrachées de l'extérieur qu'avec
infiniment de peine. Ainsi, tant que les babouins
ne les auraient pas mises en morceaux, nous pouvions nous croire en sûreté.

Pendant plus d'une heure, nous ne fîmes pas
autre chose que d'avancer et de retirer nos armes,
qui allaient et venaient avec la régularité d'un
pendule. Enfin l'ennemi parut faiblir, ses attaques étaient moins vives et surtout moins fréquentes ; les babouins commençaient à comprendre
qu'ils ne pouvaient pénétrer dans l'endroit où
nous étions, et les coups qu'ils avaient reçus
avaient considérablement refroidi leur ardeur.

Mais, bien qu'ils eussent fini par abandonner le
siège, ils continuaient à pousser les mêmes cris.

Nous ne pouvions plus les voir ; notre feu, en s'é-
teignant, les avait plongés dans l'ombre ; pas la
moindre lueur ne pénétrait sous la voûte du
baobab, et nous passâmes le reste de la nuit au
milieu de l'obscurité la plus profonde, mais non
pas du silence.

Nous écoutions d'une oreille attentive ces voix
discordantes qui hurlaient, glapissaient et gémis-
saient autour de nous, espérant qu'elles allaient
s'éloigner, et que nous entendrions un bruit de
pas qui nous indiquerait le départ des babouins.
Vaine espérance ! les cris retentissaient toujours
auprès de nous, et rien n'annonçait que les mandrilles fussent disposés à partir.

C'est assurément l'une des nuits les plus épou-
vantables que nous ayons jamais passées, mon
compagnon et moi. Je n'ai pas besoin d'ajouter
qu'il nous fut impossible de fermer l'œil ; Morphée
lui-même n'aurait pu dormir en pareille circonstance. Nous avions entendu parler du caractère
implacable des babouins ; nous savions qu'une
fois leur ressentiment éveillé, il ne s'apaise qu'a-
près s'être assouvi ; nous savions également qu'il
n'en est pas avec les singes comme avec les lions,
les buffles, les rhinocéros, tous les animaux dangereux que l'on rencontre en Afrique : dès que
ceux-ci n'aperçoivent plus leur ennemi, ils paraissent l'oublier, ou du moins ils renoncent à leurs

intentions hostiles; mais les babouins n'abandonnent pas ainsi l'objet qui excite leur fureur; ces
créatures monstrueuses possèdent une intelligence
bien autrement développée que celle des quadru-
pèdes; elles sont douées d'un jugement qui, pour
être très-inférieur à celui de l'homme, n'en est
pas moins de la même nature.

Il est des personnes qui 'rouvent cette assertion
entachée d'impiété; ce sont des esprits faibles,
qui n'osent pas regarder la philosophie en face,
de peur qu'elle ne dérange leur foi en contredi-
sant leur dogme favori; des gens qui donnent un
démenti formel aux faits les plus positifs qu'aient
observés les géologues, et qui ne se font pas scrupule de prodiguer l'injure à ceux qui ont la fran-
chise de reconnaître ces vérités.

On ne saurait nier que les singes ont la faculté
de raisonner; il est impossfble de rester pendant
cinq minutes en face de l'endroit qu'ils occupent
dans nos jardins zoologiques sans être convaincu
de ce fait.

Toutefois, cette faculté n'arrive pas chez les babouins à un développement aussi prononcé que
dans quelques autres familles de la tribu des quadrumanes, comme chez l'orang-outang, par exemple, ou chez les troglodytes. Malgré cela, nos babouins comprenaient parfaitement la situation
dans laquelle nous nous trouvions, et ils savaient

fort bien qu'il nous était impossible de sortir du baobab sans passer sous leurs yeux.

De plus, comme ils ont des passions très-violentes, il n'était pas probable qu'ils consentissent à nous épargner. Nous avions tué l'un des leurs, peut-être le chef vénéré de la tribu ; un autre avait été blessé, chacun d'entre eux avait reçu un nombre plus ou moins considérable de coups, et la connaissance que nous avions de leur caractère vindicatif ne nous laissait aucun espoir d'échapper à leur fureur, Ben Brace lui-même ne disait rien et paraissait désespéré.

Ils pouvaient rester indéfiniment à la place qu'ils occupaient; quelques-uns seraient envoyés aux provisions pendant que les autres continueraient à nous guetter; d'ailleurs ils trouveraient sur les lieux mêmes tout ce qui leur était nécessaire : la source limpide à laquelle nous nous étions désaltérés la veille leur fournirait une eau pure, et ils n'avaient pas même besoin de s'éloigner pour se procurer des vivres; ils pouvaient se nourrir des fruits du baobab, qu'ils recherchent avec avidité, et qui, pour ce motif, ont été nommés pain de singe. Cela nous fit supposer qu'ils faisaient habituellement leur retraite de la voûte du baobab, qu'ils rentraient chez eux après avoir couru toute la journée dans les bois, lorsqu'ils nous aperçurent, et qu'en voyant leur domicile envahi, leur colère avait éclaté tout à coup.

Il était donc tout naturel qu'en pareille circonstance nous ne pussions dormir ni l'un ni l'autre. Nous restâmes toute la nuit plongés dans les plus vives appréhensions, espérant toutefois qu'au point du jour les babouins reprendraient leurs habitudes et regagneraient la forêt.

Hélas! quand le matin fut arrivé, nous vîmes avec désespoir qu'ils ne songeaient pas à déguerpir. Il était facile de comprendre, à leurs cris et à leurs gestes, que le siège continuerait longtemps encore. Plus nombreux que la veille, ils étaient au moins un cent. Les atroces créatures apparaissaient de tous côtés, les unes accroupies sur le sol ou perchées sur les branches, les autres formant un groupe animé auprès du cadavre de la victime de Ben, ou entourant celui de leurs camarades que j'avais blessé moi-même.

De temps en temps, quelques individus se réunissaient, et, probablement poussés par un nouvel accès de fureur, se dirigeaient vers notre cellule et cherchaient à démolir notre barricade. Nous les repoussions comme nous l'avions fait la veille; ils se retiraient dès qu'ils s'étaient convaincus de l'inutilité de leurs efforts, jusqu'à ce qu'un incident quelconque réveillât leur colère et leur inspirât la pensée de revenir à l'assaut.

Telle fut leur conduite pendant toute cette journée qu'ils nous obligèrent à passer dans notre funèbre asile. Nous avions augmenté la force de notre barricade en ajoutant la troisième momie aux deux autres, et nous commencions à croire que cette barrière serait suffisante pour arrêter nos assaillants; mais nous ressentions les atteintes d'un ennemi non moins terrible que les mandrilles, et dont il nous serait encore plus difficile de repousser les attaques. Nous le connaissions déjà, il nous avait fait souffrir mille tortures à la cime du dragonnier, et nous le retrouvions plus puissant que jamais dans l'intérieur du baobab : c'était la soif; elle brûlait nos lèvres, et chaque instant la rendait plus dévorante. Comment pourrions-nous l'endurer, si le siége que nous étions condamnés à soutenir se prolongeait seulement pendant une heure?

Le soir était venu et le siége durait encore. Les brutes obstinées demeurèrent sous le baobab pendant toute la nuit suivante, et, quand l'aube du second jour vint à paraître, nous les vîmes plus nombreuses et plus implacables qu'elles ne l'avaient jamais été.

Que faire et que devenir? Épuisés de fatigue, n'ayant eu ni repos ni trève depuis quarante-huit heures, dévorés par la faim et surtout par la soif, notre mort était prochaine. Sortir du réduit où nous agonisions, c'était nous faire écharper; y demeurer, c'était mourir plus lentement au milieu de tortures effroyables.

Nous étions assis l'un auprès de l'autre, dans un état d'accablement impossible à décrire. Nous avions de nouveau songé à nous frayer un passage à travers les rangs des mandrilles et à leur échapper par la fuite; la chose eût été praticable en rase campagne : car si les babouins courent avec assez de rapidité dans les bois, où ils trouvent à chaque pas des branches d'arbre à saisir, il n'en est pas de même en terrain découvert où, bien qu'ils marchent mieux que la plupart des quadrumanes, il est facile à un homme de les gagner de vitesse.

Mais c'était tout d'abord qu'il fallait tenter cet expédient; nous aurions pu franchir le cercle qu'ils formaient autour du boabab, en profitant de l'indécision où les avaient jetés la surprise qu'ils avaient éprouvée en nous voyant, et la crainte que leur inspirait notre feu; mais à présent leur nombre avait grandi, leur fureur s'était exaspérée, ils nous entouraient avec l'intention formelle de satisfaire leur vengeance, et nous étions bien sûrs de tomber sous leurs coups.

Néanmoins la soif nous torturait d'une manière si horrible que nous nous décidâmes à braver la colère des mandrilles; ce serait toujours une mort plus prompte. « Mieux vaut en finir tout de suite, disait Ben, que d'éterniser notre supplice. »

J'étais du même avis : nous aurions un terrible moment à passer, mais la perspective d'être déchirés par les babouins nous semblait moins affreuse que de suporter plus longtemps nos soufrances. D'ailleurs, nous n'avions plus à choisir; nos ennemis, fatigués de nous attendre, avaient recommencé l'attaque avec une fureur nouvelle, et, se précipitant avec rage sur les squelettes qui nous protégeaient contre eux, ils arrachaient des lambeaux du cuir desséché des momies, qu'ils n'auraient pas tardé à réduire en poussière.

Il devenait inutile d'aller au-devant de la mort, et sachant bien que toute défense nous était impossible, nous attendions avec une sorte de stupeur ce qui allait nous arriver.

Tout à coup je vis mon compagnon sortir de son accablement et tâtonner autour de lui.

« Que cherches-tu? lui demandai-je.

— J'ai une idée, me répondit Ben. Mille sabords! je veux être pendu si je ne disperse pas nos singes aux quatre coins de la boussole

— Comment cela?

— Tu vas voir, petit Will. Où est la peau du lion?

— Elle me sert de tabouret. Est-ce que tu en as besoin

— donne-la bien vite, mon enfant. »

C'était par hasard que la peau du lion se trouvait dans la cellule. Ne voulant pas nous en servir en guise de couverture, parce qu'elle était toute fraîche, nous l'avions roulée sur elle-même e déposée dans le caveau des momies avant l'apparition des babouins. Lorsque, poussé par Ben, je m'étais précipité dans la cellule pour fuir nos agresseurs, je l'avais heurtée du pied ; et quand plus tard, épuisés de fatigue et renonçant à la lutte, nous nous étions abandonnés au désespoir, c'était elle qui m'avait servi de siége.

Je me levai immédiatement, et, sans perdre une seconde, je tendis la peau du lion à ben Bon Brace. Je comprenais l'usage qu'il voulait en faire, et, sans qu'il eût besoin de ne rien dire, je l'aidai à exécuter son plan.

Dix minutes après, le corps de Ben Brace était complétement enveloppé de la peau du lion, attachée et ficelée autour de lui d'une manière à tromper des yeux plus clairvoyants que ceux de nos mandrilles.

Son but, en se déguisant ainsi, était de sortir tout à coup et de se montrer aux babouins, dans l'espoir que la vue du roi des animaux leur ferait prendre la fuite. C'était un moyen de salut, et notre situation était trop désespérée pour qu'un échec pût en aggraver le péril.

Le plan, d'ailleurs, n'était pas sans quelque
chance de succès : tous les animaux sont terrifiés
à la vue de leur monarque, et les babouins ne
font pas exception à cette règle.

Pour être plus sûrs de réussir, nous procédâ-
mes avec le plus grand soin à tous les préparatifs
de cet expédient suprême. Les bras de Ben furent
renfermés dans la peau qui avait couvert les
membres antérieurs du lion, et le bout des doigts
disparut sous les griffes du puissant carnassier.
Quant aux jambes, qu'il fallut cacher dans la partie postérieure de la peau, il fut très-difficile d'y
parvenir, et ce n'est qu'avec beaucoup de peine
que nous pûmes faire aller le pantalon d'une manière satisfaisante. La tête du lion s'adapta facilement au crâne de Ben Brace, et l'ample dépouille
de sa majesté léonine enveloppa le corps du marin et croisa comme un paletot. Heureusement
que nous avions toujours cette corde qui nous
avait déjà rendu de si grands services, et qui nous
fut très-utile pour fixer toutes les parties du
costume.

Enfin le déguisement fut complet, et l'acteur
n'eut plus qu'à entrer en scène.

Une fois que toutes nos dispositions furent bien
prises, nous retirâmes les momies avec soin, de
manière à les retrouver en cas d'urgence.

De leur côté, les assiégeants s'étaient parfaite-

ment aperçus de nos manœuvres, et montraient
par leurs allures qu'ils étaient sur leurs gardes.
c'est alors que le prétendu lion sortit des flancs
du boabab, en hurlant d'une voix de basse qui

Le prétendu lion sortit des flancs du boabab. (Page 222.)

égalait presque les rugissement de l'animal dont
il portait la dépouille.

Si jamais déroute de singes mérita d'être vue,
c'est bien celle dont nous fûmes témoins alors,
mon compagnon et moi.

L'instant d'après, nous n'aurions pas pu dire où étaient passés les babouins ; deux minutes avaient suffi pour les faire entièrement disparaître ; on aurait pu croire qu'ils s'étaient évanouis dans les airs ou que le sol les avaient engloutis ; et de la peau du lion s'échappa un franc rire, dont les éclats très-humains remplacèrent les rugissements furieux.

Toutefois nous nous empressâmes de quitter la voûte du baobab ; il était dangereux de demeurer sur ce terrain ; les mandrilles pouvaient s'apercevoir de la fraude et revenir sur leurs pas. Nous prîmes donc en toute hâte congé des trois momies, passablement endommagées par la dent des babouins, et nous décendîmes la montagne sans regarder derrière nous et sans nous arrêter, si ce n'est auprès de la fontaine, pour apaiser notre soif.

Il était midi passé lorsque, le troisième jour de notre expédition, nous surprîmes l'équipage de *la Pandore* par notre retour que l'on n'espérait plus.

CHAPITRE XXXI.

Tous les préparatifs indispensables à notre prochain voyage avançaient rapidement; le charpentier avait fini ses grilles, consolidé les cloisons, et les matelots remplaçaient par de l'eau de rivière l'eau salée qui était contenue dans les tonnes.

Mais tandis que ces occupations allaient leur train, il arriva chez le roi Dingo Bingo un messager porteur d'une nouvelle qui mit Sa Majesté dans un terrible émoi, et qui produisit le même effet sur le capitaine de *la Pandore*.

Ce messager, ou plutôt ces messagers, car il y en avait plusieurs, étaient ce que l'on appelle des *kroomen*, c'est-à-dire qu'ils appartenaient à une classe de nègres qui ont un goût prononcé pour la marine, et que l'on trouve en Afrique dans presque toutes les parties de la côte occidentale. A vrai dire, ce sont les caboteurs de ces parages, et beaucoup de bâtiments de commerce qui fréquentent cette région ne manquent pas, lorsqu'ils sont à court de bras, de compléter leur équipage en prenant de ces kroomen.

Trois de ces hommes avaient donc remonté la
rivière, et venaient annoncer en toute hâte au roi
Dingo Bingo la triste nouvelle qu'un croiseur anglais s'était approché d'une station située environ
à cinquante milles au nord. Ce croiseur disait
avoir donné la chasse à une grande barque né-
grière qu'il avait perdue de vue ; mais il la cherchait toujours et il espérait bien la trouver en se
dirigeant vers le sud. Les kroomen ajoutaient
que le croiseur ne s'était arrêté que pour prendre
de l'eau, et que, cette opération terminée, il avait
dû remettre à la voile et fouiller toute la côte,
afin de découvrir le négrier qu'il avait déjà poursuivi.

Ces renseignements confidentiels avaient été donnés par le commandant du cutter au principal
négociant du port, un brave Anglais, qui faisait
le commerce d'huile de palme, d'arachides et
d'ivoire, et que personne ne supposait avoir des
intérêts communs avec les marchands d'esclaves ;
au contraire, il se montrait l'un des plus zélés
partisans de la répression de la traite des nègres,
il se mettait au service des croiseurs, et avait su
gagner l'entière confiance des officiers de la marine anglaise, avec lesquels il entretenait des relations très-intimes.

Mais les gens bien informés soupçonnaient cet
excellent John Bull de s'entendre à merveille avec

15

Sa Majesté Dingo Bingo ; ils allaient même jusqu'à
penser qu'il existait entre ces deux honorables
personnages une association commerciale parfai-
ment établie.

Toujours est-il que c'était l'ami et le confident
du croiseur qui envoyait les trois kroomen pré-

Kroomen ou nègres pêcheurs.

venir le roi Dingo du danger qu'il courait ; le nom
et la qualité de celui qui expédiait cette nouvelle
n'était un secret pour personne à bord du négrier.

Les kroomen avaient longé la côte dans un petit bateau à voile et avaient exécuté la plus grande

par''e de ce voyage périlleux pendant la nuit, afin d'échapper au télescope du croiseur.

Il n'y avait pas à en douter, le cutter en question était bien celui qui nous avait déjà pourchassés, et le capitaine de *la Pandore* n'était pas moins interdit que le roi Dingo Bingo. Le croiseur savait que nous nous étions dirigés vers le sud; il prendrait la même direction, visiterait tous les points de la côte, et ne pouvait manquer de découvrir l'embouchure de la rivière où nous étions à l'ancre; s'il nous y trouvait encore, c'en était fait du négrier. Le pilote qui dirigeait le croiseur connaissait probablement les baraques du roi Dingo : il y conduirait le cutter, et, d'un moment à l'autre, nous pouvions être pris sur le fait.

Il n'était donc pas étonnant que le rapport des kroomen eût répandu la consternation dans les deux camps.

Néanmoins, la terreur de Sa Majesté noire était beaucoup moins grande que celle du capitaine; elle avait bien moins à perdre, et la visite du croiseur ne pouvait lui causer un préjudice notable. Les esclaves, il est vrai, étaient toujours dans le baracon, mais ils ne lui appartenaient plus; il en avait touché le prix en rhum, en mousquets et en sel, et, dès qu'il aurait enlevé ces valeurs et qu'il les aurait mises à l'abri du cutter, il serait parfaitement tranquille et ne

s'inquiéterait nullement de ce qui arriverait ensuite.

Aussitôt après l'arrivée des kroomen, il avait
fait transporter par ses hommes, et cacher dans
les bois, toutes les marchandises que nous avions
déchargées de *la Pandore*, et qu'il avait reçues en
payement des esclaves. Cette opération terminée,
le roi Dingo avait allumé sa pipe, rempli son
verre, et s'était mis à fumer et à boire avec autant d'insouciance que si jamais croiseur n'avait
exploré la côte d'Afrique.

La situation du skipper était bien différente; il
pouvait avoir recours, il est vrai, au procédé du
roi Dingo, ouvrir à ses esclaves les portes de leur
prison et les cacher dans la forêt; il était même
très-amusant de voir avec quelle chaleur Sa Majesté lui donnait le conseil d employer cet excellent moyen. Si le capitaine adoptait cet expédient
et que le croiseur entrât dans la rivière, *la Pandore* n'en serait pas moins capturée, les esclaves
resteraient dans le pays, et le royal trafiquant
avait la chance de remettre la main sur les cinq
cents ballots qu'il vendrait une seconde fois.
Quelle perspective! Aussi, le vieux scélérat, tout
en se gardant bien de laisser voir qu'il pourrait
y gagner, insistait d'une façon des plus comiques
auprès du capitaine pour lui faire accepter un
plan qui, disait-il, pouvait seul le sauver.

Mais le négrier n'entendait pas de cette oreille-là ; il savait combien il était dangereux de confier cinq cents esclaves à une garde quelconque, surtout au fond des bois ; et puis le très-cher Dingo pourrait bien ne pas veiller sur les colis du capitaine avec autant de sollicitude qu'il se plaisait à le promettre. Quelques-uns des captifs ne manqueraient pas de retourner dans leur pays ; beaucoup d'autres seraient probablement emmenés dans la ville du vieux roi. Comment établir ensuite l'identité de marchandises qui offrent entre elles aussi peu de différence ?

D'ailleurs, en supposant que le capitaine réussît à cacher sa cargaison, il ne pouvait pas escamoter *la Pandore*. Si le croiseur remontait la rivière, il ne manquerait pas d'apercevoir le navire et de s'en emparer immédiatement. Que deviendraient les esclaves, que deviendraient l'équipage et le capitaine lui-même ? Comment vivrait-il dans ces contrées sauvages ? car il savait très-bien qu'une fois à la merci du roi Dingo, Sa Majesté n'aurait pour lui aucun égard et le traiterait d'une façon très-peu hospitalière. C'était un homme rempli de finesse et d'expérience que le capitaine de *la Pandore*, et, loin de prêter l'oreille aux avis de Sa Majesté, il résolut de procéder en toute hâte au chargement de la cargaison, et de remettre à la voile aussitôt l'opération terminée.

C'était, en effet, le seul parti qu'il y eût à prendre; si le croiseur explorait la côte, et cela ne faisait pas le moindre doute, la première chose
était de sortir du fleuve et de gagner la pleine
mer avant son arrivée. Il fallait à tout prix éviter une rencontre; quelle que fût l'audace éprouvée de l'équipage de *la Pandore*, le négrier savait
qu'il n'y avait pas moyen de résister à l'attaque
d'un vaisseau de guerre, ou même des cinq ou
six chaloupes que le croiseur pouvait mettre à
flot et dépêcher contre nous. En cas de surprise,
le navire était capturé; la seule chance de salut
était dans la fuite, et le skipper avait trop de
prudence et d'habileté pour ne pas le comprendre.

La brise était légère et soufflait de la côte, deux
circonstances qui favoriseraient la fuite de *la Pandore*, et qui devaient retarder la marche du croiseur. Que le négrier pût seulement prendre le
large avant d'être à portée du canon de son antagoniste, et il n'aurait plus rien à craindre.

Soutenu par cette espérance et néanmoins toujours en proie à la plus terrible anxiété, le capitaine fit procéder sans le moindre délai au chargement de la cargaison.

CHAPITRE XXXII.

Toutes les chaloupes du négrier furent mises
en réquisition, et tous les matelots furent occupés comme des abeilles. Peut-être mon ami Ben
et moi étions-nous les seuls de l'équipage qui
n'eussions pas de cœur à la besogne ; mais il fallait sauver les apparences et travailler comme les
autres.

L'embarquement ne souffrit pas de difficulté,
l'arrimage encore bien moins ; c'est tout une
autre affaire quand il faut prendre à bord une
cargaison d'énormes tonneaux et de caisses pe-
santes qu'on a mille peines à manier et à caser.
Quant aux colis vivants, qu'ils y missent de la
bonne volonté ou qu'il fallût les y contraindre, il
ne s'agissait que de les conduire de leur baraque
à la rivière, de les transporter à bord et de les
faire descendre pêle-mêle des écoutilles dans
l'entre-pont. Les hommes furent séparés des femmes, non pas par égard pour les convenances,
mais parce qu'ils sont plus faciles à conduire pendant le voyage quand il en est ainsi, l'expérience

l'a prouvé; toutefois, il n'y avait entre eux qu'une cloison peu épaisse, à travers laquelle ils pouvaient communiquer.

On mit avec les femmes les jeunes esclaves des deux sexes, et tous les petits enfants, marmaille innocente, d'un noir de jais et qui étaient nus

Embarquement des nègres.

comme la main; pauvres piccaninies! Du reste, la plupart des malheureux qui composaient la cargaison étaient également nus; quelques-unes des femmes avaient une simple chemise de coton ou un pagne en feuilles de palmier tressées; quelques hommes portaient une espèce de jupe très-courte et d'une étoffe grossière; mais les autres n'avaient pas même apparence de vêtement. Il est probable que les gens du roi Dingo les avaient dépouillés de leur chétive garde-robe.

Tous les hommes étaient enchaînés deux à deux ; quelquefois même on en avait réuni trois ou quatre : c'était le roi qui avait pris cette mesure pour prévenir leur évasion. Quant aux femmes, quelques-unes seulement portaient des chaînes, celles qui avaient fait preuve d'un caractère plus indépendant que celui des autres, et qui avaient opposé de la résistance à leurs ignobles vainqueurs.

Ces chaînes ne leur furent pas enlevées par les gens de *la Pandore*, et les nègres furent emmagasinés tels qu'ils se trouvaient au moment de la livraison, y compris les fers dont ils étaient chargés.

Debout sur la rive, le roi Dingo assistait à l'embarquement, auquel ses gardes du corps prenaient une part active ; le skipper était à côté de lui et tous les deux causaient avec une souveraine indifférence, comme s'ils avaient présidé au chargement d'une cargaison d'ivoire ou d'arachides. De temps à autre, Sa Majesté désignait du doigt quelques-uns des esclaves, et faisait remarquer au nouveau propriétaire les qualités de la marchandise qu'il lui avait livrée. « Excellent article, affaire d'or, bon colis ; » mais il engageait le ca-

pitaine à le surveiller pendant le voyage. Il était
évident qu'il connaissait une grande partie de ces
malheureuses victimes ; beaucoup d'entre elles
étaient ses propres sujets et avaient grandi sous
ses yeux : mais que lui importaient toutes ces
considérations, dès l'instant qu'il trouvait à les
vendre, et qu'on lui donnait en échange des
mousquets et du rhum ? Les sentiments qu'il
éprouvait à l'égard de son peuple étaient ceux
d'un fermier pour ses cochons ou d'un éleveur
pour ses bœufs ; et, tandis que ces pauvres créatures, qu'il aurait dû protéger, défilaient tristement devant nous, il riait et plaisantait avec le
capitaine en regardant ce spectacle douloureux,
dont j'avais le cœur navré.

L'embarquement se poursuivait toujours, et la
plupart de ces infortunés étaient déjà sur *la Pandore*, quand nous aperçûmes le bateau des kroomen qui se dirigeait vers le navire ; on avait envoyé ceux-ci faire le guet à l'embouchure de la
rivière, jusqu'au moment où le négrier aurait
fini son chargement. Ils avaient l'ordre de revenir en toute hâte, si le croiseur, ou tout autre
vaisseau, paraissait à l'horizon.

Leur retour était donc la preuve qu'une voile
était en vue, et la rapidité avec laquelle ils remontaient la rivière, non-seulement confirmait
cette opinion, mais encore annonçait qu'ils

avaient quelque chose d'important à nous apprendre.

Le capitaine et son ami Dingo les voyaient approcher avec consternation, et la nouvelle qu'ils
apportaient au skipper n'était pas faite pour cal-
mer son inquiétude.

Une voile n'était pas seulement en vue, mais
elle naviguait droit à la côte, et les kroomen qui
s'étaient trouvés avec le croiseur, il y avait tout
au plus deux jours, avaient reconnu son gréement.

Cette nouvelle parut d'abord atterrer le skipper;
toutefois, lorsqu'il eut examiné l'état du ciel et
regardé la cime des arbres pour voir de quel côté
soufflait le vent, il sembla reprendre courage et
donna l'ordre d'activer le chargement de la cargaison.

Les kroomen retournèrent à leur poste, afin
d'observer les progrès du croiseur; et le capitaine
s'empressa de mettre le temps à profit. La brise
lui était favorable, tandis que le vaisseau de
guerre marchait contre le vent; il serait impossible d'approcher de la côte, à plus forte raison
de franchir la barre du fleuve, tant que la brise
se maintiendrait où elle était alors. Il n'y avait
plus qu'une heure de jour, et dans tous les cas il
était probable que l'ennemi attendrait le lendemain
matin pour entrer dans la rivière. Le capitaine

espérait que le croiseur jetterait l'ancre à un mille
ou deux du rivage et que, à la faveur des ténèbres, il passerait inaperçu et pourrait gagner la
pleine mer. Il serait peut-être salué d'un ou deux
boulets de canon, mais son chargement valait
bien qu'on bravât quelque chose; c'était d'ailleurs
la seule chance qu'il eût d'échapper au cutter.

Il était donc bien décidé à tenter l'aventure,
pourvu que le croiseur mouillât seulement assez
loin de la côte pour lui permettre de passer. Tout
son espoir était dans la direction du vent, qui
soufflait toujours de l'est, et qu'il ne cessait de
guetter au milieu des appréhensions les plus
vives.

CHAPITRE XXXIII.

Une fois que l'arrimage de la cargaison fut terminé, on posa les grilles, on les attacha solidement, et deux sentinelles rébarbatives, armées
d'une baïonnette emmanchée d'un mousquet, furent placées à côté des malheureux esclaves; elles
devaient faire usage de leurs armes sur les pau-

vres détenus qui tenteraient de s'échapper de leur prison.

Le skipper n'attendait plus que le rapport des kroomen. Ceux-ci arrivèrent enfin, et les nouvelles qu'ils lui donnèrent étaient bien celles qu'il avait espérées : le croiseur n'avait pu approcher de la côte; il avait jeté l'ancre à deux milles de l'embouchure du fleuve, et il attendrait que le vent eût changé, ou tout au moins qu'il fît jour, avant de franchir la barre. C'était bien là-dessus que le capitaine avait compté; aussi avait-il retrouvé son audace, et, ne doutant plus du succès, il alla faire ses adieux à son ami Dingo; tous les deux étaient en belle humeur, et les bouteilles de rhum circulèrent à la ronde.

Cette orgie finale avait lieu sur la rive, dans la case de Sa Majesté, qui traitait une dernière fois son ami le capitaine, pendant que le contre-maître descendait la rivière, afin de s'assurer par lui-même de la position du croiseur et de calculer d'une manière précise la route que *la Pandore* devait suivre pour échapper à l'ennemi.

Quelques hommes de l'équipage avaient accompagné le skipper et devaient le ramener à bord dès qu'il aurait pris congé du roi Dingo Bingo. Ben Brace et moi nous étions au nombre de ceux qui montaient la guigue du capitaine.

Il y avait encore une demi-heure à attendre

jusqu'au coucher du soleil, lorsque reparut le
contre-maître. Ses observations confirmaient de
tout point celles des kroomen, et, comme le vent
soufflait toujours de l'est, il était probable que la
fuite du négrier ne rencontrerait aucun obstacle.
Les officiers de *la Pandore* connaissaient bien la
côte ; ils n'ignoraient pas qu'ils pouvaient se sauver en se dirigeant au sud de l'endroit où le croiseur avait jeté l'ancre ; l'eau y était profonde, et,
si le vent se maintenait dans la même position,
toutes les chances étaient en leur faveur.

Une chose néanmoins les inquiétait vivement :
il était possible que le commandant du croiseur
eût appris d'une manière positive où était *la Pandore*; s'il en était ainsi, ne pouvant pas approcher
de la côte, d'où le repoussait la brise, il enverrai
ses chaloupes à l'embouchure du fleuve, de façon
à prévenir la fuite du négrier. Si, au contraire, il
ne se doutait pas du voisinage de la barque, il
remettrait au lendemain l'exploration de la rivière. Mais il avait pu être informé de notre présence au baracon du roi Dingo et, dans ce cas-là,
nous étions sûrs d'être attaqués pendant la nuit

Aussi le capitaine attendait-il avec anxiété le
moment où les ténèbres, qu'il appelait de tous ses
vœux, lui permettraient de lever l'ancre et de déployer ses voiles.

Il y avait encore quelques minutes de jour,

quand le skipper, ayant pressé une dernière fois l'horrible Dingo dans ses bras, sortit de la case de son amphitryon. Sa Majesté, suivie de ses noirs courtisans, vint reconduire son hôte et resta au bord de la rivière, tandis que le capitaine s'installait dans le canot. Ben et moi nous étions à notre banc et nous tenions déjà nos rames, lorsque le roi poussa une étrange exclamation.

Mes regards se portèrent naturellement de son côté, et je vis ses yeux fixés sur moi comme s'il avait voulu me dévorer, tandis qu'il parlait au capitaine dans une langue que je ne comprenais pas.

Jusqu'alors je n'avais jamais attiré l'attention de Sa Majesté; je ne sais même pas s'il m'avait aperçu. J'étais toujours resté sur le navire, excepté lorsque j'avais fait avec mon ami Ben cette fameuse partie de chasse où nous avions eu tant d'aventures; et, chaque fois que l'abominable Dingo était venu à bord, comme il se rendait immédiatement dans la cabine du skipper ou qu'il se tenait sur le tillac, il est probable qu'il n'avait jamais eu l'occasion de remarquer mon visage.

Mais pour quel motif, au moment du départ, semblait-il s'occuper de moi avec autant d'intérêt. Je ne comprenais pas un mot de ce qu'il disait au capitaine, car il baragouinait une espèce de jargon tiré de la langue portugaise, qui est assez généra-

lement connue sur la côte de Guinée; mais il était
facile de voir, à ses gestes et à ses regards significatifs, que la conversation roulait sur ma personne ou tout au moins sur mes habits.

L'entretien s'animait de plus en plus; c'était un
feu roulant de paroles ou plutôt de cris sauvages;
la conversation dégénérait en dispute. A quel propos les deux amis se querellaient-ils à mon égard?
Ben était à côté de moi; je lui demandai tout bas
s'il pouvait me dire de quoi il était question.

« Tu plais à ce vieux coquin, me répondit mon
protecteur; il veut t'avoir et demande au skipper
à t'acheter comme esclave; c'est ton prix qu'ils
débattent. »

CHAPITRE XXXIV.

J'eus d'abord envie de rire en entendant ces
paroles, mais je ne tardai pas à changer de sentiment; l'air sérieux de Ben Brace, le ton avec lequel il m'avait dit ces mots, surtout la manière
dont le capitaine et le roi traitaient la chose, me
prouvaient que ce n'était pas une plaisanterie.

Au premier moment, le skipper ne semblait pas disposé à satisfaire à la demande du vieux nègre; mais celui-ci avait mis tant de chaleur à sa requête, il avait fait surtout des offres si avantageuses, que le négrier commençait à fléchir. Sa Majesté proposait cinq noirs en échange du petit blanc. « Le skipper en veut six, me dit Ben, c'est pour cela qu'ils se disputent. » Ainsi le capitaine consentait à me vendre à cet affreux Dingo; ce n'était plus qu'une question de prix entre les deux traitants.

J'étais frappé de stupeur; Ben lui-même était vivement troublé; il savait fort bien que la brute au pouvoir de laquelle je me trouvais ne se ferait aucun scrupule de conclure ce marché. La seule raison qui avait empêché le capitaine d'y adhérer tout d'abord, c'est qu'il avait besoin de moi; mais s'il pouvait, en me vendant, augmenter sa cargaison de six nègres vigoureux qui, transportés sur la côte du Brésil, vaudraient chacun cinq mille francs cette considération l'emporterait sur tous les services que j'aurais pu lui rendre. Il ne courait aucun risque, je pouvais disparaître sans qu'on l'inquiétât le moins du monde. A qui répondait-il de ses actes? Un négrier, un bandit! Il avait la faculté de me vendre, de me tuer si bon lui semblait, sans encourir la punition la plus légère, et il le savait bien.

16

Il n'est donc pas étonnant que je fusse rempli de terreur ; l'idée de devenir l'esclave de ce sauvage huileux, de cet ignoble monstre, qui trafiquait de chair humaine me révoltait horriblement.

C'est à peine si je peux décrire la fin de cette scène odieuse ; je souffrais au point de ne plus avoir conscience de ce qui se passait autour de moi ; on me disait que le marché était conclu, que le roi avait accordé les six nègres, que le capitaine consentait à me donner en échange, et la preuve que l'on ne me trompait pas, c'est que je vis ce dernier sortir de la chaloupe et retourner à la case du roi Dingo, bras dessus, bras dessous avec l'affreux sauvage, afin de ratifier le marché en buvant un verre de rhum.

Je criais et je menaçais, je crois même avoir blasphémé ; j'avais le délire, je n'étais plus maître de mes paroles ni de mes actions ; la destinée qui m'attendait m'inspirait tant d'horreur que je pensais à me jeter dans la rivière. Quelle horrible chose ! être vendu par un pareil homme, et sans espérance de recouvrer sa liberté ! C'était horrible, et je me sentais devenir fou.

Mes cris douloureux excitaient les rires des nègres qui était restés au bord de la rivière et qui me raillaient dans leur jargon sauvage. Mes camarades eux-mêmes, ceux qui étaient avec moi dans le bateau, s'inquiétaient fort peu de mon désespoir.

Mon pauvre Ben était le seul qui prît part à ma douleur; mais que pouvait-il faire pour me sauver? Je comprenais son impuissance; il aurait été puni s'il avait seulement élevé la voix en ma faveur

Néanmoins, je m'étonnais de son impassibilité; je trouvais qu'il aurait pu me témoigner une sympathie plus vive. J'étais injuste à son égard; tandis que je l'accusais d'indifférence, il ne pensait qu'à moi et cherchait par quel moyen il favoriserait ma fuite.

Aussitôt que le capitaine et le roi Dingo se furent éloignés, il se rapprocha de mon oreille et me dit tout bas, de manière à n'être entendu de personne:

« C'est une chose faite, mon pauvre enfant, il t'a vendu pour six nègres, tu ne peux pas l'empêcher; ne leur fais pas de résistance, car ils te garrotteraient; aie plutôt l'air d'être content: mais ne quitte pas des yeux *la Pandore*, et quand elle lèvera l'ancre, prends la fuite, c'est aisé quand il fait noir; suis le bord de la rivière, jette-toi à l'eau quand tu arriveras près de l'embouchure, et nage droit à la barque; je serai là, n'aie pas peur, je te lancerai un bout de corde; quant au reste, ne crains rien, le vieux gobelotteur ne sera pas fâché de te revoir, au contraire; je suis sûr qu'il sera bien aise d'attraper Dingo Bingo.... Fais ce que je te dis, et.... chut! les voilà qui reviennent tous les deux. »

Bien que mon protecteur eût proféré ces mots d'une voix presque intelligible et à bâtons rompus, je l'avais parfaitement compris, et je venais de lui répondre que je suivrais son conseil, lorsque je vis le skipper se diriger vers la guigue.

Il n'était pas seul; Dingo l'accompagnait d'un pas chancelant, et derrière eux marchaient six nègres superbes, enchaînés deux à deux, et conduits par une troupe nombreuse de soldats sous les armes.

C'était en échange de ces trois couples d'esclaves que le capitaine me livrait à son affreux compère. Dix minutes auparavant, ces victimes du caprice de leur maître portaient le mousquet et faisaient partie de l'armée du roi, prêts au moindre signal à capturer les voisins ou même les sujets de Sa Majesté; mais la fortune est inconstante, et leurs camarades, plus favorisés qu'eux, venaient précisément de les saisir et de les livrer au capitaine.

L'instant d'après on les poussait dans le bateau sans plus de cérémonie qu'ils n'en avaient mis, le matin, à l'égard des malheureux qu'ils allaient rejoindre, tandis qu'on me déposait sur la rive où m'attendait mon nouveau maître.

Le skipper, sans aucun doute, fut très-surpris du peu de résistance que j'opposais à cette mesure;

quant au roi Dingo, il parut enchanté de ma douceur, car il me conduisit avec une politesse d'i-
vrogne dans sa case royale, et insista pour me
faire boire avec lui un verre de son meilleur rhum.

Je regardai entre les palmiers qui composaient
les murs de la case ; la guigue traversa la rivière,
atteignit *la Pandore;* les nouveaux esclaves furent
dirigés vers l'entre-pont, les rameurs conduisirent
le bateau à l'arrière du pêcheur, le palan s'abaissa,
et au bout de quelques minutes la guigue avait
repris sa place à la poupe du négrier.

La seule chance qui me restât maintenant de rejoindre *la Pandore,* était de franchir la rivière à
la nage, et je me préparai à suivre les conseils de
Ben Brace.

CHAPITRE XXXV.

Je me souvins des avis de mon protecteur, et
j'acceptai l'offre hospitalière du roi Dingo, en y
mettant la meilleure grâce qu'il me fut possible de
témoigner. J'avalai bravement un verre de rhum,
et j'allai même jusqu'à feindre une gaieté que j'é-

tais loin de ressentir. Ma conduite ravissait mon
nouveau maître; il s'applaudissait évidemment du
marché qu'il avait fait, bien que le capitaine de
la Pandore lui eût soutiré un prix beaucoup plus
élevé que celui qu'il avait d'abord voulu mettre
à mon acquisition. Son premier mot avait été de
m'échanger contre un seul individu, et cependant
il avait fini par en donner six pour m'avoir! six
hommes pour un adolescent!

Que voulait-il donc faire de moi? un esclave
attaché à sa personne? un page qui lui tendrait
son assiette quand il voudrait manger, qui lui
donnerait son rhum quand il désirerait boire, qui
éloignerait les moustiques quand il serait endormi, et qui devrait le distraire quand il serait
éveillé? Ou bien avait-il l'intention de me confier
une position plus haute? peut-être me ferait-il son
secrétaire particulier ou son premier ministre?
S'il allait me faire épouser l'une de ses filles à
peau noire? m'élever à la dignité de prince?

A en juger par la façon dont il agissait envers
moi, je pouvais supposer que, si je continuais à
lui plaire, j'aurais une vie facile en restant avec
lui; on m'avait raconté plusieurs histoires où
des blancs étaient devenus les favoris de princes
nègres qui leur avaient confié des missions impor-
tantes, et il était possible qu'une pareille destinée
m'attendit, si je restais auprès du roi Dingo.

Mais l'affreux homme m'eût-il donné la première place de ses États, m'eût-il offert son trône
avec la plus belle de ses filles, que je n'en aurais
pas moins persisté à le fuir et à regagner *la Pandore*. Assurément celle-ci n'était pas un élysée, et
peut-être me sauvais-je du gril pour tomber dans
la poêle; mais depuis quelque temps j'y étais
moins maltraité; je comptais d'ailleurs sur la promesse de Ben, et j'espérais bien n'y pas rester toujours.

Quant au roi Dingo, il m'inspirait un dégoût
que je ne pouvais surmonter; il me semblait
qu'auprès de lui j'étais menacé de quelque malheur effroyable, et, s'il m'était impossible de rejoindre *la Pandore*, j'avais la ferme résolution de
me sauver dans les bois plutôt que de rester dans
la compagnie de cet ignoble sauvage. Oui, malgré
les lions et les mandrilles, malgré tous les périls
que j'aurais à courir, je préférais le désert à la
case de cette brute odieuse à laquelle j'étais vendu.

Mon plan était déjà tracé; je pensais au comptoir
dont les kroomen avaient parlé au sujet du croiseur, et qui se trouvait sur la côte, à cinquante
milles de la rivière; j'y arriverais sans trop de
difficulté. Un Anglais était le chef de ce comptoir;
à vrai dire, c'était l'ami du roi Dingo, son associé
ou plutôt son complice; mais c'était toujours un
de mes compatriotes, il ne me trahirait pas: d'ail-

leurs le cutter reviendrait au mouillage, il me protégerait contre Sa Majesté! Que dis-je? il la ferait sauter jusqu'aux nues pour la punir de son infâme trafic. Si j'avais pu avertir le cutter de mon affreuse position! mais c'était impossible: au point du jour il s'éloignerait de la côte pour chasser *la Pandore*.

Pendant que je cherchais dans mon esprit tous les moyens de m'enfuir, l'affreux Dingo s'efforçait de paraître aimable et ne faisait qu'augmenter la répugnance que j'avais pour sa personne. Il me comblait de politesses et de verres de rhum que je feignais d'avaler, et me tenait un langage qu'il m'était impossible de comprendre, bien qu'il prononçât quelques mots d'anglais ou d'argot, pour mieux dire, qui m'étaient devenus familiers depuis mon séjour sur *la Pandore*. Mais l'ignoble sauvage avait tellement bu que ses propres sujets ne distinguaient plus ses paroles.

Je suivais avec joie les progrès de son ivresse qui l'absorbait de plus en plus; et ce fut avec un véritable bonheur que je le vis se lever, faire quelques pas en chancelant et se heurter contre une espèce de couche où il tomba comme une masse.

Une minute après il était profondément endormi, et ronflait comme un bœuf; jamais pourtant musique ne m'a paru plus douce.

J'entendis au même instant, sur la rivière, le

clappemont du bourriquet et le bruit que faisait
la chaîne qui retenait l'ancre en passant par l'é-
cubier.

Tous les gens du roi Dingo étaient sur la rive
pour assister au départ du navire, dont la silhouette
se dessinait vaguement dans l'ombre.

J'attendis pendant quelques minutes; j'avais
peur en m'enfuyant trop tôt d'être poursuivi et
rattrapé avant d'avoir atteint l'embouchure du
fleuve. Je savais que la barque descendait lentement, qu'il lui était impossible de déployer ses
voiles à cause des nombreux détours de la rivière,
et qu'il me serait facile de la rejoindre.

Aucun des serviteurs du roi ne soupçonnait mes
intentions; ils me croyaient très-satisfait de mon
nouveau poste, et je suis persuadé que la plupart
d'entre eux enviaient ma bonne fortune. J'étais
déjà le favori de Sa Majesté, je pouvais préten-
dre aux premières places de son royaume: comment penser que je songeais à fuir une perspective aussi brillante? Une pareille idée ne pouvait
germer dans le cerveau des noirs gentlemen dont
j'étais environné! Il en résulta qu'une fois Sa Majesté endormie, on me laissa complétement libre
d'aller où bon me semblait. J'en profitai pour diriger mes pas vers la baraque aux esclaves, et
pour m'enfoncer dans les bois où elle était cachée; prenant ensuite obliquement du côté de la

rivière, je revins au bord de l'eau et je précipitai mes pas aussi vite que me le permettaient les broussailles dont la berge était couverte.

CHAPITRE XXXVI.

Je suivais le sentier qui longeait le fleuve à quelques mètres de la rive, et de temps en temps je revenais à bord de la rivière pour bien m'assurer que *la Pandore* ne prenait pas d'avance sur moi. Je distinguais fort bien le navire, même à travers les arbres; contrairement aux vœux du négrier, le ciel était sans nuages et la lune répandait une vive clarté à la surface du fleuve.

Bien que *la Pandore* descendit très-lentement, c'était tout ce que je pouvais faire que de la suivre. Si le chemin avait été mieux frayé, la chose aurait été facile; mais ce n'était pas même un sentier; je suivais tout bonnement la trouée que les bêtes sauvages avaient faites au milieu des vignes traçantes et des lianes de toute espèce qui la plupart du temps m'obligeaient à ramper sur la terre ou à escalader la voûte dont le passage

se trouvait obstrué. Tout cela me retardait énor-
mement, et il était indispensable que je pusse
gagner de l'avance sur le vaisseau, afin de traverser la rivière au moment où il approcherait de
la côte.

J'aperçus plusieurs fois des bêtes sauvages dont
la forme se distinguait à peine dans l'obscurité
qui régnait sous les grands arbres; quelques-unes,
qui me parurent gigantesques, s'enfuirent à mon
approche, en faisant craquer les buissons qu'elles
rencontraient devant elles : ce devaient être des
rhinocéros ou des hippopotames. J'étais certainement effrayé de leur présence; mais je l'aurais
été bien davantage si la crainte qu'ils m'inspiraient n'avait été dominée par une terreur bien
plus grande; je croyais toujours entendre la voix
du roi Dingo ordonnant à ses soldats de me ramener auprès de lui, et je m'arrêtais parfois tout
haletant pour écouter les sons qui frappaient mon
oreille.

Mais il aurait fallu que cet homme abhorré,
dont l'image me poursuivait sans cesse, eût été
bien près de moi pour que j'eusse entendu ses
cris; des bruits sans nombre emplissaient la forêt, et je ne saurais dire quels poumons auraient
eu assez de puissance pour dominer ces clameurs.
Tout tremblant, je retenais mon haleine pour
écouter si, au milieu de ce chorus infernal, re-

tentissait la voix du nègre ; mais je ne distinguais que le bruit aigu des grillons et des cigales, le coassement des grenouilles, le rugissement des lions, les cris variés des singes, les hurlements des chacals et tant d'autres qui m'étaient inconnus et que provoquaient mon passage et celui du navire; l'alarme se répandait de proche en proche, et les cris, se multipliant toujours, semblaient envelopper la forêt tout entière.

Il me paraissait probable qu'on me chercherait sur le fleuve. Dès qu'on s'était aperçu de mon départ, on devait avoir pris des canots : peut-être le roi lui-même dirigeait-il la poursuite. On se rappelait sans doute que c'était au moment où le navire s'éloignait que je m'étais éclipsé, raison de plus pour supposer que j'avais regagné *la Pandore* et pour que le roi Dingo se hâtât de venir me réclamer. Obsédé par cette croyance, je jetais des regards inquiets sur la rivière toutes les fois que je pouvais l'apercevoir, mais je ne distinguais rien qui motivât. mes craintes.

Ce n'était pas ma seule inquiétude. Les kroomen se trouvaient à l'embouchure de la rivière pour épier les mouvements du croiseur. Ces hommes étaient tout dévoués au roi Dingo; ils me verraient traverser le fleuve à la nage, me prendraient dans leur barque et me ramèneraient à mon ignoble maître : car ils étaient là quand

le marché s'était conclu. Je devais donc faire
attention au bateau des kroomen et tâcher de l'é-
viter.

Comme toutes ces pensées traversaient mon
esprit, je jetai les yeux sur le fleuve; il me parut
que le navire marchait avec plus de vitesse, et,
plongeant sous les lianes, je m'efforçai de précipiter ma course.

J'atteignis enfin un endroit où la rivière décrivait une courbe prononcée; j'étais alors auprès
de son embouchure; elle s'élargissait un peu plus
loin de façon à constituer une baie. Il était inutile de marcher davantage; en allant au delà du
point où je me trouvais alors, j'aurais eu trop
d'espace à franchir pour rejoindre le négrier
D'ailleurs, il déployait ses voiles, bientôt il prendrait le vent, et sa marche deviendrait trop rapide pour que je pusse l'aborder.

Le moment était venu de gagner le vaisseau à
la nage; je me dépouillai de mes chaussures et
de la plupart de mes habits, et je descendis au
bord du fleuve, où je me plongeai immédiatement.

CHAPITRE XXXVII.

Le navire n'était pas encore en 'ace de moi ; mais, à la manière dont il marchait, nous devions nous rencontrer au milieu de la rivière.

Ben m'avait recommandé de me diriger vers l'avant, où il se trouverait avec une corde, pendant qu'un de ses amis se tiendrait à la porte de la galerie du faux pont et me lancerait une second bouée, si par hasard je n'avais pas pu saisir la sienne. J'étais bien sûr d'être hissé par l'un des deux ; mais il était préférable d'aborder par l'avant du navire, en ce sens que j'avais la certitude de ne pas y rencontrer le capitaine ou le contre-maître, et que Sa Majesté elle-même vînt-elle me réclamer, je pourrais être caché sur le tillac de manière à permettre au capitaine d'affirmer que je ne me trouvais pas à bord.

J'étais celui qui nageait le mieux de tout l'équipage, après Ben toutefois, qui était l'un des premiers nageurs du monde. J'avais beaucoup pratiqué cet exercice à l'époque où j'étais chez mon père, et ce n'était rien pour moi que de traverser un fleuve d'un mille de largeur; aussi les deux cents mètres qu'il me fallait franchir pour rejoindre le négrier ne me paraissaient-ils qu'une bagatelle.

Mais si la distance à parcourir n'avait rien qui pût m'effrayer, une vive inquiétude n'en devait pas moins s'emparer de mon esprit. Jusqu'alors je n'y avais pas songé : l'émotion de la fuite, la difficulté de m'ouvrir un passage à travers les lianes, et surtout la frayeur que j'avais d'être poursuivi, m'avaient fait oublier les dangers que je pouvais courir plus tard; ce n'est qu'en plongeant dans la rivière que le souvenir du malheureux Dutchy me revint à la mémoire et que je pensai aux crocodiles.

Un horrible frisson me parcourut de la tête aux pieds; je sentis mon sang qui se glaçait dans mes veines; peut-être dans ce moment même étais-je en présence de l'un de ces effroyables monstres : n'avais-je pas vu à l'instant où je quittais la rive du fleuve, un objet brun, ayant environ six mètres de longueur, et que j'avais pris pour une pièce de bois mort ? Cet objet avait remué lorsque j'étais entré dans la rivière; j'avais pensé que le courant l'entraînait; mais c'était une erreur, il se mouvait comme une créature vivante.... Plus de doute, c'était un crocodile.

Comment n'y avais-je pas songé plus tôt! Une

pièce de bois mort ne se serait pas arrêtée à l'endroit où j'avais cru l'apercevoir, le courant l'aurait emportée; j'étais bien sûr que ce n'était pas un tronc d'arbre dépouillé de ses branches, mais le reptile hideux qui se repaît de chair humaine.

Je me retournai instinctivement, et je relevai la tête pour regarder derrière moi. La lune éclairait toute la rivière, on y voyait comme en plein jour.

Bonté divine ! j'avais bien raison de frémir : ce n'était pas une pièce de bois, mais un énorme crocodile ; je voyais son corps monstrueux, son dos couvert d'écailles, sa tête allongée, ses mâchoires béantes qui s'élevaient au-dessus de l'eau ; je l'avais réveillé en plongeant tout à coup, et il cherchait à reconnaître quelle était la cause du bruit qu'il avait entendu.

Son étonnement avait bientôt cessé; à peine avais-je repris ma course qu'il avait fouetté l'eau de sa queue puissante et que, abandonnant la rive, il se précipitait vers moi.

Son corps était tout entier dans la rivière, mais ses mâchoires et toute sa tête hideuse se projetaient au-dessus de l'eau.

Je redoublai d'efforts, et malgré ma terreur i'avançais rapidement, *la Pandore* approchait, elle n'était plus qu'à cinquante mètres de distance; le crocodile se trouvait plus loin de moi que je ne l'étais du navire ; mais ces monstrueux amphibies nagent beaucoup plus vite qu'un homme ; je le savais, j'étais sûr que le reptile allait m'atteindre et alors....

Quelle horreur ! je jetai un cri d'effroi que je répétai tout en nageant.

Des voix me répondirent ; j'aperçus des ombres glisser autour de l'éperon [1], courir sur les bouts-dehors [2] et arriver sur le beaupré ; j'entendis la voix puissante de Ben m'adresser des paroles d'encouragement et m'indiquer la direction que je devais prendre.

J'étais sous l'extrémité du beaupré, mais je ne voyais pas de corde ; je cherchais vainement celle qui m'était promise, on ne m'en avait pas jeté.... O ciel ! qu'allais-je devenir ?

Je me soulevai de nouveau pour regarder où était mon ennemi. La tête noire du crocodile apparaissait à quatre mètres de moi tout au plus ; je distinguais ses longues dents irrégulières, ses membres courts et robustes qui ramaient avec vitesse.

Une minute encore et je sentirais ces dents tranchantes ; pris par les mâchoires du monstre,

1. Charpente saillante en avant de l'étrave qui termine la proue d'un grand bâtiment.
2. Pièces de bois adaptées sur l'avant, à chaque vergue, et qui servent à déployer et à soutenir les bonnettes.

je serais entraîné eu fond du fleuve et dévoré comme le pauvre Dutchy.

Mais au moment où je me croyais perdu, je sentis une main vigoureuse me saisir par la ceinture et m'enlever immédiatement ; le crocodile s'élança au-dessus de l'eau en cherchant à m'atteindre, et

Au moment où je me croyais perdu, une main vigoureuse me saisit.

retomba lourdement sans avoir pu me toucher ! Il continua pendant quelques instants à battre l'onde avec sa queue ; puis, voyant que sa victime lui avait échappé, il disparut, apres avoir fait le tour de *la Pandore*.

Je savais à peine comment j'avais été sauvé ; la

terreur avait tellement troublé mes sens, que je ne compris ce qui était arrivé que lorsque je fus sur le pont, et que, me retrouvant sain et sauf, je revis l'excellent Ben Brace à côté de moi.

C'était lui qui, cette fois encore, avait été mon sauveur. Courant jusqu'à l'extrémité du beaupré, il avait glissé jusqu'au bout de la baderne, et descendant presque au milieu du fleuve au moyen d'une corde en forme d'anse, il était parvenu à me saisir au moment où je remontais à la surface de l'eau pour regarder le crocodile.

Toutefois je l'avais échappé belle, et je me promis bien de ne jamais entrer volontairement dans une rivière d'Afrique.

CHAPITRE XXXVIII.

Le skipper devait bien savoir que j'étais de retour à bord; tous les hommes de l'équipage avaient fait tant de bruit lorsqu'ils s'étaient aperçus que le crocodile me poursuivait, qu'il était impossible qu'il en ignorât la cause. Je repris néanmoins possession de mon cadre, sans que rien n'annonçât qu'on dût me renvoyer chez mon ignoble maître. Le fait est que le capitaine, ainsi que l'avait pensé Ben Brace, n'était pas fâché d'avoir dupé le roi Dingo, et mon service lui étant agréable, il était bien loin de vouloir me restituer à mon affreux acquéreur. C'était l'énorme bénéfice que lui avait offert le roi qui l'avait déterminé à me vendre; mais dès qu'il avait rempli toutes les conditions du marché, sa conscience était satisfaite, et il était fort content que je fusse revenu.

Néanmoins, les pirogues de Sa Majesté pouvaient encore nous rejoindre, et il était probable que, si j'étais formellement réclamé, le skipper me livrerait de nouveau à son ami. Je ne fus donc entièrement rassuré que lorsque nous eûmes franchi la barre et que le navire, déployant toutes ses voiles, se dirigea vers la pleine mer. Combien de regards inquiets j'avais jetés sur le fleuve, jusqu'au moment où nous en étions sortis! Ce n'était plus le crocodile qui me faisait regarder en tremblant à l'arrière du négrier; c'était la crainte d'apercevoir dans notre sillage une pirogue conduite par une double rangée de rameurs, et où serait assis l'affreux Dingo Bingo.

La pensée de retomber entre les mains de cet ignoble sauvage me causait un effroi que je ne pourrais exprimer. Cet affreux nègre me ferait

payer d'autant plus cher mon évasion, qu'il m'a-
vait témoigné plus de bienveillance et que je l'a-
vais trompé ; ma vie ne serait plus désormais
qu'un long supplice où le dégoût s'associerait à
la douleur.

Aussi ne commençai-je à respirer librement que
lorsque nous eûmes dépassé la chaloupe des kroomen, qui observaient toujours les mouvements
du croiseur.

Mais une fois que le navire se balança de nouveau sur l'Océan, mon inquiétude s'évanouit tout
à coup, et l'intant d'après, j'avais complétement
oublié le roi Dingo et ses horribles sicaires ; d'autant plus qu'un nouvel incident vint bientôt ab-
sorber mon intention.

Dès que *la Pandore* eut franchi la barre du
fleuve, elle se révéla au croiseur depuis sa ligne
d'eau jusqu'à sa pomme de girouette, et put reconnaître à son tour le gréement du cutter, car
le ciel était si pur et la lune si brillante, qu'on
distinguait les moindres objets à une distance
considérable.

Cependant l'équipage du cutter ne sembla pas
tout d'abord apercevoir le négrier ; peut-être *la
Pandore* se confondait-elle avec les arbres de la
côte ; peut-être la vigie n'était-elle pas attentive :
toujours est-il que plusieurs minutes s'écoulèrent
avant qu'on eût observé le moindre mouvement
à bord du vaisseau anglais.

Tout à coup l'ennemi se réveilla, le bruit du tambour se fit entendre, et les voiles se déployè rent avec cette rapidité qui résulte des bras nombreux qui composent l'équipage d'un vaisseau de guerre et de l'ensemble des manœuvres qui leur sont commandées.

Malgré l'avantage que le négrier avait obtenu par son audace et par la soudaineté de son apparition, il était loin de se trouver dans des circonstances favorables. Depuis une heure ou deux que le cutter avait jeté l'ancre, le vent avait décrit environ un quart de cercle, et, au lieu de venir en ligne directe de la côte, il soufflait parallèlement au rivage.

Le capitaine de *la Pandore* s'en était bien aperçu ; il n'était pas même besoin d'avoir son expérience pour être frappé de ce changement qui pouvait lui devenir fatal. Si la brise se fût maintenue à l'est, il était sûr de fuir avec succès devant la poursuite du croiseur ; mais à présent toutes les chances se tournaient contre lui. Il ne pouvait pas prendre le vent sans le serrer de trop près pour son navire et sans se mettre à portée de l'artillerie du cutter ; d'autre part, il se trouvait un banc de sable qui s'étendait presque du rivage à l'endroit où était mouillé le croiseur : c'est tout au plus s'il y avait entre le vaisseau de guerre et la pointe du banc de sable un espace de huit cents

mètres ; le cutter, courant sous le vent, couperait
aisément le passage au négrier, et celui-ci ne tarderait pas à être mis hors de combat.

Je me trouvais à côté du skipper et du contre-
maître, qui, en face de ce terrible dilemme, exha-
laient leur colère par d'horribles imprécations
adressées à leur ennemi. J'écoutais avec un vif
intérêt les témoignages de leur anxiété; comme
eux, je suivais d'un œil avide les mouvements du
cutter : mais notre émotion était loin de se res
sembler. Tandis qu'ils maudissaient le croiseur,
je priais de toute mon âme pour que celui-ci cap-
turât *la Pandore*; même au risque de périr sous
une bordée de canons anglais, je ne pouvais m'empêcher de faire des vœux pour la défaite du négrier.

Bien qu'il y eût à peine quelques minutes que
je fusse à bord depuis le chargement de notre
cargaison vivante, j'étais déjà vivement impressionné par le drame effroyable dont le navire
était devenu le théâtre. Les hurlements des noirs
qui étouffaient dans l'entre-pont, leurs voix sup-
pliantes qui de la prière passaient aux menaces,
me faisaient pressentir ce qu'il me faudrait voir
et entendre pendant de longues semaines, peut-
être pendant des mois. Quelle affreuse existence!
et combien je désirais que nous fussions cap-
turés !

CHAPITRE XXXIX.

Mon espoir grandissait en raison de l'inquiétude que manifestaient les officiers de *la Pandore*. Le cutter avait déployé ses voiles et commençait à fendre les vagues; la manœuvre avait été si rapide qu'il ne s'était probablement pas donné le temps de lever l'ancre, et qu'il avait dû trancher le câble qui le retenait au mouillage : c'était du moins ce que pensaient les matelots du négrier.

Le contre-maître semblait pousser le capitaine à quelque mesure désespérée.

« Il est impossible de passer devant lui, disait-il; on ne peut pas même essayer. Sacr.... c'est la seule chance que nous ayons; la marée nous est bonne, et quel danger courons-nous?

— Essayons-le, répondit le skipper. Nous serons certainement pris si nous ne le faisons pas; et. sacr...., j'aimerais mieux me briser en mille pièces sur un rocher, que de tomber aux mains de ce sacr.... »

Ce dernier blasphème termina l'entretien, et le

contre-maître se hâta de commander à l'équipage les manœuvres qui devaient réaliser son plan.

Je n'avais pas compris ce qu'il avait dit au capitaine ; mais j'observai que *la Pandore* changeait tout à coup de direction et mettait le cap sur le croiseur. On aurait pu se figurer qu'elle n'avait d'autre désir que de rejoindre le vaisseau de guerre ou de se faire couler par ses canons, et nul doute que celui-ci ne fût très-étonné de cette manœuvre, dont les matelots du négrier se montrèrent eux-mêmes fort surpris.

Toutefois, l'intention du contre-maître, qui avait ordonné ce mouvement, était beaucoup plus sensée qu'elle ne le paraissait au premier coup d'œil. Le négrier avait à peine filé trois longueurs de câble dans la nouvelle direction qu'il avait prise, que virant de bord jusqu'à ce qu'il eût le vent sur son travers, il courut vers la côte.

Cette manœuvre restait toujours un mystère pour la plupart des matelots, qui obéissaient, sans les comprendre, aux ordres qui leur étaient donnés ; quelques-uns d'entre eux, néanmoins, avaient la confiance de leurs officiers et n'ignoraient pas quel était le plan du contre-maître.

Quant au croiseur, il devait supposer que l'équipage de *la Pandore*, voyant qu'il lui était impossible d'échapper à l'ennemi en tenant la mer, se décidait à repasser la barre du fleuve où à se

jeter à la côte avec l'intention de quitter le navire
et de remonter la rivière au moyen de ses canots.
Il était impossible que le commandant du croiseur
pût interpréter différemment l'étrange conduite
du négrier, surtout qu'il pût soupçonner que c'é-
tait une ruse de guerre, tant il y avait peu de
chance de réussir en employant un stratagème
quelconque.

Mais le commandaut se trompait : la manœuvre
du négrier avait précisément pour but de l'in-
duire en erreur. Si le capitaine et son digne acolyte manquaient d'humanité, ils n'en étaient pas
moins des hommes de mer fort habiles, et la connaissance qu'ils possédaient de la côte leur donnait sur les officiers du croiseur un énorme avantage.

Aussitôt qu'il se fut aperçu que *la Pandore* se
dirigeait vers l'embouchure du fleuve, le commandant du cutter changea également de direction et poursuivit le négrier, dans l'espoir de s'en
emparer immédiatement ou de l'acculer dans la
rivière, où il deviendrait une proie facile. La seule
crainte que l'on eût à bord du croiseur, c'était
qu'au moment d'abandonner sa barque, le skipper
ne la fît couler à fond ou ne vînt à l'incendier :
aussi l'équipage, calculant déjà la prime qu'il
croyait obtenir, était-il bien résolu à ne pas donner le temps au capitaine de mettre le feu à *la*

La Pandore franchit la barre.

Pandore ou de la faire couler bas, et chaque matelot du vaisseau de guerre redoublait d'activité.

J'ai parlé un peu plus haut du bas-fond qui avait empêché le skipper de fuir l'ennemi en naviguant sous le vent; c'était un banc de sable vaseux, formé par le courant du fleuve et s'étendant à une assez grande distance dans la mer, où il suivait une direction oblique. A l'endroit où cette espèce de presqu'île se rattachait à la côte, elle était généralement couverte d'eau, et, pendant les grandes marées, un navire de fort tonnage pouvait traverser le chenal qui se trouvait alors entre la côte et le banc de sable; mais c'était seulement lorsque la marée était haute que ce passage pouvait être effectué par un navire ayant un fort tirant d'eau.

La chasse durait depuis environ dix minutes; *la Pandore* était maintenant près de la côte et paraissait vouloir franchir la barre du fleuve, tandis que le croiseur, qui n'était plus qu'à huit cents mètres de la poupe du négrier, marchait parallèlement au banc de sable.

Tout à coup la barque laissa tomber ses bras de dessous le vent, tourna de façon à recevoir le vent en poupe, et se trouva directement en face de l'écueil. Il y eut un moment d'anxiété parmi tout l'équipage; l'instant d'après, *la Pandore* serait libre ou elle aurait échoué; elle resterait dés-

emparée sur la côte africaine, où elle voguerait
sans obstacle vers le rivage du Brésil. Ce fut le
crime qui, cette fois, triompha. Le négrier la-
boura le sable à une assez grande profondeur;
mais il se trouva sain et sauf de l'autre côté du
bas-fond : le péril était passé, et les hourras des
affreux bandits qui venaient d'être sauvés annon-
cèrent la victoire.

Il était inutile au croiseur de chercher plus
longtemps à continuer sa poursuite; il longeait
toujours le banc de sable qu'il côtoyait avec peine,
ayant contre lui le vent et la marée, tandis que *la
Pandore*, qui avait déployé toutes ses voiles, filait
donze nœuds à l'heure.

Le cutter envoya bien quelques boulets à la
barque, mais sans produire aucun résultat sérieux; une vergue brisée, un ou deux cordages
rompus, furent bientôt remplacés, et, avant que le
croiseur eût viré de bord pour regagner la pleine
mer, le négrier ne formait plus qu'un point à
l'horizon.

CHAPITRE XL.

Il ne fut plus question du cutter ; au lever du soleil il avait complétemeut disparu, et *la Pandore*, chargée de voiles, poursuivait sa course vers l'Amériqne, où la conduisait une brise légère. Le croiseur avait sans nul doute abandonné la chasse près de la côte de Guinée, sachant par expérience qu'il lui était impossible de jouter avec la barque dès que le vent permettait à celle-ci de déployer toute sa toile, et, contraint de renoncer à l'atteindre, il s'était mis probablement à la recherche d'un autre négrier dont la marche fût moins rapide que celle de *la Pandore*.

Rien ne s'opposait donc plus au succès de notre voyage ; nous pouvions être surpris, il est vrai, par un vaisseau de l'escadre anglaise qui croisait sur les côtes de l'Amérique du Sud ; mais il était bien plus probable que nous arriverions sans entrave dans un des petits ports du Brésil ou de Cuba, où nous serions les bienvenus et où le capitaine trouverait facilement à se défaire de sa cargaison.

Cinq cents infortunés allaient grossir les rangs
de l'esclavage; mais le skipper s'enrichissait, et
les bandits qui lui servaient de matelots rece-
vraient leur part du butin, qu'ils dépenseraient
en débauche. Tout cela au mépris des droits de
l'humanité et des principes de la morale; mais
qu'importaient l'humanité et la morale au capitaine de *la Pandore* et à son équipage? Le succès
d'ailleurs était pour eux un moyen de réhabilita-
tion. Une fois enrichi, le capitaine prendrait place
parmi les princes du négoce, il verrait la meilleure compagnie et serait fêté partout; qui s'inquiéterait de l'origine de sa fortune et qui se
demanderait alors s'il avait les mains tachées de
sang?

Mais revenons aux matelots du négrier. Quelle
joie pour eux quand ils eurent acquis la certitude
que le croiseur avait abandonné la chasse! Leur
tâche allait être bien facile; de tous les voyages
qu'un marin ait à faire, l'un des moins pénibles
est sans contredit la traversée de l'Atlantique, du
golfe de Guinée à la côte du Brésil; les vents alizés soufflent constamment en sa faveur : il est
rare qu'on ait besoin de changer de voiles; le
navire glisse tranquillement sur l'onde et paraît
bien plutôt suivre le courant d'un fleuve paisible
qu'il n'a l'air de fendre les vagues de l'Océan.

Hélas! malgré la facilité du voyage, cette époque

Arrimage des esclaves à bord d'un négrier.

n'en fut pas moins l'une des plus douloureuses
de ma vie; témoin de souffrances incessantes, j'é-
tais continuellement navré par le spectacle de
l'agonie des malheureux qui remplissaient l'entre-pont.

Il est inutile de décrire les tortures que subit la
cargaison d'un négrier; le récit en a été fait
mainte et mainte fois, et, si déchirantes que soient
les scènes qui ont été dépeintes, je ne crains pas
d'affirmer que la narration est encore au-dessous
de la vérité. Les malheureux que nous transportions en Amérique, plus mal nourris que des
pourceaux, entassés dans un lieu trop étroit pour
les contenir, étaient obligés de se repousser mutuellement pour ne pas être étouffés, et ne parvenaient pas à s'étendre; ils ne pouvaient s'asseoir que les uns après les autres, n'avaient à
respirer qu'un air infect, dépourvu des conditions
nécessaires à la vie, et c'est tout au plus si, pendant quelques minutes, on leur permettait de venir sur le pont quatre ou cinq à la fois; on les
replongeait ensuite dans leur enfer, et la grille
s'en refermait immédiatement sur eux.

Un matelot montait la garde auprès de cette
grille et faisait souvent usage de sa baïonnette,
dont il lardait les malheureux noirs de la façon
la plus cruelle, afin d'intimider ceux qui auraient
eu l'intention de se révolter.

L'effet d'un pareil traitement se manifesta bientôt ; quelques jours après qu'on les eût embarquées, les pauvres victimes de cette cupidité barbare n'étaient plus reconnaissables ; leur corps était amaigri, leurs joues creuses, leurs yeux enfoncés, tout leur visage avait quelque chose de féroce qui était hideux à contempler ; leur teinte noire avait perdu son éclat, et leur peau avait pris un aspect blanchâtre et poudreux, comme s'ils s'étaient roulés dans la farine.

C'était un spectacle poignant que la vue de ces hommes transformés en démons, et je ne puis exprimer ce qu'il me faisait souffrir.

Quant aux membres de l'équipage, ils n'en perdaient ni l'appétit ni le sommeil, et leur gaieté n'en était pas moins bruyante. Ces nègres, à leurs yeux. ne formaient qu'un troupeau qu'on vend et qu'on achète, et ils ne songeaient même pas aux souffrances de ces infortunés, dont les gémissements répondaient à leurs joyeux éclats de rire.

CHAPITRE XLI.

Aucun événement extraordinaire n'était venu
rompre la monotonie du voyage; pas une voile
n'avait apparu depuis quinze jours que nous
avions quitté la côte d'Afrique, et je vous épar-
gnerai les horribles détails des incidents qui se
passaient à bord du négrier.

Il en est un cependant qu'il faut que je vous raconte, malgré les souffrances atroces qu'il me
rappelle; mais je ne pourrais le taire sans clore
ici ma narration, puisque c'est précisément cet
épisode qui continue mon histoire.

Quand je parle d'un incident, j'ai tort; ce n'est
pas le mot qui convient pour désigner l'effroyable
calamité dont tout l'équipage allait être victime.
Lorsque jetant un regard en arrière, je me rappelle les événements qui ont rempli mon existence, celui auquel je fais allusion est le plus affreux de tous les souvenirs qui se représentent à
ma mémoire. L'impression qu'il fit sur moi, à
l'époque où il arriva, fut tellement profonde que
je restai longtemps sans pouvoir penser à autre

chose; et aujourd'hui encore, après un nombre
considérable d'années, les scènes de cet horrible
drame apparaissent à mes yeux avec toute la puissance de la réalité.

Ainsi que je l'ai dit plus haut, il y avait quinze
jours que nous avions quitté la côte; le vent n'a-
vait pas cessé d'être favorable et nous étions alors
au milieu de l'Atlantique, c'est-à-dire à moitié
chemin du cap Palmas et de la pointe la plus
orientale de l'Amérique du Sud; nous nous trouvions ainsi à plusieurs centaines de milles de
chacun des deux rivages.

La brise continuait à être belle, et tout semblait présager une traversée à la fois prompte et
heureuse. Je me réjouissais de la rapidité de
notre marche, car elle hâtait ma délivrance.
Chaque jour me paraissait aussi long qu'une semaine de misère : les tourments que subissaient
les malheureuses victimes de l'entre-pont centu-
plaient pour moi la durée des minutes, et j'aspirais de tous mes vœux au moment où mon arrivée au Brésil terminerait leur supplice et le mien.
La mortalité devenait effrayante; le bruit que faisaient les cadavres en tombant à la mer, où on
les jetait sans plus de cérémonie qu'un chien
mort, était devenu aussi fréquent que celui de
la cloche qui annonçait les heures. On ne se donnait pas même la peine d'attacher un boulet ou

une pierre au cou de ces infortunés, dont les cadavres, gonflés outre mesure, demeuraient à la surface de l'eau et flottaient dans notre sillage, ballottés par les vagues que soulevait *la Pandore.* Néanmoins cette vue odieuse n'affligeait pas long temps nos regards, bientôt le cadavre dont nous étions suivis disparaissait tout à coup au milieu d'un flot d'écume : un nuage voilait un instant le hideux repas auquel cette proie conviait les monstres de l'abîme; il s'effaçait peu à peu, et, à l'endroit où flottait quelques minutes auparavant une forme humaine, on n'apercevait plus que des membres mutilés et la nageoire d'un requin fuyant sous l'eau avec vitesse.

Si incroyable que cela puisse paraître, ce spectacle amusa tout d'abord les matelots du négrier ; puis il perdit tout son intérêt en devenant trop fréquent et ne leur procura même plus un moment de distraction. Moi-même, que ce hideux tableau avait impressionné au début d'une manière si pénible, je finis par en être moins touché de jour en jour, non pas que je fusse devenu insensible, mais parce que je m'habituais à supporter la douleur.

Parmi les requins dont nous étions entourés, il en était plusieurs qui suivaient *la Pandore* depuis la côte d'Afrique; j'avais fini par les reconnaître à certains signes, et leur aspect m'était de-

venu familier ; quelques-uns portaient les cicatrices d'anciennes blessures qu'ils avaient reçues en
se battant avec leurs pareils, et j'avais observé
qu'il en existait de plusieurs genres, bien que
pour les hommes du négrier ce ne fût jamais que
des requins. Mes observations n'étaient guère plus
scientifiques et plus précises que les leurs : j'avais
trop de besogne pour qu'il me fût possible de
songer à autre chose, et ce n'était que par instants que je pouvais faire attention aux habitants
de la mer. Néanmoins il était facile de voir que
le nombre des requins était beaucoup plus grand
qu'au départ et qu'il s'accroissait tous les jours ;
c'était maintenant par douzaines qu'ils entouraient *la Pandore* ; tontôt ils passaient devant la
proue et tantôt ils nous suivaient comme une
bande de marsouins : d'autres fois on les voyait sur
les flancs du navire, la tête dirigée vers le pont
comme s'ils avaient voulu monter à bord, et ils
nous regardaient avec des yeux avides, comme des
chiens affamés qui espèrent qu'on va leur jeter
un os.

Mais revenons à cette calamité que j'ai promis
de vous décrire.

CHAPITRE XLII.

N'oubliez pas que nous nous trouvions en pleine mer, à quelques centaines de milles du plus prochain rivage.

Un matin, j'arrivai sur le pont un peu plus tard que d'habitude; j'étais réveillé en général de très-bonne heure par un juron du contre-maître, ou plus rudement encore toutes les fois que cet affreux homme se trouvait assez près de mon hamac pour me secouer d'importance Mais le matin dont il est question, je ne sais par quel motif personne ne me réveilla d'une façon ni d'une autre, et j'en profitai pour dormir un peu plus qu'à l'ordinaire.

Il faisait jour depuis longtemps lorsque je me réveillai ; le soleil inondait de ses rayons le gaillard d'avant, toujours si obscur à l'heure ou j'abandonnais mon cadre, et je pouvais distinguer tous les objets dont la pièce était garnie. La lumière, qui frappait mes yeux tout gonflés par le sommeil, me disait assez que depuis longtemp

j'aurais dû être à la besogne, et ma première idée
fut que je devais m'attendre à un certain nombre
de coups de corde de la part du contre-maître
aussitôt que je paraîtrais sur le tillac.

Il était inutile de chercher à l'éluder; tôt ou
tard j'étais sûr de mon affaire, et mieux valait se
débarrasser tout de suite; je serais au moins délivré du poids que cette appréhension faisait peser
sur ma poitrine.

Ayant donc pris le parti d'en finir le plus tôt
possible, je mis mes souliers et ma jaquette, la
seule portion de mes vêtements dont je me défisse
pour dormir, et appelant à mon secours toute
l'énergie qui m'était nécessaire pour supporter le
châtiment auquel je m'attendais, je grimpai à l'é-
chelle, je me hissai par l'écoutille et je me trouvai sur le pont.

Il me sembla en y arrivant que quelque chose
allait de travers et qu'une vive inquiétude régnait
sur le navire: c'était un pressentiment qui m'était
venu au réveil; en ouvrant les yeux, j'avais
aperçu deux matelots à peu de distance de mon
hamac; étrangers l'un à l'autre, ils s'entretenaient dans une langue que je ne comprenais pas,
mais j'avais été frappé de l'expression de leur visage; leur physionomie était sombre, et leurs regards animés, leurs gestes significatifs m'avaient
fait soupçonner qu'ils parlaient d'un événement

sérieux, d'un malheur qui menaçait *la Pandore* ou
qui venait d'arriver.

« Peut-être, me dis-je en accueillant cette pensée avec joie, peut-être une voile est-elle en vue,
un croiseur portant le pavillon anglais ; peut-être
le navire est-il déjà poursuivi ? »

Je m'étais rapproché des deux matelots et j'avais
songé à leur demander de quoi il était question,
mais c'étaient des gens d'un caractère morose,
qui n'avaient jamais eu pour moi que de mauvais procédés, et je ne leur avais rien dit. Une
fois sur le pont, je ne manquerais pas d'apprendre tout ce que je voulais savoir ; et, l'esprit
plus léger en pensant à un vaisseau de guerre, je
montai lestement les degrés qui conduisaient à
l'écoutille.

Mon premier mouvement en arrivant sur le
pont fut de jeter mes regards sur la mer et de les
tourner ensuite vers le ciel ; mais pas une voile
n'apparaissait à l'horizon, les flots étaient parfaitement calmes, et le ciel était sans nuage. Ce
n'était donc pas la vue d'un navire, encore moins
les approches d'une tempête, qui était la cause du
mouvement insolite dont j'avais été frappé.

Le skipper et le contre-maître, debout sur le
tillac, juraient à qui mieux mieux, tandis que les
matelots allaient et venaient de tous côtés, se
précipitaient par les écoutilles et reparaissaient

ensuite plus pâles que des spectres et donnant
tous les signes d'un violent désespoir.

J'avais remarqué sur le pont quelques tonneaux
qui venaient d'être apportés de la cale; un groupe
nombreux les entourait, on en faisait sauter la
bonde, et l'on en jaugeait le contenu, que plusieurs des assistants paraissaient goûter avec le
plus grand sérieux.

Chacun d'ailleurs semblait prendre à ces diverses opérations un intérêt bien autrement profond
qu'on n'en témoignait d'ordinaire à bord du négrier. Il était évident qu'il se passait quelque
chose de grave; mais je ne devinais pas ce que
c'était. Curieux de savoir enfin la cause de l'émotion qui régnait sur *la Pandore*, je cherchai Ben
pour l'interroger à cet égard; je ne pus pas le découvrir. Il était probablement à fond de cale, où les
tonneaux sont déposés; car il paraissait, d'après
tout ce que je voyais sur le pont, qu'il s'agissait
de futailles. Je me dirigeai donc vers la grande
écoutille, afin de rejoindre Ben Brace.

Pour cela, je fus obligé de passer auprès du
contre-maître; il me vit parfaitement, mais il ne
sembla pas même faire attention à moi. Quel était
donc l'événement assez grave pour lui faire oublier la punition à laquelle je m'attendais? Il fallait que ce fût quelque chose d'une bien grande
importance, quelque péril effroyable.

Je regardai par la grande écoutille, et j'aperçus Ben au fond de la cale, au milieu de grandes tonnes qu'il changeait de place et qu'il paraissait examiner avec soin. Quelques matelots étaient avec lui : les uns le regardaient faire, les autres secondaient ses efforts, mais tous avaient l'air bien abattu, et la plus profonde anxiété se lisait dans leurs regards.

Je ne pus pas demeurer plus longtemps dans cette incertitude, j'attendis que le contre-maître eût détourné les yeux, et me glissant par l'écoutille, je descendis dans l'entre-pont et de l'entre-pont dans la cale.

Lorsqu'enfin, après avoir grimpé sur les tonneaux, j'arrivai auprès de Ben, je le pris par la manche pour attirer son attention.

« Qu'est-ce qu'il y a, lui demandai-je?

— Mauvaise nouvelle, petit Will! mauvaise nouvelle!

— Mais qu'est-ce que c'est?

— La provision d'eau est épuisée. »

CHAPITRE XLIII.

L'impression que je ressentis de cette réponse laconique ne fut pas aussi vive qu'elle l'aurait été si j'avais eu plus d'expérience de la vie maritime; peut-être même n'y aurais-je pas fait attention, si je n'avais été frappé des regards inquiets de toutes les personnes dont j'étais entouré. Je n'éprouvai d'abord qu'une vague surprise en entendant la réponse de Ben, mais je ne tardai pas à comprendre toute la portée de ces paroles : « La provision d'eau est épuisée. »

Peut-être ne comprenez-vous pas tout ce qu'il y avait de terrible dans ces mots qui vous paraissent bien simples; mais ils voulaient dire que l'eau douce allait manquer sur *la Pandore*, que les tonneaux étaient vides, et que nous étions au milieu de l'Océan; qu'il nous faudrait des semaines pour atteindre la côte, et que, par le soleil dévorant des tropiques, il ne se passerait pas plus de huit jours avant que nous fussions morts de soif. Ainsi nous étions tous condamnés à périr : blancs et noirs, tyrans et victimes, innocents et coupa-

bles, devaient avoir la même destinée et s'étein-
dr au milieu des mêmes tortures.

Voilà ce que signifiaient les paroles que Ben
Brace m'avait dites. Je comprenais maintenant
l'inquiétude et l'agitation qui régnaient sur *la
Pandore*; je pris une part active aux recherches
que l'on faisait dans le cale, et j'attendis le résultat de nos découvertes avec une anxiété non
moins poignante que celle de mes compagnons.

Il n'était pas encore bien sûr que tous les tonneaux fussent vides; effectivement, le plus grand
nombre était rempli, et toutes les appréhensions
auraient été calmées, s'il ne s'était agi que de
constater la plénitude des barriques.

Mais de quoi étaient-elles pleines? Était-ce de
l'eau douce qu'elles renfermaient jusqu'à la bonde? Non, c'était de l'eau de mer, de l'eau salée
qu'il est impossible de boire ; découverte effrayante
et qui néanmoins s'expliquait facilement. J'ai dit,
on s'en souvient, que les futailles avaient été remplies d'eau de mer pour servir de lest pendant la
première partie du voyage de *la Pandore*. Une fois
en Afrique, on avait dû vider les tonnes et remplacer leur contenu par de l'eau douce, puisée
dans la rivière; c'est malheureusement ce qui n'a-
vait pas été fait d'une manière rigoureuse.

Ni le capitaine ni le contre-maître n'avaient sur-
veillé cette opération importante; ils ne s'étaient

occupés que de leur trafic et de leurs orgies avec
le roi Dingo, et les hommes de l'équipage à qui
la besogne avait été confiée, se trouvant presque
toujours ivres, n'avaient rempli qu'aux deux tiers
les futailles qui avaient été vidées, et avaient
laissé les trois quarts des tonneaux tels qu'on les
avait apportés. Ils alléguaient aujourd'hui qu'on
leur avait affirmé que ces futailles étaient remplies d'eau douce, et nommaient les personnes
qui le leur avait dit; celles-ci à leur tour niaient
énergiquement qu'elles eussent jamais rien avancé
de pareil. Les récriminations et les démentis s'é-
changeaient au milieu d'un torrent d'injures : et
ces querelles, de plus en plus vives, dominées par
les blasphèmes du capitaine et de son lieutenant,
donnaient au pont du négrier l'aspect et le caractère d'une région infernale.

Le principal motif de cette coupable erreur était
l'apparition du vaisseau de guerre, tout l'équipage
le savait bien : sans l'arrivée soudaine du croiseur, il est certain que les matelots, en dépit de
leur ivresse, auraient terminé leur besogne; mais
la nécessité de fuir avait fait oublier les barriques, et l'on n'avait pensé qu'à terminer le chargement de *la Pandore* et à quitter la rivière aussi
vite que possible.

Au fond, c'était le capitaine qui était l'auteur
de cette calamité; il n'avait pas donné le temps à

l'équipage de compléter la provision d'eau, et il est certain qu'il lui était impossible d'agir autrement sans perdre à la fois sa cargaison et son navire.

Mais si plus tard il avait songé aux futailles, s'il les avait examinées, il aurait découvert l'insuffisance de leur contenu à une époque où il pouvait revenir à la côte et se procurer l'eau nécessaire : il aurait même pu, en diminuant la consommation du précieux liquide, prévenir l'affreuse extrémité à laquelle nous nous trouvions réduits. Personne n'avait été rationné depuis le commencement du voyage, et l'eau avait été prodiguée avec autant d'imprévoyance que si nous eussions navigué sur un lac.

J'attendais avec de tristes pressentiments le résultat des recherches qui se poursuivaient à fond de cale. Toutes les barriques avaient enfin été jaugées ; Ben Brace, qui avait présidé à cette opération, vint faire son rapport au capitaine en présence de tout l'équipage ; l'effet de ses paroles fut celui d'un coup de foudre : il n'y avait à bord que deux futailles qui continssent de l'eau douce, et toutes les deux n'étaient qu'à moitié pleines !

CHAPITRE XLIV.

Oui, deux demi-futailles faisaient à peu près cent gallons, c'est-à-dire quatre cent cinquante litres d'eau pour désaltérer pendant plusieurs semaines quarante hommes d'équipage et une cargaison de cinq cents nègres! c'était tout au plus ce qu'il fallait pour un jour : encore cette ration eût-elle été insuffisante.

Les paroles de Ben Brace avaient donc produit sur les matelots un effet qu'on s'explique aisément; jusqu'alors, malgré leur inquiétude, ils avaient espéré que l'on trouverait quelques barriques d'eau douce parmi celles dont la pesanteur annonçait qu'elles étaient pleines; mais chacune de ces futailles avait été soigneusement examinée, plusieurs membres de l'équipage avaient goûté l'eau amère qui s'y trouvait contenue, on savait maintenant la vérité, l'illusion n'était plus permise, et un profond désespoir résultait de cette affreuse certitude.

La douleur de ces malheureux, qui se voyaient condamnés à une mort effroyable, s'exprima par

une explosion de rage qui ne respecta pas même
le capitaine et le contre-maître; la discipline était
complétement anéantie ; les injures, les menaces
et les blasphèmes s'échangeaient avec fureur,
sans distinction de rang et de personne.

Puis la colère s'éteignit peu à peu, et tous ces
hommes, après s'être accusés mutuellement et
avoir maudit leurs chefs, redevinrent meilleurs
les uns envers les autres; ils sentaient le besoin
de se rallier en face du fléau qui les accablait
tous, et chacun, au milieu du silence général,
proposa les mesures que lui suggéraient les circonstances.

La première idée qui vint à tout le monde fut
que dorénavant l'eau devait être mesurée avec
une porcimonie rigoureuse; il ne s'agissait plus
que de déterminer la quantité d'eau qui serait
donnée à chacun, de savoir à quel moment se ferait la distribution et combien de fois elle pourrait se renouveler dans l'espace de temps que
nous mettrions pour atteindre le rivage. Tout le
monde avait le plus grand intérêt à ce que le pro-
blème fût résolu avec exactitude; si la ration quotidienne excédait la mesure qu'il était possible de
fournir avec nos faibles ressources, le précieux
liquide serait épuisé avant qu'on pût s'en procurer d'autre, et l'équipage n'en périrait pas moins
Combien quatre cent cinquante litres pouvaient-

ils nous durer? ou plutôt quelle était la quantité
de boisson qu'ils permettaient de distribuer à chacun d'entre nous! La question n'était pas difficile
à résoudre, l'équipage se composait de quarante
hommes y compris les officiers, car dans cet instant critique le gouvernement de *la Pandore* avait
pris tout à coup la forme républicaine; dorénavant
le skipper et le contre-maître devaient partager
los privations du dernier des matelots et vivre
avec lui sur le pied d'une égalité complète.

Il y avait donc quatre cent cinquante litres
d'eau à partager entre quarante individus; cela
faisait un peu plus de onze litres par tête, ce qui,
pendant vingt jours, donnait une ration quotidienne de plus d'un demi-litre. Avec cela on pouvait vivre; après tout, la situation n'était pas aussi
mauvaise qu'on l'avait cru d'abord. Il ne faudrait
pas trois semaines pour arriver en Amérique; en
supposant qu'il survînt une accalmie ou que le
vent fût contraire, on diminuerait la ration de
moitié; il suffisait d un quart de litre pour empêcher de mourir; et chacun reprenait courage en
face de cette perspective, beaucoup moins déso-
lante qu'on ne l'avait cru d'abord. On pouvait rencontrer un navire et lui demander un supplément
d'eau qu'il ne nous refuserait pas; d'ailleurs, à
moins que ce ne fût un vaisseau de guerre, l'é-
quipage de *la Pandore* était bien déterminé à re-

joindre le premier bâtiment qu'il apercevrait, à lui demander quelques futailles d'eau douce et à les prendre de force si on ne voulait pas les lui donner : peut-être même ne se serait-il pas borné en pareille occurrence à quelques barriques d'eau. Le capitaine et ses hommes se trouvaient dans une disposition d'esprit à tout braver; et il aurait fallu peu de chose pour que le négrier se transformât en pirate.

Tel fut donc le résultat de cette délibération · chaque homme devait recevoir un demi-litre d'eau par jour; si les vents contraires, ou n'importe quel autre obstacle venaient retarder la marche du navire, on diminuerait cette ration quotidienne, et l'on ne donnerait plus qu'un verre d'eau à chacun, si cette mesure devenait indispensable.

CHAPITRE XLV.

.Mais au milieu de tout cela, pas un mot n'avait été dit à l'égard des cinq cents infortunés qui languissaient dans l'entre-pont. Je ne crois pas même que personne ait songé à ces malheureux, ex-

cepté Ben Brace et moi, et très-probablement le
capitaine de *la Pandore*. Toutefois, ce n'était pas
par humanité que le skipper se préoccupait des
souffrances de sa cargaison ; il ne considérait
qu'une chose, l'article profits et pertes ; et s'il
pensait avec douleur à ces pauvres Africains, ce
n'était pas leur triste sort qui motivait ses regrets,
mais simplement le déficit que lui ferait éprouver
l'anéantissement d'un capital énorme.

Toujours est-il que l'on n'avait pas plus songé
aux malheureux noirs que s'ils n'avaient point
existé ; pas une goutte d'eau ne leur avait été réservée ; l'idée même n'en serait venue à personne,
et quiconque en aurait fait la proposition eût été
certainement tourné en ridicule.

Ce n'est qu'au moment où l'affaire venait d'être
réglée, qu'un individu les rappela au souvenir de
la masse : non pas qu'il intercédât en leur faveur ;
mais la pensée lui revenant tout à coup, il s'écria
d'une voix railleuse :

« Tonnerre et tempête ! Qu'est-ce qu'on va faire
des nègres ?

— C'est vrai, qu'est-ce qu'on en fera ? vocifé-
rèrent plusieurs matelots enroués. Il n'y a pas
d'eau pour eux ; voilà qui est bien certain.

— La chose est bien simple, répondit un autre
avec un sang-froid monstrueux: on les jettera
par-dessus le bord.

— Mille donnerres? s'écria un Allemand féroce,
qui parut enchanté de cette idée ; c'être pien le
meilleur blan qu'on buisse imaginer, nous bas
mieux faire que te téparrasser le naßre te cette
enchance.

— Per Dio! reprit un napolitain, ce zera oune
grande noyade, oun fameux patouillis autour de
la Pandora! corpo di Bacco! »

Je ne saurais décrire les sentiments que j'éprouvais en écoutant cette conversation. Les hommes
qui proféraient ces monstruosités parlaient sérieusement, tout en ayant l'air de plaisanter;
c'est incroyable, et cependant rien n'est plus vrai.

Je savais qu'ils étaient capables de tout: je
m'attendais à chaque minute à voir leur projet
adopté, et les cinq cents nègres lancés à la mer
comme un chargement qui compromet la sûreté
du navire.

Mais les bandits ne parvenaient pas à s'entendre; la question fut discutée pendant longtemps
de cette manière demi-sérieuse, demi-plaisante,
qui donnait quelque chose d'infernal à cet affreux
débat.

Le capitaine s'opposait vivement à la proposition, et, malgré l'esprit de révolte qui animait
l'équipage, il conservait assez d'autorité pour
maintenir son opinion; toutefois, il fallut qu'il
s'abaissât jusqu'à discuter avec ses adversaires.

Les nègres, disait-il, périraient bien certainement, ce n'était qu'une différence de quelques jours; qu'importait à l'équipage que les noirs mourussent de soif au lieu d'être noyés? on les jetterait à la mer quand ils seraient morts. Pourquoi ne pas avoir un peu de patience? quelques-uns pouvaient résister à la privation d'eau; il avait connu des nègres qui étaient demeurés sans boire pendant un espace de temps considérable; ils se rapprochent à cet égard des chameaux, des autruches, d'une foule d'animaux de leur pays, qui supportent la soif pendant des mois entiers. Le skipper ne doutait pas qu'il n'en mourût beaucoup, et ce serait autant de perdu pour lui; mais il y avait des chances pour qu'un certain nombre résistât jusqu'au moment où l'on arriverait au port; un navire pouvait être aperçu, et, disait l'orateur, si près de crever qu'ils fussent, un bon coup d'eau leur remettrait l'estomac, et ce serait autant de gagné.

Le capitaine, continuant dans le même style, entreprit de démontrer à ses auditeurs dans quelle misère ils se trouveraient en Amérique si *la Pandore* y arrivait sans nègres; pas de butin, pas d'argent! Tandis que s'ils parvenaient à sauver une partie de la cargaison, un noir sur cinq, il en resterait un cent qui feraient encore une jolie somme; et il promettait d'être libéral envers tout l'équipage.

Il était donc absurde de penser à jeter les colis
à la mer; ils n'embarrassaient pas, en les garderait
avec soin derrière leurs grilles, où ils ne faisaient
aucun mal; pourquoi ne pas tenter la fortune et
ne pas courir la chance d'en sauver quelques-
uns?

Les pauvres créatures qui étaient l'objet de
cette délibération ignoraient toujours, fort heureusement pour elles, le supplice dont elles étaient
menacées. Un petit nombre de ces malheureux,
dont la figure décharnée s'appliquait à la grille,
se doutait bien qu'il se passait à bord quelque
chose d'extraordinaire; mais ne connaissant pas
le navire et n'entendant rien au langage de leurs
tyrans, ils ne pouvaient pas savoir l'affreuse situation qui leur était réservée.

Hélas! hélas! ils devaient bientôt l'apprendre,
bientôt sentir la soif dessécher leur palais et leurs
veines, et leur imposer mille tortures.

En cet instant même leur supplice commençait.
La triste découverte que l'on avait faite dès le
point du jour avait empêché qu'on ne leur donnât
la provision d'eau qui leur était distribuée chaque
matin; ils aimaient mieux boire que manger, et
l'absence de boisson leur était bien plus pénible
que le manque de nourriture. Déjà, au moment
où j'avais traversé le passage des écoutilles, j'a-
vais entendu leur voix suppliante demander qu'on

leur apportât de l'eau; les uns dans la langue de
leur pays, les autres, espérant se faire mieux
comprendre, se servaient du mot portugais, et répétaient continuellement :

« Agoa! agoa! »

CHAPITRE XLVI.

Pauvres victimes! Je frémissais en pensant à
l'horrible agonie qu'elles auraient à subir; il leur
faudrait passer par toutes les tortures que la soif
peut infliger, depuis le besoin pénible qu'elles
éprouvaient maintenant, jusqu'aux douleurs su-
prêmes d'une effroyable mort. J'avais tant souffert dernièrement à la cime du dragonnier! Qu'é-
tait-ce en comparaison de l'affreux supplice qui
attendait ces malheureux, et qui se prolongerait
peut-être pendant plusieurs semaines?

J'étais bien loin de prévoir ce qui devait arriver; et, tandis que je me promenais sur le pont
en écoutant leur voix plaintive, je ne me doutais
guère que leurs souffrances allaient bientôt finir.

A mesure que la journée s'avançait, les cris des
nègres devinrent plus fréquents et leur intonation

plus douloureuse; quelques-uns des captifs, s'é-
tonnant de ne pas recevoir la portion d'eau qu'on
leur donnait chaque jour, s'imaginèrent que c'é-
tait négligence ou caprice de la part de leurs
geôliers, qu'ils voyaient aller et venir sans faire
attention à leurs instances; et leur fureur approchait de la frénésie. Les malheureux saisissaient
les barreaux de la grille derrière laquelle ils se
trouvaient emprisonnés, et cherchaient à détruire
cet obstacle qui s'opposait à leur vengeance; les
autres grinçaient des dents, mordaient leurs lèvres écumantes, se frappaient la poitrine et voci-
féraient leur cri de guerre, dont les sons effrayants
glissaient au loin sur les vagues.

L'équipage de *la Pandore* ne paraissait pas même
entendre ces cris horribles, et n'accordait pas
plus d'attention à la fureur des uns qu'à . . prière
des autres. Toutefois, les sentinelles avaient été
doublées, dans la crainte que les noirs ne finissent par s'ouvrir un passage et par monter sur le
pont : car, s'ils y étaient parvenus, malheur aux
blancs qui jusqu'alors avaient su les dominer!

Les bâtons et les baïonnettes, en dépit de la liberté avec laquelle on en faisait usage, n'auraient
peut-être pas suffi à retenir ces malheureux, si
le charpentier n'avait immédiatement consolidé la
grille de façon à empêcher qu'on ne la soulevât
ou qu'on ne pût la briser.

Une nouvelle calamité, survenue tout à coup, ajoutait encore aux souffrances des prisonniers et réveillait toutes les appréhensions des hommes de l'équipage. Le vent avait cessé, nous étions arrivés subitement au calme plat, et la chaleur de l'atmosphère, que ne rafraîchissait plus la brise, devenait insupportable. Le goudron fondait partout; il ruisselait entre les joints des planches, il dégouttait des cordages, et tous les objets sur lesquels on posait la main paraissaient embrasés. Nous nous trouvions dans cette partie de l'Océan que les marins espagnols désignent sous le nom de *latitude des chevaux*, parce que, dit-on, à l'époque où ils s'établirent dans le nouveau monde, le calme y surprenait fréquemment leurs navires, et les chevaux qui composaient leurs cargaisons, périssant alors de chaleur. y étaient jetés à la mer par centaines.

Dans les circonstances où était *la Pandore*, il ne pouvait rien arriver de plus fâcheux que cette complète accalmie. L'équipage redoutait bien moins la tempête; quand même le vent aurait été contraire, il y aurait eu moyen d'avancer; mais avec le calme plat, il fallait rester immobiles, perdre un temps précieux et voir diminuer la chétive provision d'eau qui nous restait à bord.

La terreur s'était emparée de tous ces anciens matelots; ils avaient maintes fois passé la ligne, parcouru la zone tropicale dans tous les sens, et, d'après l'état du ciel, chacun pouvait prédire que le vent ne se relèverait pas avant une semaine ou deux, peut-être davantage. On a vu dans cette région torride le calme plat durer pendant un mois; et huit jours suffisaient pour nous mettre en péril !

Lorsqu'il fut au moment de s'effacer à l'horizon, le soleil apparut comme un disque enflammé; pas un nuage ne s'apercevait au ciel, pas une ride à la surface de l'eau.

C'était la dernière fois que le soleil éclairait *la Pandore*. Au point du jour il ne restait plus de ce beau navire que des débris épars, couvrant la place où la veille se trouvait le négrier.

CHAPITRE XLVII.

J'ai anticipé, à la fin du chapitre précédent, sur les faits qu'il me reste encore à vous dire, et je reprends ma narration au moment où les nègres demandaient, avec menaces, la portion d'eau qui ne leur avait pas été donnée. La nuit arriva, mais sans amener le silence à bord de *la Pandore*; la voix rauque des malheureux, qui s'enrouaient de plus en plus, retentissait dans l'air; on avait pu les mettre en cage, mais nulle puissance au monde ne pouvait arrêter l'expression de leur fureur. Des cris terribles s'élevaient à chaque instant des entrailles du navire, montaient sur le pont et se répandaient au loin sur les flots immobiles.

Les hommes de l'équipage eux-mêmes finirent par trouver ces clameurs intolérables, et ceux qui avaient émis l'idée de se débarrasser des nègres renouvelèrent la proposition qu'ils avaient faite de les jeter à la mer. Le calme, qui était survenu depuis lors, détruisait les arguments du capitaine; il était impossible que les noirs pussent arriver à la côte; ils seraient asphyxiés avant deux jours. Pourquoi ne pas en finir tout de suite? La vie de chacun était sérieusement compromise; à quoi bon s'inquiéter de ceux qui étaient sûrs de mourir? et ne valait-il pas mieux vivre tranquilles pendant ces derniers jours, que d'être abasourdis par ces brutes étourdissantes!

« Rien qu'à les entendre, il y avait de quoi devenir fou, disaient les avocats de la noyade.

— Au surplus, ajoutait l'un, c'est avoir pitié de ces pauvres diables que d'abréger leur supplice. Une fois morts, ils ne souffriront plus.

— Et quelle est leur valeur? demandait un autre

en pensant au côté matériel de l'affaire. Qu'est-ce
que toute la cargaison a coûté? une simple bagatelle. On sait bien qu'arrivés sur la côte d'Amérique, la chose aurait été différente; mais on ne
perd pas l'argent qu'on n'a jamais touché; le capitaine, après tout, ne perdait que la somme donnée au roi Dingo; il lui serait facile d'ailleurs de
réparer cette perte; une fois qu'on aurait de l'eau,
qui empêchait de retourner en Afrique et de reprendre une nouvelle cargaison? Sa Majesté ferait
bien crédit au capitaine (improbabilité qui fit rire
l'auditoire); mais le skipper n'en était pas réduit
à cette extrémité; il avait des amis au Brésil, même
à Portsmouth, et on lui prêterait de l'argent. »

Les discours de ces logiciens inflexibles firent
pencher la balance en faveur de leur projet; et,
malgré les prières et les protestations du capitaine
et d'un ou deux matelots, il fut décidé que les
nègres allaient être noyés.

Restait à savoir quelle était la meilleure mé-
thode à suivre pour exécuter cette noyade. Bref,
après quelques instants de discussion, on convint
d'enlever l'un des barreaux de la grille, de manière à ne permettre la sortie que d'une seule
personne à la fois; chaque victime serait alors
entraînée de façon à ne pas être aperçue des autres, et lancée à la mer, d'où il était certain qu'elle
ne reviendrait jamais : car, en supposant que la

plupart de ces malheureux fussent de bons nageurs, ils seraient dévorés immédiatement par les
requins voraces qui entouraient *la Pandore*.

L'idée de saisir les victimes une à une et de les
faire disparaître, en prenant les précautions nécessaires pour cacher à leurs compagnons la mort
qu'on leur faisait subir, n'était pas inspirée par la
pitié : c'était tout simplement une mesure de prudence. Les noirs ne seraient pas sortis de leur prison, s'ils avaient pu se douter du sort qui leur
était réservé ; il aurait donc fallu descendre pour
aller les chercher, opération difficile et qui aurait été dangereuse.

J'avais le cœur brisé en écoutant ces détails,
que les monstres discutaient avec un incroyable
sang-froid, et auxquels je ne pouvais faire la
moindre opposition. Si j'avais seulement dit un
mot en faveur des infortunés dont ils organisaient
la mort, j'aurais été la première victime que l'on
eût jetée aux requins. Il fallait donc me taire.

D'ailleurs, eût-il été en mon pouvoir d'empêcher
ces hommes d'exécuter leur sentence, que je ne
sais pas si j'aurais dû l'essayer.

Les nègres étaient fatalement condamnés à périr d'une façon ou d'une autre, et la mort que
leur préparaient leurs bourreaux était bien moins
affreuse que les tortures de la soif.

Mais je n'eus pas même le temps de m'arrêter

à cette pénible réflexion : car, au moment où elle traversait mon esprit, les matelots se dirigeaient vers le passage des écoutilles et se disposaient à exécuter leur projet homicide.

Le charpentier les précédait ; il avait sa hache à la main, et déjà la pièce de bois qui formait l'un des barreaux de la grille était entamée, un dernier coup suffirait pour ouvrir le passage, et la noyade allait commencer, lorsque des cris poussés de l'arrière du bâtiment suspendirent la hache qui était près de retomber ; tous les visages exprimèrent la terreur, chacun écouta en frémissant ; les cris se renouvelèrent et couvrirent la voix des nègres.

« Au feu ! au feu ! » criait-on. L'incendie venait d'éclater à bord.

CHAPITRE XLVIII.

Tous les hommes de l'équipage coururent à l'arrière du navire, où je me précipitai avec eux. Arrivés sur le tillac, nous trouvâmes Boule-de-Neige aux mains du capitaine et du contre-maître.

20

ceux-ci lui administraient nes coups de garcette,
qui, suivant leur expression, le faisaient chanter
à pleine voix ; ils paraissaient animés d'une vive
colère, et le dos du malheureux cuisinier témoignait de l'ardeur qu'ils mettaient dans leur vengeance. Quant aux cris d'alarme qui avaient effrayé les matelots avec lesquels je me trouvais
quelques instants auparavant, voici l'explication
qui leur en fut donnée. Boule-de-Neige était descendu dans la cambuse, avec l'intention de tirer
de l'eau-de-vie à une grande tonne qui s'y trouvait placée. On ne pouvait arriver dans la soute
aux vivres qu'en passant par une petite écoutille
percée dans le plancher de la grande cabine, et
comme il y faisait une obscurité complète, Boule-
de-Neige ne manquait jamais, en pareille occasion,
de se munir d'une chandelle allumée.

On ne savait pas au juste comment cet imbécile
avait agi : car depuis la triste découverte qui avait
été faite au sujet des futailles, Boule-de-Neige,
ainsi que la plupart des matelots, avait toujours
été à peu près ivre ; il est évident que le capitaine
et le contre-maitre étaient eux-mêmes dans un
état d'ivresse complet, à en juger par les réponses
incohérentes qu'ils faisaient aux questions des
hommes qui s'inquiétaient du feu.

Il paraît que la pièce d'eau-de-vie qui se trouvait dans la cambuse n'avait pas été mise en perce,

Le capitaine et le contre-maître battaient Boule-de-Neige au lieu d'éteindre le feu. (Page 360.)

et que Boule-de-Neige avait l'habitude de puiser la liqueur par la bonde, au moyen d'une petite cuiller à pot. Toujours est-il que la chandelle lui avait glissé entre les doigts, qu'elle était tombée par l'ouverture où il cherchait à introduire sa cuiller, et que l'eau-de-vie s'était immédiatement enflammée.

Dans la crainte du châtiment qui l'attendait, Boule-de-Neige avait résolu de ne rien dire. Il était monté sur le pont aussi vite que posssible, avait pris un seau d'eau, et, retournant dans la cambuse, il l'avait jeté dans la futaille, espérant bien que l'incendie allait être étouffé; mais vain effort! la flamme s'était accrue à mesure que la liqueur l'avait alimentée. Boule de-Neige avait fait plusieurs voyages du pont à la cambuse, et n'avait averti personne de la faute qu'il avait commise.

Toutefois, les nombreux seaux d'eau qu'il venait chercher coup sur coup éveillèrent l'attention du contre-maître. L'incendie fut découvert, et Boule-de-Neige fut obligé de confesser la vérité.

C'est alors qu'on avait crié : « Au feu » et que ce cri d'alarme avait arrêté les matelots au moment où ceux-ci allaient noyer leurs victimes.

D'après la conduite du capitaine et du contre-maître, on pensa d'abord que l'incendie était apaisé; il était tout simple de croire qu'ils s'é-

taient occupés d'éteindre le feu avant de perdre
leur temps à frapper celui qui était l'auteur du
mal. Le châtiment de Boule-de-Neige rassura donc
immédiatement les matelots qui arrivaient sur le
tillac; mais ils se trompaient comme tout le
monde l'aurait fait à leur place. Les deux officiers,
à moitié fous de rage et d'ivresse, n'avaient fait
aucun effort pour s'opposer aux progrès de l'incendie et déchargeaient leur colère stupide sur les
épaules du malheureux noir, qui mêlait toujours à
ses hurlements le cri répété de :

« Au feu! au feu!

— Mais où est-il? » se demandait-on de bouche
en bouche avec une inquiétude croissante.

Dès qu'on sut enfin où il avait éclaté, chacun se
précipita dans la cabine, espérant toujours qu'on
avait commencé par éteindre le feu, mais cherchant à s'assurer du fait : car, de toutes les ca-
lamités dont on puisse être frappé à bord, il n'en
existe pas de plus effrayante que l'incendie.

L'équipage sut bientôt à quoi s'en tenir, il suffisait de descendre pour n'avoir point d'incertitude; une épaisse fumée s'échappait de l'écoutille
et remplissait la cabine; il fallait pour produire
cette fumée d'une odeur sulfureuse, que l'incendie
eût continué ses ravages.

Les derniers doutes, si toutefois il en existait
encore, devaient bientôt se dissiper; une explosion

subite eut lieu dans la cambuse, et en même
temps une bouffée de vapeur, à laquelle se mêlait
une flamme bleuâtre, monta par l'écoutille et se
précipita dans la cabine.

CHAPITRE XLIX.

Il n'était pas besoin d'être sorcier pour expli-
quer la détonation qui venait de se faire entendre ; le gaz renfermé dans la futaille et développé
par la chaleur avait fait éclater la barrique cer-
clée de fer, devenue trop étroite pour le contenir
Le liquide enflammé courait maintenant sur le
plancher de la cambuse et allait communiquer la
flamme à toutes les matières éminemment combus-
tibles dont la pièce était remplie, c'est-à-dire aux
tonneaux d'huile, de beurre, de biscuits, aux jam-
bons et au lard ; une barrique de poix, qui se
trouvait précisément défoncée, avait été mise auprès de cette malheureuse pipe d'eau-de-vie qui
était la source du mal. Heureusement que toute
la poudre qui avait fait partie de la première cargaison avait été livrée en payement au roi Dingo

Bingo; on le supposait du moins, et cette hypothèse rassurante permit à l'équipage d'agir avec
plus de calme qu'il ne l'aurait fait, sans aucun
doute, s'il avait pu penser qu'un baril de poudre
se trouvait au milieu des flammes.

Comme on se l'imagine bien, personne ne resta
inactif en présence du danger qui menaçait la
Pandore; c'était à qui s'emploierait pour éteindre
le feu. Les seaux furent recueillis et apportés sur
le pont, les hommes formèrent la chaîne, et l'eau
ruissela par l'écoutille, mais sans produire aucun
effet sur les flammes qui devenaient de plus en
plus vives, de plus en plus menaçantes.

Personne n'osait descendre; le feu et la fumée
s'y opposaient; on aurait sacrifié sa vie si l'on eût
essayé de pénétrer dans la cambuse.

L'eau coulait depuis dix minutes, et le feu gagnait toujours; la fumée devenait plus épaisse et
plus brûlante; évidemment la poix et toutes les
matières grasses que renfermait la soute avaient pris
feu. Il était impossible d'approcher du passage
des écoutilles et d'entrer dans la cabine; impossible de verser l'eau dans la cambuse, par conséquent très-inutile de continuer la chaîne, et les
seaux furent mis de côté.

Mais l'heure du désespoir n'était pas encore venue; les marins ne s'abandonnent jamais au découragement tant qu'il leur reste une chance de

salut, si faible qu'elle puisse être ; et, quelque dé-
gradé que fût l'équipage de *la Pandore*, une vertu
lui restait au fond de ses crimes, celle d'un courage à toute épreuve.

On chercha donc un autre moyen de lutter
contre la flamme qui grandissait toujours ; une
manche de toile fut attachée au bec de la pompe
et dirigée vers la porte de la cabine ; mais il fut
impossible d'introduire l'ouverture de la manche
dans l'écoutille, et le navire étant beaucoup plus
chargé à l'avant qu'à l'arrière, l'eau qu'on répandait ainsi, au lieu de rester sur le plancher de la
cabine, revenait immédiatement dans le passage
des écoutilles. Ce fut une nouvelle déception plus
douloureuse que la première ; on avait espéré
qu'en inondant la cabine, l'eau entrerait dans la
cambuse et finirait par éteindre le feu.

Une vive inquiétude se peignit sur le visage
des matelots ; ils s'interrogèrent du regard ;
chacun était convaincu de l'inefficacité du moyen
qu'on employait, mais personne n'osait le dire, et
ils continuèrent de pomper, toutefois avec une
lenteur et une mollesse qui prouvaient le peu de
confiance qu'ils avaient dans leurs efforts

Tout à coup la pompe s'arrêta, les tuyaux s'af-
faissèrent. et l'eau cesssa de couler ; tout le monde
en était arrivé à la même conclusion et comprenait qu'elle était partagée.

Un nuage de fumée, s'échappant de la cabine,
enveloppait tout l'arrière du navire et s'élevait
avec lenteur; il faisait si peu d'air que cette colonne épaisse, qui entourait le mât d'artimon et
le rendait complétement invisible, n'atteignit pas
l'embelle[1]. Cette vapeur asphyxiante dérobait à
nos yeux la cabine et voilait une partie du tillac;
la flammes ne se montraient pas encore; mais le
bruit sourd, accompagné de craquements sinistres, qui éclatait par intervalles, disait assez que
le feu poursuivait son œuvre et qu'il nous appa-
raîtrait bientôt dans toute sa splendeur fulgurante.

Personne ne chercha plus à entraver sa marche, moins encore à l'éteindre. Il fallait quitter
la Pandore, que rien ne pouvait sauver, et le cri
de désespoir, qui retentit si douloureusement au
cœur du marin, s'éleva tout à coup.

« Les embarcations à la mer! » s'écria-t-on
dans l'équipage.

_____

[1] Partie du pont située entre les deux gaillards

CHAPITRE L.

La Pandore avait trois embarcations : la pinasse, la grande chaloupe et la guigue du capitaine. C'était plus qu'il n'en fallait pour nous contenir tous : la grande chaloupe à elle seule aurait presque suffi ; trente personnes composaient son chargement ordinaire, et, dans un cas de détresse, quarante individus pouvaient bien s'y caser. Elle avait été jadis une belle et bonne chaloupe, mais elle avait maintenant quelques planches vermoulues ; ce n'était pas pour *la Pandore* qu'elle avait été faite ; le négrier avait perdu la sienne dans une tempête et s'était procuré celle-ci à la hâte, et seulement pour ce voyage. La pinasse aurait pu porter quinze hommes, si elle avait été capable de tenir la mer ; par malheur, elle gisait sur l'embelle, où depuis quelques jours le charpentier réparait les avaries qu'elle avait éprouvées dans la rivière du roi Dingo. Tout l'équipage devait donc se réfugier dans les deux autres embarcations, et il fut décidé que vingt-huit personnes

entreraient dans la chaloupe, et les douze autres
dans la guigue.

Cette décision avait été prise de fait plutôt
qu'elle n'avait été consentie ; on n'avait pas de
temps à perdre, et ce n'était pas le cas de délibérer longuement.

La plupart des matelots avaient couru vers la
chaloupe, et j'étais allé avec eux. Ils se groupèrent
sur le bordage et se mirent en mesure de descendre l'embarcation. Je n'apercevais pas Ben, et
supposant qu'il s'était dirigé vers la guigue, je
retournai à l'arrière afin de le rejoindre ; car j'a-
vais bien l'intention de ne pas me séparer de lui.
La guigue était suspendue au-dessus du couronnement de la poupe, et j'étais obligé, pour m'y
rendre, de traverser la colonne de fumée qui enveloppait la cabine ; mais, bien qu'il n'y eût pas
la moindre brise, la fumée appuyait à bâbord[1],
et l'autre côté du navire était à peu près dégagé
du nuage épais qui m'avait fait obstacle.

Arrivé sur la poupe, je vis cinq ou six personnes qui s'occupaient de lancer la guigue ; elles
déployaient une activité singulière et paraissaient
agir sous l'influence d'un inquiétude excessive. Je
reconnus parmi elles le capitaine, le contre-maître
et le charpentier ; les deux ou trois autres étaient

1. Le côté gauche du navire.

des matelots qui jouissaient de la faveur spéciale des chefs, et qui passaient pour être leurs amis dévoués. La guigue effleurait déjà la surface de l'eau, et j'entendis sa quille plonger dans la mer au moment où je me penchais au-dessus du taffrail[1]; on y avait déposé divers objets, la boussole, les cartes, des barils et des caisses; mais personne n'y était encore descendu.

Je regardai tous les matelots qui se trouvaient à l'arrière, je n'aperçus pas Ben Brace, et je me disposais à retourner vers l'embelle, quand tout à coup les hommes, qui avaient descendu la guigue, passèrent par-dessus le taffrail et glissant le long des cordages du moulinet, s'établirent dans le canot.

« Assurément, pensais-je, ils ne s'éloigneront pas avant d'avoir été rejoints par les personnes qui doivent aller avec eux. » Il avait été convenu que tous les bras se réuniraient pour lancer la chaloupe et qu'on s'occuperait ensuite de descendre la guigue, opération qui prendrait tout au plus quelques minutes et qui n'exigeait les forces que d'un petit nombre d'hommes. Je suis persuadé que tous ceux qui descendaient la chaloupe ne s'étaient pas aperçus de la disparition de leurs cama-

1. Couronnement de l'arrière des vaisseaux anglais, dont la poupe est coiffée autrement que dans les nôtres

rades, et qu'ils croyaient que ces derniers travaillaient avec eux ; la nuit, sans être obscure, aidait
à cette méprise, et quant au capitaine et au contre-maître, la folie dont ils avaient fait preuve
en châtiant Boule-de-Neige, au lieu d'employer
leur temps à éteindre l'incendie, avait prouvé
qu'on n'avait rien à espérer de leur concours,
et personne ne se préoccupait d'eux.

Lorsque je les vis descendre dans la guigue avec
le charpentier et les trois matelots, il me sembla
qu'ils agissaient à la sourdine, comme des gens
qui ne veulent pas être aperçus. Mes observations
confirmèrent bientôt cette conjecture : il était évident qu'ils se cachaient, afin de s'éloigner sans
avoir attendu les personnes que la guigue devait
emmener.

Je ne savais comment faire ; ils se seraient
moqués de toutes les remontrances que j'aurais
pu leur adresser, et le bruit effroyable qui s'élevait de tous les points du vaisseau m'empêchait
d'avertir les hommes qui descendaient la chaloupe. D'ailleurs il n'était plus temps ; les fuyards
avaient coupé la corde qui retenait l'embarcation,
et l'instant d'après ils s'éloignèrent en toute hâte.
Je ne pouvais pas comprendre la précipitation
qu'ils mettaient à s'enfuir ; ils n'avaient pas à craindre que la guigue ne fût trop chargée par les
douze individus qu'elle devait prendre, et le reste

de l'équipage aimait beaucoup mieux aller dans la chaloupe, ce qui le garantissait contre un surcroît de passagers; quant à l'action du feu, le danger qu'elle pouvait produire n'était pas immédiat; la fumée commençait, il est vrai, à s'échapper de

Le feu au navire

l'habitacle[1], mais il se passerait encore du temps avant que la flamme eût dévoré cette partie du navire, et je ne m'expliquais pas pourquoi le skipper désertait le vaisseau avec autant d'em-

1. Petite armoire où est placée la boussole et qui est située sur le gaillard d'arrière.

pressement : quelque raison mystérieuse le poussait à s'enfuir. J'en acquis bientôt la certitude et
de la bouche même du capitaine.

J'étais toujours penché au-dessus du taffrail et
je regardais les. déserteurs faire en toute hâte
les préparatifs de départ; le capitaine lui-même
avait saisi une rame pour aider à la manœuvre;
il leva les yeux au moment où il allait s'éloigner
de *la Pandore*, il m'aperçut, et, se levant à demi du
banc des rameurs où il était déjà placé : « Ohé !
s'écria-t-il d'une voix entrecoupée par le hoquét
de l'ivresse, ohé ! Will, dis-leur de prendre bien
garde.... heugh.... en lançant la chaloupe.... bien
garde.... entends-tu ?... heugh.... surtout qu'ils
se dépêchent.... heugh.... car.... heugh.... il y a
un baril de.... heugh.... poudre à bord ! »

CHAPITRE LI.

Cette nouvelle effrayante me frappa de stupeur,
et je restai cloué à la place où je l'avais entendue.
Un baril de poudre à bord ! telles étaient bien les
paroles du capitaine. Il avait dit vrai, je ne pou-

vais en douter; sa conduite et celle de ses compagnons étaient la preuve du danger qu'il m'annonçait; l'empressement qu'il avait mis à fuir et que
je ne pouvais comprendre m'était enfin expliqué :
c'était la pensée du baril de poudre qui le faisait
s'éloigner avec autant de hâte, ainsi que le contre-maître, qui était dans le secret.

Les lâches le déclaraient au départ, mais ils
avaient gardé le silence jusqu'au moment où leur
fuite se trouvait assurée. S'ils avaient parlé plus
tôt, l'équipage se serait disputé la guigue, et il est
probable qu'ils n'auraient pu s'enfuir avec autant
de sécurité. A présent que ce nouveau péril ne
pouvait plus les atteindre, ils ne voyaient pas d'inconvénient à nous prévenir du danger qui nous
menaçait; ils souhaitaient même que leurs anciens camarades pussent quitter *la Pandore* sains
et saufs, dès l'instant que le salut de l'équipage
ne leur imposait aucun sacrifice.

Le capitaine, aussitôt qu'il eut prononcé les terribles paroles qu'il m'avait dites, retomba sur son
siége, fit mouvoir ses rames à l'unisson des autres, et la guigue s'éloigna rapidement.

Cette nouvelle m'avait foudroyé. J'éprouvais le
besoin d'en recevoir la confirmation, et il m'était
impossible de parler ; d'ailleurs, avant que j'eusse
recouvré mon sang-froid, le capitaine était trop
loin pour m'entendre. Et puis, à quoi bon? Je ne

pouvais pas douter de ce qu'il m'avait dit : ses paroles étaient claires, précises; malgré son état d'ivresse, il avait parlé sérieusement. La circonstance était trop grave, l'instant trop solennel pour qu'on osât plaisanter. Mais où était ce baril de poudre? Dans la cambuse? C'était impossible, elle était tout en flammes. Dans l'entre-pont ou dans la cale? Personne ne l'y avait jamais vu. Il n'existait pas une once de poudre dans aucune des parties du navire où les hommes d'équipage avaient accès; il fallait que ce baril fût dans la chambre même du capitaine, c'est-à-dire dans un lieu contigu à celui qui était en flammes, et justement auprès de l'endroit où je me trouvais alors.

L'instinct de conservation me réveilla tout à coup de la torpeur dans laquelle j'étais plongé. Recouvrant aussitôt mes forces, je m'enfuis vers l'embelle où je m'arrêtai un instant. Qu'allais-je faire? Ma première impulsion avait été de courir auprès des matelots et de leur communiquer les paroles du capitaine; j'étais sur le point de les avertir, quand mon bon ange m'inspira de la prudence.

J'avais toujours passé pour avoir de la pénétration, et la vie que je menais depuis quelques mois avait extrêmement aiguisé mon esprit. Je fus donc frappé du désordre que j'allais causer en divulguant le secret dont j'étais dépositaire. Les matelots travaillaient avec ardeur, et nulle puissance au monde ne pouvait les faire aller plus vite; les flammes qui sortaient maintenant par les fenêtres de la cabine les stimulaient d'une manière suffisante : ajouter une nouvelle frayeur à la crainte qu'ils ressentaient déjà, cela n'aurait pu que les paralyser. Je résolus de ne révéler qu'à Ben Brace les paroles du skipper, et je courus de nouveau, dans cette intention, à la recherche de mon ami.

Cette fois je ne tardai pas à le découvrir, il était au milieu de la foule qui se pressait autour du moulinet, et il travaillait de toutes ses forces. Mais impossible de l'approcher, impossible de lui communiquer ce que j'avais à lui dire sans que tout le monde l'entendît. Je fus donc obligé de me taire jusqu'au moment où le hasard me permettrait de confier à Ben le sujet de mes appréhensions.

Je me mis à travailler avec les autres, faisant tous mes efforts pour activer la besogne; mais je n'avais qu'une pensée; je ne comprenais plus ce qui se passait autour de moi; à chaque instant je m'attendais à cette affreuse explosion qui devait nous lancer dans l'éternité. J'agissais machinalement, sans savoir ce que je faisais; une ou deux fois je fus surpris tournant à contre-sens. Mon

voisin s'en aperçut et me repoussa rudement
Oh! quelle inquiétude, quelle effroyable attente!

La chaloupe fut enfin dégagée de ses entraves
et lancée à la mer; cette dernière opération n'était
pas difficile et demanda tout au plus quelques
minutes. L'équipage salua d'un cri de joie le succès qu'il venait d'obtenir.

Un certain nombre de matelots descendirent
dans l'embarcation, tandis que les autres, restés
à bord, faisaient passer dans la chaloupe tous les
vivres qu'ils avaient pu trouver. Deux hommes
avaient hissé un tonneau pesant sur la galerie du
navire et commençaient à le descendre; à son
aspect et à sa taille, il était facile de deviner son
contenu : c'était une pipe de rhum non encore
mise en perce. Aucune voix ne protesta contre
l'admission du tonneau dans la chaloupe : au contraire, plusieurs individus s'offrirent pour aider
à la manœuvre. Une grosse corde fut passée autour de la barrique, et la descente commença.

A peine la futaille venait-elle de quitter le bord
du navire, que la corde qui l'entourait vint à
glisser et que la tonne de liqueur tomba lourdement dans la chaloupe dont elle frappa l'un des
côtés un peu au-dessous de la ligne d'eau.

Un craquement se fit entendre, non pas le bruit
particulier que devait produire le tonneau en
frappant contre les flancs élastiques de la cha-

.oupe, mais un son pareil à celui du bois qui
s'écrase. Comme si la main d'un démon avait dirigé la pipe de liqueur dans sa chute, elle avait
heurté l'une des planches vermoulues dont nous
avons parlé plus haut, et cette planche s'était
brisée par le choc de la futaille.

Un cri de désespoir échappa aux hommes qui
se trouvaient dans l'embarcation, où l'eau se précipitait déjà. Quelques-uns d'entre eux saisirent
les cordages qui amarraient la chaloupe au bâtiment et se hâtèrent de revenir à bord, tandis que
les autres s'efforçaient de boucher la voie d'eau
et cherchaient à vider l'embarcation.

Ils ne continuèrent pas ces efforts qui devenaient inutiles; la brèche était irréparable, et
la chaloupe s'emplissait dix fois plus vite qu'ils
ne pouvaient la vider. Ils abandonnèrent donc
leur entreprise et remontèrent sur le pont du
navire, comme avaient fait leurs camarades.

Dix minutes après, la grande chaloupe était au
fond de la mer.

CHAPITRE LII.

« Un radeau! un radeau! » s'écrièrent les hommes de *la Pandore*. On se précipita sur les haches,
sur les cordages et sur les espars[1], tandis qu'un
cri de fureur s'élevait à l'arrière du navire, poussé
par quelques individus qui espéraient s'appro-
prier la guigue, et dont le désappointement
s'exhalait en imprécations et en blasphèmes.

Il n'était pas nécessaire de se pencher au-dessus du taffrail pour découvrir que la guigue n'é-
tait plus à sa place; on la voyait distinctement,
de tous les points du tillac, s'éloigner du vaisseau, dont elle était déjà à sept ou huit longueurs de câbles; elle contenait six personnes
bien connues de l'équipage. Le fait se racontait
de lui-même, il était inutile d'en chercher l'explication : les officiers de *la Pandore* avaient trahi
l'équipage en détresse, et ils fuyaient lâchement
comme de vils déserteurs.

1. Mâtereaux ou petits mâts de rechange qu'on embarque à
bord des navires qui font un voyage de long cours.

« Oh! de la guigne! Oh! de la guigne! » s'é-
crièrent les matelots, mais bien inutilement; ceux
qu'on hélait ainsi n'en ramèrent qu'un peu plus
vite; ils semblaient craindre d'être rejoints par la
chaloupe, et ils avaient raison. Si l'équipage, qui
se voyait abandonné par ses officiers, avait pu
mettre la main sur les traîtres, il est certain qu'il
aurait été sans merci.

Et non-seulement le capitaine et le contre-
maître souhaitaient de ne plus se trouver à la
portée de la voix de leurs anciens compagnons,
mais ils désiraient ne plus apercevoir *la Pandore*.
Quelque endurcie que fût leur âme, ils ne pouvaient s'empêcher de frémir en pensant à l'horrible catastrophe à laquelle ils s'attendaient, et
dont ils auraient voulu s'épargner l'horrible
spectacle.

Les malédictions et les cris de vengeance re-
tentirent pendant quelques instants à bord du
négrier; mais la nécessité d'agir immédiatement
rappela bientôt l'équipage à la tâche qui lui restait à faire.

La rapidité avec laquelle les marins savent construire un radeau tient du prodige, et il est impossible de s'en faire une idée lorsque cette opération n'a point eu lieu devant vous. Ce n'est pas
seulement une affaire de discipline, bien que l'ensemble des manœuvres y soit pour quelque chose,

car les soldats sont tout aussi maladroits à cette
besogne que les premiers laboureurs venus.

Le bois, comme vous le savez, constitue l'élément principal d'un radeau, et cependant les marins ont bien plus tôt fait d'en relier les diverses
parties avec des cordes, qu'un charpentier avec

L'équipage forme un radeau.

un marteau et des clous; et non-seulement la
besogne est plus vite faite, mais elle est plus so-
lide. Un marin qui a de la corde n'est jamais au
dépourvu; c'est l'arme qui lui est propre, l'outil
qu'il sait manier entre tous; il reconnaît d'un regard, ou par un simple attouchement, si tel ou

tel cordage est celui qui convient pour le but
qu'il veut atteindre : s'il est trop long, trop
court, trop faible ou trop fort, s'il cassera ou
s'allongera : il sait d'instinct quel genre de nœud
il doit faire, nœud plat, nœud de bouline ou d'é-
coute, nœud tors ou à plein poing, épissures,
étalingures de toute espèce, et bien d'autres encore dont les marins seuls ont le secret.

Et avec quelle facilité ils abattent les mâts, ils
détachent les espars et les font servir à leur projet! L'assistance d'un terrien serait d'un bien faible secours en pareille occasion. Il fallait voir
travailler, comme des abeilles, les trente-six matelots qui restaient sur *la Pandore;* les uns ma-
niant la scie, les autres la hache, ceux-là trans-
portant les vergues ou tranchant les drisses[1] pour
former les liens nécessaires à la construction du
radeau.

Au bout de quelques minutes, le grand mât
vint tomber sur le bordage, écrasant ce qu'il
trouvait au-dessous de lui, comme un arbre qui
s'abat sur des roseaux; quelques instants après,
tout son gréement avait été coupé : haubans,
étais, bras, écoutes et balancines. Bientôt il posa
sur la mer, toujours attaché aux flancs de *la Pandore,* qui n'était plus qu'un débris, il avait gardé

1. Cordages qui servent à hisser les voiles.

ses vergues et formait une espèce de cadre sur
lequel furent solidement fixés les espars, les gaffes
et les boute-hors ; des tonneaux vides, que l'on
attacha autour de cette plate-forme, ajoutèrent à
la sécurité qu'elle présentait, et lui permirent de
porter un poids considérable ; les voiles y furent
descendues, et l'on y porta enfin toute la quantité de biscuit et d'eau douce que l'on put trouver au milieu du désordre qui régnait sur le
navire.

Il n'y avait pas un quart d'heure que la grande
chaloupe avait coulé à fond, lorsqu'on annonça
que le radeau était prêt.

CHAPITRE LIII.

Mais cet espace de temps si court m'avait paru
un siècle ; les secondes étaient pour moi des
heures, chacune d'elles pouvait être la dernière,
et cette affreuse pensée éternisait les minutes.
Quand la chaloupe avait coulé bas, j'avais perdu
tout espoir ; je ne croyais pas qu'un radeau pût se
faire avant l'explosion du baril de poudre.

Le temps avait fini par me sembler tellement
long, que je m'étonnais de ne pas voir s'accomplir l'affreux événement qui ne pouvait manquer
d'arriver. « Peut-être, pensais-je, la poudre est-
elle tout au fond du navire, cachée sous des caisses et des ballots qui la préservent de l'incendie. »
Je savais qu'un tonneau de poudre, alors même
qu'on l'eût jeté au milieu d'un brasier, reste assez
longtemps avant de faire explosion ; il faut qu'une
chaleur considérable soit développé dans le bois
avant que la poudre prenne feu ; peut-être les
flammes n'avaient-elles pas encore atteint la place
où le fatal baril avait été déposé.

Il était possible qu'il ne fût pas dans la cabine,
qu'il ne se trouvât pas même à l'arrière du bâtiment ; le capitaine ne m'en avait rien dit, et c'est
là ce que j'aurais voulu savoir ; mais le skipper
avait fui sans rien ajouter aux paroles effrayantes
qu'il m'avait criées en partant. Et s'il avait fait une
plaisanterie ! Si c'était un raffinement de cruauté
de la part de cet infâme ! S'il avait voulu se venger de l'équipage ! Depuis la veille il était en discussion avec les matelots ; ceux-ci l'avaient humi-
lié, insulté, avaient méprisé ses ordres et ceux du
contre-maître ; de vives altercations avaient eu
lieu entre les officiers et quelques-uns des matelots ; il était naturel que, chez les hommes de ce
caractère, l'injure éveillât la haine, et il était pos-

sible que ce fût pour obéir à un besoin de vengeance que le capitaine m'avait dit qu'il y avait un
baril de poudre à bord.

Pour qui connaissait l'homme, cette supposition
n'avait rien d'improbable, et je commençais à
croire qu'elle était fondée ; raison de plus pour
chercher Ben et lui communiquer mon secret : il
saurait me dire si le capitaine avait plaisanté ou
parlé sérieusement ; dans ce dernier cas, il devi-
nerait sans doute où la poudre avait été mise, et
peut-être serait-il encore temps de s'emparer du
tonneau et de le jeter à la mer.

Ces réflexions n'avaient duré qu'une minute, et
je courus de nouveau à la recherche de mon ami.
Je le trouvai au milieu d'un groupe de travailleu; ,
sapant, à coups de hache, une partie des bastingages pour aider à la construction du radeau ; je
le tirai par la manche et, l'entraînant à l'écart, je
lui fis connaître les derniers mots du capitaine.

Quelle que fût la fermeté de Ben Brace, mes paroles le terrifièrent ; je le vis pâlir, et tout d'abord
il lui fut impossible de parler.

« Tu en es bien sûr? me demanda-t-il enfin.

— Très-sûr qu'il me l'a dit, lui répliquai-je.

— Un tonneau de poudre à bord !

— C'est au moment de partir qu'il a proféré ces
mots ; toutefois, je pensais qu'il avait eu seulement l'intention de nous effrayer.

« — Non pas: il a dit vrai, petit Will. Mille ton-
nerres! Toute la poudre n'a pas été donnée au roi
Dingo, je m'en souviens à présent; j'ai vu le capitaine en cacher un baril qu'il avait d'abord
compté au vieux nègre et qu'il lui a subtilisé
après; je n'en étais pas bien sûr, mais je n'en
doute plus aujourd'hui. Miséricorde, enfant! nous
sommes perdus, petit Will. »

Le soulagement que m'avait fait éprouver la
supposition que le capitaine avait menti n'existait
plus; l'anxiété me revenait plus vive et plus poignante, ce baril dérobé au roi Dingo était certainement à bord, et le voleur échappait à la catastrophe dont nous allions être victimes: c'était
nous qui allions expier son vol!

Ben restait immobile, paraissait écouter si la
détonation ne se faisait pas entendre; néanmoins,
il recouvra bientôt sa présence d'esprit, et, me
faisant signe de le suivre, il courut à l'avant du
navire.

Tout le monde était alors occupé à lancer le
grand mât à la mer, et aucun matelot ne vit de
quel côté nous allions. Ben s'avança jusqu'à la
proue; s'engagea entre le boutelof et les haubans du mât de beaupré, m'appela du geste et,
m'ayant recommandé de ne pas dire un mot de la
poudre qui était à bord: « Laissons-les continuer
le radeau, poursuivit-il. peut-être auront-ils le

temps de le finir : il est possible que le bon Dieu
nous le permette, car nous ne faisons pas de mal
en essayant de nous sauver. La poudre est certainement dans le voisinage de la cabine, et il est
toujours moins dangereux d'être ici qu'à l'arrière ;
mais nous devons tout de même essayer d'en
partir : alerte, enfant ! Ces deux planches nous en
donneront le moyen ; coupe-moi des cordes, tandis que je vais me procurer du bois ; vite, vite,
enfant ! »

En disant ces paroles, Ben Brace, qui avait apporté sa hache, entama les deux grandes planches
qui s'étendaient de chaque côté du plat-bord jusqu'à l'endroit où le nom du navire était peint en
grosses lettres ; un instant lui suffit pour les détacher complétement et pour les descendre à la
mer au moyen des cordes que je venais de lui
apporter. Il grimpa sur le beaupré, abattit le
levier de la baderne, tailla des espars tandis que
je lui procurais des étais et des cordages, et tout
cela fut descendu, on pourrait dire déposé, à la
surface immobile de l'Océan.

Lorsque Ben pensa qu'il avait assez de bois pour
la construction du radeau, il jeta sa hache, se
laissa glisser, au moyen d'une corde, sur les planches qu'il avait lancées à la mer, et m'appela
pour que j'allasse le rejoindre. C'est alors que les
cris des hommes de l'équipage nous apprirent

qu'ils avaient terminé leur besogne. Effectivement,
je les vis descendre à la hâte sur le radeau qu'ils
venaient de finir ; une minute de plus, et je reste-
rais le dernier sur la coque brûlante de *la Pandore*.

Le dernier, vous disais-je ! et les cinq cents
créatures humaines que renfermaient toujours les
flancs du négrier ? n'étaient-ce pas des hommes
que ces noirs, et leur vie n'était-elle pas aussi
précieuse que la nôtre ?

Souvenir effroyable, qui glace mon sang dans
mes veines toutes les fois qu'il me revient à la
mémoire, et dont je ne puis parler sans qu'un
frisson douloureux s'empare de tout mon être !

CHAPITRE LIV.

Qu'étaient devenus les nègres depuis le moment
où l'incendie avait éclaté sur *la Pandore ?* où
étaient ces malheureux, que faisaient-ils, et quell
mesure prenait-on pour les sauver ?

Personne, depuis l'instant où le cri d'alarme
avait empêché qu'ils ne fussent jetés à la mer
personne, excepté moi, ne s'était inquiété d'eux ;

ils étaient toujours dans l entre-pont, où leurs
voix déchirantes continuaient de retentir ; mais ils
criaient ainsi depuis longtemps, et les matelots
n'y faisaient plus attention. Chaque fois que, dans
leurs allées et venues, les hommes de l'équipage
s'approchaient de l'endroit où ces malheureux se
livraient au désespoir, les menaces, les imprécations, les cris insensés redoublaient de force, les
prières de ferveur; mais les matelots passaient
rapidement et ne s'apercevaient pas des paroles
délirantes qui leur étaient adressées.

Il est probable que, jusqu'au moment où le radeau fut terminé, la soif était la seule cause des
souffrances qui exaspéraient les nègres ; c'était de
l'eau qu'ils demandaient toujours, ainsi que la
permission de venir prendre l'air : car ils n'étaient
pas sortis depuis la veille, et littéralement ils suf-
foquaient; mais je ne crois pas qu'ils eussent le
moindre soupçon du nouveau péril dont ils
étaient menacés. La fumée s'élevait perpendicu-
lairement à l'arrière du navire, elle n'arrivait pas
jusqu'à eux, et les lueurs que répandait la flamme
n'étaient pas suffisantes pour qu'ils pussent en être
frappés; il était donc à peu près certain qu'ils
ignoraient l'incendie qui avait éclaté dans la cambuse. Ils pouvaient soupçonner quelque chose
d'anormal; les allures inaccoutumées de l'équipage, le bruit qu'on faisait sur le pont, les re-

gards inquiets des matelots, qu'il était impossible
de ne pas remarquer, devaient les avoir avertis
qu'il se passait à bord quelque événement fâcheux; les coups de hache dont on sapait le grand
mât, le choc produit par cette énorme pièce de
bois lorsqu'elle s'était abattue sur le bastingage,
avaient pu leur faire penser qu'ils avaient à craindre autre chose que la soif: mais comme ils ignoraient complétement la manière de diriger un
vaisseau, ils ne pouvaient pas se figurer la nature
des manœuvres dont ils étaient surpris. Ce n'était
point un naufrage, puisque le navire était immobile; et, si la physionomie des matelots avait
éveillé leur inquiétude, ils n'en étaient pas encore
à s'alarmer outre mesure du fait qui les préoccupait: mais cette ignorance devait bientôt cesser.
Au moment où j'allais quitter *la l'andore*, un jet de
flammes se dégagea de la colonne de fumée qui
s'échappait de la cabine; il fut suivi d'un autre
plus rouge et plus fort, puis d'un troisième, et
successivement, jusqu'à ce que la nappe lumineuse s'éleva d'une manière continue. La lune
pâlit devant cette clarté fulgurante qui enveloppa
le navire d'un reflet d'or, comme si les rayons du
soleil avaient reparu tout à coup.

Non-seulement la flamme pouvait s'apercevoir
à travers les barreaux qui retenaient les captifs,
mais elle pétillait de manière à ne plus laisser

22

aucun doute sur l'origine de cette lueur éblouis-
sante.

Un cri de désespoir s'échappa des entrailles du
navire embrasé, cri d'angoisse qui pendant un
instant couvrit les éclats sinistres du bois qui
craquait sous la morsure des flammes, et dont je
me souviendrai jusqu'à ma dernière heure.

Je tournai les yeux vers l'endroit d'où s'échappait cette clameur déchirante : à la vive lumière
que répandait l'incendie, je pus voir les malheureux nègres se presser contre la grille qui les retenait prisonniers ; leurs regards étaient remplis
d'éclairs, leurs lèvres écumantes, leurs dents ser-
rées brillaient au milieu de leurs noirs visages ; la
flamme s'avançait rapidement ; déjà la fumée gagnait l'écoutille, dont ils cherchaient en vain à secouer les énormes barreaux : spectacle affreux
que je n'aurais pu supporter, même en rêve. Mon
premier mouvement fut de me détourner et de
rejoindre Ben Brace, qui m'attendait avec impa-
tience ; mais, comme j'allais obéir à cette impulsion instinctive, j'aperçus la hache que Ben avait
rejetée avant de descendre ; je la saisis avec empressement : l'idée m'était venue de retourner sur
le pont et de faire sauter les pièces de bois qui
barraient l'écoutille. Je connaissais tout le danger auquel je m'exposais, je n'avais pas oublié
l'existence du baril de poudre ; mais je ne pou-

vais pas être témoin d'un pareil holocauste et voir brûler sous mes yeux tant de créatures humaines sans faire une tentative pour ouvrir leur prison.

« Au moins, pensais-je, ces malheureux choisiront leur genre de mort: l'eau est moins terrible

Le petit Will délivre les esclaves.

que le feu, et ils souffriront moins de se noyer que de périr dans les flammes. »

Je me penchai vers Ben Brace pour lui communiquer ma pensée.

« Tu as raison, me dit-il, courage, William! c'est bien, mon enfant! Rends la liberté à ces

pauvres créatures! j'y pensais moi-même; dépê-
che-toi, et surtout prends bien garde!... »

Je n'avais pas attendu la fin de ces paroles, et,
courant sur le pont, je m'étais précipité vers l'é-
coutille; la fumée était devenue si épaisse que je
distinguais à peine ces visages terrifiés. Quelques
minutes de plus et ces yeux brillants s'étein-
draient pour toujours, ces voix déchirantes seraient étouffées par la mort.

Je me rappelais à quel endroit le charpentier
avait entamé la grille, et je frappai à la même
place, avec toute la force que je pus mettre au
service de mon cœur.

Bientôt les solives qui composaient les barreaux de la grille cédèrent sous mes efforts répé-
tés; je n'avais pas besoin d'en faire davantage,
et, m'éloignant bien vite, je courus à l'avant du
navire.

Au moment où je saisissais la corde pour aller
rejoindre Ben Brace, les poutrelles qui fermaient
l'écoutille avaient été violemment repoussées, le
flot des nègres jaillissait de l'intérieur du bâtiment et se répandait sur le pont.

Sans m'arrêter à les voir, je glissai le long du
cordage qui était à la proue du vaisseau, et j'arrivai sur la planche où était mon compagnon, qui
me reçut dans ses bras.

CHAPITRE LV.

Pendant ma courte absence, Ben Brace n'était
pas resté à rien faire; il avait relié toutes les pièces du radeau sur lequel nous étions actuelle-
ment, et qui n'enfonçait pas le moins du monde.
Deux espars, le levier de la baderne et la moitié
d'une vergue, posés parallèlement, formaient la
carcasse de cette plate-forme, et soutenaient les
deux grandes planches où le nom de *la Pandore*
était écrit. Nous avions en outre différentes pièces de bois, une rame, un ou deux anspects ¹, et
un morceau de prélart². Tout cela formait un
radeau assez grand pour nous contenir tous les
deux et pour flotter avec sécurité par une mer
paisible; mais la tempête, ou même une brise un
peu forte, aurait fait aisément chavirer notre
édifice. Il est vrai que Ben n'avait pas l'intention
d'affronter la mer avec ces deux planches; il avait
seulement voulu quitter le navire avant la fin du
grand radeau, pour échapper, s'il était possible,

1. Levier. — 2. Toile à voile.

à l'explosion du baril de poudre. En supposant
même que la catastrophe arrivât avant que nous
eussions pu nous éloigner, nous courrions moins
de danger qu'à l'arrière du bâtiment ; et si l'é-
quipage réussissait à finir son travail, nous pourrions aller le retrouver et nous joindrions nos
deux planches à son énorme radeau.

Celui-ci avait été achevé en même temps que le
nôtre ; tous les hommes qui restaient à bord
s'empressèrent d'y descendre, et, lorsque j'eus fini
de saper les barreaux de l'écoutille, il ne restait
plus une âme sur le pont du négrier. Je n'aperçus pas même le grand radeau, qui m'était caché par
le navire ; mais lorsque, ayant retrouvé mon compagnon, nous nous fûmes éloignés de *la Pandore*,
le radeau, et ceux qu'il portait, nous apparurent
aussi distinctement qu'en plein jour : car le tillac
du négrier, depuis la poupe jusqu'à l'embelle,
était enveloppé d'une flamme brillante dont l'O-
céan était éclairé à plusieurs milles de distance.

Les matelots avaient immédiatement poussé au
large, dans la crainte qu'il ne se trouvât de la
poudre à bord. Aucun des hommes de l'équipage
n'avait confié les soupçons qu'il avait à cet égard ;
mais il est certain que plusieurs d'entre eux
avaient entendu parler du baril de poudre que le
capitaine avait repris au vieux nègre, et c'était à
cela qu'il fallait attribuer la promptitude qu'ils

avaient mise à construire le radeau : car, malgré
l'intensité du feu, il devait se passer quelque
temps encore avant que le navire devînt la proie
des flammes.

Une fois qu'ils eurent quitté le bâtiment, ceux
qui croyaient à l'existence du tonneau de poudre
avaient déclaré leurs soupçons, et chacun, faisant tous ses efforts pour s'éloigner du bâtiment
dont il redoutait le voisinage, suivait du regard
les progrès de l'incendie avec une anxiété profonde.

Aussitôt que Ben Brace, en passant à bâbord,
eut aperçu nos camarades, il se mit à ramer dans
la direction du radeau, que nous pensions rejoindre en quelques minutes; mais cette dernière
supposition ne se réalisa pas. Un mouvement extraordinaire se fit tout à coup parmi les hommes
de l'équipage : ils témoignèrent une vive surprise,
et, redoublant d'efforts pour s'éloigner du vaisseau, nous vîmes que la terreur se mêlait à leur
empressement.

D'où pouvait provenir leur effroi? Ils étaient
trop loin pour que l'incendie pût les atteindre;
l'explosion même du navire n'offrait plus aucun
danger : ce n'était pas cela qui motivait cette
nouvelle inquiétude.

Je regardai Ben Brace pour lui demander l'explication de cette conduite; mais la sienne n'étai

pas moins mystérieuse. Il se tenait agenouillé à
l'avant du petit radeau, faisant force de rames
pour rejoindre celui de nos compagnons. De mon
côté je l'aidais autant que possible au moyen d'un
anspect. Toutefois, au lieu d'agir avec le calme
qui lui était ordinaire et qu'il avait conservé jusqu'alors, il ramait avec une ardeur fébrile, comme
s'il avait craint de voir disparaître le radeau qu'il
voulait accoster.

Il ne disait rien; mais à la clarté des flammes
qui se reflétaient sur l'Océan, je voyais sa figure
exprimer une inquiétude tout aussi évidente que
la terreur des individus qui étaient sur le radeau.

Ce ne pouvait pas être la crainte de rester en
arrière qui lui inspira cette vive anxiété; notre
marche était lente, à peu près autant que celle
d'un chat qui est à la nage, et cependant, à chaque coup de rame nous nous rapprochions du radeau, qui avançait à peine, malgré tous les efforts
de l'équipage. Quel pouvait donc être le motif de
l'appréhension de Ben Brace?

CHAPITRE LVI.

Jusque-là je ne m'étais pas retourné vers *la Pandore*. Je redoutais le spectacle qu'elle devait présenter; d'ailleurs je m'occupais trop activement de faire avancer notre radeau pour avoir le temps de regarder autour de moi.

Néanmoins, je fus obligé de relever la tête et de jeter les yeux sur cette horrible scène. Je compris alors pourquoi Ben et ses camarades fuyaient le négrier avec tant d'empressement.

Le feu était arrivé jusqu'au milieu du navire; il dévorait le tronçon du grand mât qu'on y voyait encore, et trouvait dans cette énorme quantité de cordages goudronnés, de vergues et d'enfléchures, un aliment qui augmentait sa puissance et qui rendait ses progrès plus rapides. Mais l'effrayant tableau que présentaient ces langues de feu, dont la pointe léchait déjà les agrès du mât de misaine, n'était rien en comparaison du spectacle déchirant que l'on voyait à la proue du négrier. Sur le guindeau[1], les bastingages, les hau-

1. Sorte de cabestan.

bans, autour de l'éperon et jusqu'à l'extrémité du
beaupré, se trouvait une masse de créatures humaines, tellement pressées les unes contre les
autres, tellement entassées, qu'elles recouvraient
entièrement l'endroit où elles étaient groupées.
Elles étaient là plus de quatre cents, acculées
par les flammes et suspendues à l'avant du navire comme un essaim d'abeilles au bout d'un ra-
meau dont il couvre chaque feuille.

A la lueur éclatante qui rayonnait autour de
ces infortunés, leur visage, leur corps et jusqu'à
la toison dont leur crâne était couvert, apparaissaient d'un rouge sanglant qui donnait à cette horrible scène un cachet surnaturel. On aurait cru
assister au finale de quelque opéra gigantesque
où l'action avait lieu dans les enfers et où l'on se
trouvait en face du supplice des damnés, si la
véhémence des cris déchirants qui frappaient nos
oreilles n'avait rappelé d'une manière trop évidente que ce n'était pas une fiction. La vive lumière, dont chaque minute accroissait l'intensité,
nous permettait de saisir les moindres détails de
cet affreux tableau, de voir la terreur de ces yeux
égarés, l'écume de ces bouches convulsives, les
contorsions effroyables de ces hommes que le
désespoir rendait fous, et dont quelques-uns mêlaient aux cris de leurs frères des éclats de rires
stridents qui rappelaient la voix des hyènes.

Les femmes se reconnaissaient à leur taille
moins élevée, à leurs formes plus grêles et surtout à leur attitude suppliante; c'étaient leurs
enfants qu'elles tenaient dans leurs bras et qu'elles
tendaient aux hommes du radeau, en les invo-
quant pour ces pauvres petits êtres qu'elles étaient
condamnées à voir mourir.

Mais quelque déchirant que fût un pareil tableau, ce n'étaient ni les menaces des hommes ni
les prières des femmes qui causaient tant d'émotion parmi l'ancien équipage du négrier.

« Qui donc a brisé leurs barreaux? s'écriaient
avec d'affreux jurons les hommes de *la Pandore*.
Qui donc a pu les délivrer? »

Nous venions de doubler la proue du navire
quand ces paroles nous arrivèrent. A la fureur
avec laquelle ces mots étaient vociférés, je compris immédiatement que j'avais tout à craindre
des matelots dont nous cherchions à nous rapprocher.

Dans ma compassion pour les pauvres captifs,
j'avais en leur rendant un service complétement
inutile, mis en danger la vie de tout l'équipage,
y compris celle de Ben Brace et la mienne.

Je ne peux pas dire, néanmoins, que je regrettais d'avoir suivi cette impulsion généreuse; j'a-
vais obéi à un entraînement irrésistible; et, placé
dans la même position, il est certain que j'aurais

agi de la même manière. Je le sentais confusément
alors : car au milieu des pensées, ou plutôt des
sensations qui se pressaient dans mon esprit, je
ne me rendais pas compte des motifs qui avaient
pu me faire agir.

Toutefois, je commençais à comprendre le péril
dont nous étions menacés. Les nègres allaient
quitter *la Pandore*, ils nous rejoindraient à la nage,
et ils chercheraient nécessairement un refuge sur
les radeaux. Leur intention était évidente, elle
ressortait de tous leurs mouvements. La plupart
des hommes étaient rassemblés sur les bastingages, plusieurs se trouvaient même à l'extrémité
des baux, d'où ils prenaient déjà leur élan pour
se jeter à la mer.

CHAPITRE LVII.

Je n'étais pas surpris de la terreur que mani-
festait l'équipage ; si les noirs réalisaient leur intention, et la chose n'était pas douteuse, ils nous
rejoindraient certainement en assez grand nombre
pour faire couler à fond les radeaux, ou pour je-

ter les blancs à la mer, afin de s'emparer de l'u-
nique chance de salut qui leur restât au milieu
de l'abîme. Dans tous les cas, la destruction des
uns était certaine, sinon la mort de tous. Quant à
Ben Brace et à moi, qui paraissions les plus expo-
sés, puisque nous nous trouvions les plus près
du navire, il était à peu près sûr que nous échapperions au danger qui menaçait le grand radeau.
Notre esquif nageait plus vite qu'un homme, et la
distance qui nous séparait déjà du bâtiment nous
mettait à l'abri de toute surprise.

Ben Brace continua donc de ramer, avec l'intention de rejoindre l'équipage, que nous distan-
cerions facilement en cas d'attaque de la part des
nègres; et quelques minutes après nous flottions
à côté du grand radeau.

« Sur ta vie, ne parle pas de ce que tu as fait,
m'avait dit Ben; ils te noieraient sans aucun doute,
et moi par-dessus le marché, s'ils pouvaient savoir que c'est toi qui as ouvert l'écoutille; pas un
mot, alors même qu'ils te questionneraient directement; s'ils t'adressent la parole, c'est moi qui
répondrai. »

A peine ces mots étaient-ils prononcés que plusieurs voix s'écrièrent :

« Ohé! du petit radeau! qui êtes-vous donc?
Tiens, c'est Ben Brace avec Will, son protégé.
Est-ce que c'est vous qui avez ouvert aux nègres?

— Nullement, répondit Ben avec chaleur. Comment aurions-nous fait, puisque nous étions au bas du navire? nous ne les avons même pas vus; je me demande qui est-ce qui a fait ce coup-là ! C'est probablement quand vous avez fait sauter les attaches qui retenaient les pièces de bois de la grille; vous avez entamé l'un des barreaux, qui aura cédé sous l'effort des noirs. Quant à moi, je ne sais pas comment la chose s'est passée; j'étais sous la poulaine, à fabriquer ce bout de radeau; j'avais peur que le vôtre ne fût pas assez grand pour nous tous.... Un coup de main, les amis, pour amarrer nos deux planches à votre embarcation. Je me suis dit : « Ça servira toujours à « porter deux personnes. »

Ben ayant ainsi détourné l'entretien, on ne s'occupa plus de savoir qui avait commis l'imprudence dont le résultat seul occupait les esprits; tous les yeux étaient fixés sur cette masse rouge et mouvante qui se pressait à l'extrémité du navire.

Singulière chose! Il y avait déjà quelques instants que les nègres paraissaient vouloir se lancer à la mer pour rejoindre le radeau, et pas un, cependant, n'avait abandonné la coque brûlante où ils se cramponnaient toujours; attendaient-ils que l'un d'entre eux eût donné le signal en se jetan le premier dans les flots, comme des soldats, prêts à charger l'ennemi, courent au-devant d'une mort certaine aussitôt que l'exemple les y entraîne?

Ainsi les noirs, au moment de se précipiter dans la mer, s'arrêtaient sous l'empire d'une incertitude apparente; d'où pouvait venir cette hésitation, dont chaque seconde diminuait la seule chance de salut qui leur était offerte?

Tandis qu'ils délibéraient avec eux-mêmes, le radeau s'éloignait toujours, la flamme s'approchait en sifflant et rétrécissait de plus en plus l'étroit espace où ils étaient amassés. Pourquoi donc n'obéissaient-ils pas à l'impulsion qui les poussait à chercher l'unique refuge qui leur restât contre la mort?

« Ils ont peur de se noyer, » disait-on sur le radeau. Cette hypothèse expliquait l'hésitation des malheureux. Mais il n'était pas probable que parmi tous ces hommes il n'y en eût pas un seul qui sût nager; les Africains, au contraire, sont d'excellents nageurs; la vie qu'ils mènent les y oblige: Habitant les bords de rivières profondes, dans un pays où les ponts sont inconnus, riverains des lacs nombreux qui se trouvent dans l'intérieur de l'Afrique, ils apprennent nécessairement à nager. La température excessive des tropiques rend d'ailleurs la natation fort agréable, et beaucoup de nègres passent la moitié de leur temps dans l'eau.

Il était donc impossible que la certitude de se noyer fût le motif qui arrêtât les noirs.

Mais qui pouvait les retenir?

L'un des naufragés répondit à cette question au moment, où, du reste, chacun de nous avait trouvé le mot de l'énigme.

« Regardez là-bas, s'écria l'homme en désignant les flots, voyez-vous ce qui les empêche de se jeter à la mer? »

CHAPITRE LVIII.

L'espace qui s'étendait entre le radeau et la coque enflammée du navire étincelait à la clarté de l'incendie comme un lac d'or fondu. Le bâtiment se réfléchissait à la surface de l'eau, bien qu'une seconde image s'aperçût un peu plus bas. Mais celle-ci était brisée par des rides profondes, qui semblaient indiquer la présence de créatures vivantes; éblouis par l'intensité de la lumière, nous avions détourné les yeux de ce foyer mouvant qui entourait le navire, et, bien que nous eussions observé les remous qui se formaient au pied de sa masse immobile, nous n'avions pas cherché quelle en était la cause.

A présent que notre attention était appelée de ce côté, il n'était pas difficile de voir d'où provenait le mouvement des flots : c'étaient les requins avides qui accouraient en foule et qui se pressaient autour de *la Pandore* en attendant la proie qui ne pouvait leur échapper. On voyait leur grande nageoire dorsale pointer au-dessus de l'eau comme la vergue d'une voile de perroquet, ou fendre la mer ainsi qu'une lame d'acier, plonger un instant et reparaître en se rapprochant toujours des malheureux qu'ils étaient près de saisir. '

D'après le nombre des nageoires que nous pouvions distinguer, il était probable que plusieurs centaines de ces monstres entouraient la coque du bâtiment; plus on regardait la mer, plus on distinguait de ces créatures voraces, don la quantité s'accroissait à chaque minute. Il n'est pas douteux que la flamme les attirât des points les plus reculés où elle pouvait s'apercevoir. Ce n'était pas la première fois qu'ils assistaient à l'incendie d'un vaisseau; le dénoûment de cet horrible drame leur avait laissé de profonds souvenirs, et ils se hâtaient de venir prendre leur part du festin que leur promettaient ces lueurs sanglantes.

En les voyant se presser autour de *la Pandore*, et attendre avec patience, comme des chats qui ant la certitude de saisir leur proie au passage, il m'était impossible de ne pas croire que ces monstres hideux eussent connaissance de la catastrophe dont ils prévoyaient le résultat.

Ils entouraient également nos radeaux, et leur nombre n'y était pas moins considérable qu'aux approches du navire ; ils nous suivaient par groupes de deux ou trois, côte à côte, ainsi que des bœufs attelés au même joug ; leur audace augmentait à chaque instant, ils approchaient de plus en plus des pièces de bois qui portaient les naufragés ; quelques-uns étaient même à portée des rameurs, et l'on aurait pu les repousser à coups d'anspect. Mais on se serait bien gardé de les éloigner ; leur présence, toujours odieuse aux marins, était accueillie en ce moment avec joie par l'équipage du radeau. Sans eux, les nègres seraient venus depuis longtemps nous assaillir, et l'effroyable escorte dont nous étions entourés nous sauvegardait contre l'invasion des noirs.

On comprenait maintenant le motif qui retenait ceux-ci à bord. Toute la surface de la mer, qui s'étendait entre le vaisseau et nous, fourmillait de requins avides ; et s'élancer dans les flots, c'était se lancer dans la gueule de ces monstres.

Mais la mort ne s'en trouvait pas moins derrière les nègres ; une mort prochaine et sûre, celle qui peut-être leur réservait l'agonie la plus affreuse.

En ouvrant leur prison, j'avais cru leur donner
le choix entre le feu et l'eau; c'était une erreur,
ils n'avaient plus d'autre alternative que d'être
brûlés ou dévorés par les requins.

CHAPITRE LIX.

Affreuse alternative qui tenait toujours ces malheureux en suspens! que choisir entre ces deux
genres de mort également effroyables? Peu leur
importait la manière dont se terminerait leur supplice : le désespoir les avait paralysés. Plus de
cris, plus de menaces ou de prières; ils attendaient
immobiles et silencieux la fin de leur agonie.

Mais au dernier instant, quand la pensée n'agit
plus, en face d'un péril dont rien ne peut vous sauver, l'instinct se réveille et l'homme se débat contre la mort elle-même; nul n'abandonne la vie
sans chercher à se défendre; le malheureux qui se
noie saisit tout ce qu'il rencontre et ne se laisse
pas tomber au fond de l'eau sans résistance : le
corps persiste dans la lutte, il combat l'élément de
destruction, longtemps après que l'esprit a perdu

tout espoir, et les nègres de *la Pandore* retrou-
vèrent leur énergie au moment de cette lutte invo-
lontaire.

Les flammes couvraient presque tout le pont du
vaisseau ; elles déchirèrent le voile de fumée qui
leur servait d'enveloppe et mordirent le corps de
leurs victimes. Aussitôt les cris d'angoisse se ré-
veillèrent : un mouvement spontané agita cette
masse vivante, et d'un commun accord elle se précipita au milieu des flots.

Toutefois, les premiers qui obéirent à cette impulsion n'étaient pas les malheureux dont le regard plongeait au-dessus de l'abîme ; ce furent les
individus placés en arrière de ceux-ci qui, poussés
par les flammes, s'élancèrent dans l'eau après être
montés sur les épaules de leurs camarades : le
charme était rompu. Le signal une fois donné,
toute la masse plongea sans hésitation, comme si
elle avait été certaine d'échapper ainsi à la mort :
et l'instant d'après la coque enflammée du navi e
était absolument déserte.

La scène avait changé, mais n'était pas moins
horrible ; des créatures humaines luttaient à la surface de l'eau avec des efforts inouïs ; quelques-uns
de ces malheureux qui ne savaient pas nager dis-
paraissaient en agitant les bras ; quelques autres
formaient des groupes de plusieurs personnes et
coulaient à fond tous ensemble, tandis que les na-

geurs, se séparant de la masse, fendaient l'onde avec rapidité.

Soudain, auprès de leur tête, qui seule dépassait les flots, on apercevait la nageoire du requin vorace ; un cri déchirant se faisait entendre, le monstre se précipitait sur sa proie ; l'eau, fouettée par sa queue, jaillissait en écume déjà rougie par le sang de la victime ; l'onde se calmait bientôt, et des rides et des bulles sanglantes marquaient seules, pendant quelques instants, l'endroit où l'horrible scène avait eu lieu.

C'était un spectacle si poignant que, malgré leur insensibilité, les hommes qui se trouvaient sur le radeau ne purent le contempler sans émotion.

Toutefois, il se mêlait à l'horreur que leur inspirait cet effroyable carnage, un sentiment de joie qui ne provenait pas de leurs habitudes de cruauté, mais de l'instinct de conservation. Ce n'est pas, à vrai dire, qu'ils fussent joyeux : ils étaient seulement délivrés d'une partie de la frayeur qu'ils avaient eue de voir les nègres envahir le radeau ; jusqu'à présent ils avaient regardé avec effroi ces malheureux qui les menaçaient d'un nouveau péril, et qui, en disparaissant, les soulageaient d'une affreuse anxiété.

Mais les requins, si nombreux qu'ils fussent, ne l'étaient pas encore assez pour détruire entière-

ment la cargaison de *la Pandore*. La première attaque une fois terminée, ils disparurent peu à peu
et rentrèrent dans les profondeurs de l'abime,
rassasiés qu'ils étaient de cette curée abondante.
Quelques centaines de têtes s'apercevaient encore
à la surface de la mer, et, grâce à la clarté des
flammes, il était facile de voir que les nageurs se
dirigeaient vers le radeau, et qu'à la rapidité de
leur course ils ne tarderaient pas à le rejoindre.

Un nouvel effroi s'empara des naufragés, qui
peut-être allaient à leur tour devenir la proie des
requins.

CHAPITRE LX.

Des cris insensés, des exclamations effrayantes,
étaient poussés par les matelots, qui néanmoins,
sans perdre de temps en paroles inutiles, faisaient
tous leurs efforts pour augmenter la distance qui
les séparait des noirs; chacun avait saisi l'objet
qu'il avait pu trouver et s'en faisait une rame;
ceux-ci n'avaient que des anspects, ceux-là étaient
munis d'un morceau de bois, d'une douve de bar-

rique, de moins encore; les autres s'étaient couchés sur les planches et battaient l'eau avec leurs
mains pour seconder les rameurs.

Mais cette masse informe de pièces de bois de
toute nature qui composaient le radeau n'avançait
qu'avec lenteur sous l'impulsion irrégulière qui
lui était donnée, et, bien qu'ils fussent à peu près
à cent mètres des nageurs, les matelots commençaient à craindre sérieusement d'être rejoints par
ceux-ci.

Leur effroi n'était pas sans motif. Il est certain
que les noirs se rapprochaient de nous à chaque
minute, et qu'avant peu d'instants ils nous auraient
attaqués.

Cela ne faisait plus le moindre doute pour ceux
qui se trouvaient sur le radeau. Il leur était impossible en dépit de leurs efforts, de lutter de vitesse avec les malheureux qui cherchaient à les
rejoindre.

Qui pouvait empêcher les noirs d'aborder? rien
ne les arrêtait plus; les requins s'étaient éloignés
presque tous. Par hasard un cri d'angoisse retentissait derrière nous, un nageur disparaissait; mais
c'était l'exception, et les autres continuaient à nous
poursuivre.

Dans quel but cherchaient ils à nous atteindre?
Était-ce avec l'espoir d'échapper à la mort, ou
simplement par vengeance? peut-être étaient-ils

poussés par ces deux sentiments! Qu'importait d'ailleurs le mobile qui les faisait agir! ils étaient assez nombreux pour l'emporter sur nous, et il était probable qu'avant de mourir ils feraient au moins expier à l'équipage de *la Pandore* les souffrances qui leur avaient été imposées.

Une fois arrivés près du radeau, il leur serait facile d'y monter; on en repousserait quelques-uns, mais il était impossible à trente hommes de lutter contre deux cents; les noirs se précipiteraient en masse autour de la plate-forme dont ils saisiraient les bords, et qui coulerait immédiatement sous le poids de cette pression qu'elle ne pourrait supporter.

Chaque seconde augmentait les chances des nageurs : les premiers d'entre eux n'étaient plus qu'à dix mètres du radeau; il est vrai que c'étaient les plus forts de tous, et que la foule était au moins à trente mètres de ceux-ci; mais les derniers de la bande nageaient plus vite que le radeau n'avançait.

La plupart des anciens matelots du négrier s'abandonnèrent au désespoir; selon toute apparence leur dernière heure était venue, et les mauvaises actions d'une vie criminelle se dressaient devant eux pour augmenter leur frayeur.

Moi aussi, je croyais être à mes derniers instants. Il était cruel de mourir à mon âge d'une mort aussi affreuse et en pareille compagnie. J'étais plein de vigueur et de santé, l'amour de la vie était puissamment enraciné dans mon cœur, et je me repentais avec amertume de la faute que j'avais faite. C'était à moi seul que je devais reprocher la position où je m'étais imprudemment placé, à ma désobéissance, à ma folie, que j'allais payer si cher.

Mais à quoi bon les regrets? Il fallait songer à mourir; la mer allait bientôt nous recevoir dans son sein : maîtres et esclaves, tyrans et victimes, auraient tous le même linceul!

Telles étaient les pensées qui traversaient mon esprit, tandis que je suivais du regard les noirs qui se rapprochaient du radeau. Je ne ressentais plus pour eux ni pitié, ni sympathie; je les regardais au contraire comme des monstres affreux qui allaient nous précipiter dans l'abîme, qui allaient me tuer, moi leur dernier bienfaiteur. J'oubliais, en les maudissant, qu'ils étaient eux-mêmes poussés par le désespoir, et que c'était pour sauver leur existence qu'ils cherchaient à gagner l'unique refuge qui leur était offert.

J'avais l'esprit troublé, je ne comprenais plus rien, et, partageant l'opinion des naufragés qui m'entouraient, je ne voyais plus que des ennemis dans ces infortunés qui ne demandaient qu'à vivre.

Cependant, malgré le désir que j'avais de les

voir repousser, il me fut impossible de prendre
part à la lutte qui s'engagea bientôt ; de violents
coups de rame et d'anspect accueillirent les premiers nageurs qui approchèrent : frappés sur la
tête ou dans la poitrine, quelques-uns disparurent immédiatement, tandis que les autres, gagnant
l'avant du radeau, semblaient vouloir former autour de nous un cercle infranchissable.

Pendant un instant, les cris et les menaces des
matelots intimidèrent les nageurs, qui restèrent
en dehors de la portée des rames et des pieux,
mais qui n'en continuèrent pas moins à nous suivre ; au bout de quelques minutes, le radeau ne
marchait plus. Les rameurs, assaillis de tous côtés,
avaient autre chose à faire qu'à tenter une fuite
qui devenait impossible.

CHAPITRE LXI.

Il était évident que, malgré l'accueil qui leur
était fait, les nageurs n'avaient nulle intention de
rétrograder. Le vaisseau n'était plus qu'une vaste
fournaise dont il était impossible d'approcher ; pas

une planche ne se trouvait derrière eux; et, bien que le radeau n'offrît qu'une chance de salut illusoire à cette foule trop nombreuse pour qu'il pût la contenir, il n'en était pas moins le seul refuge que l'on découvrît à la surface de l'abîme, et ces malheureux qui luttaient contre la mort, devaient nécessairement nous poursuivre jusqu'à leur dernier souffle.

Ils nous entouraient à une certaine distance, en attendant leurs camarades, de manière à être en force pour attaquer le radeau; la plupart des blancs avaient perdu courage et s'abandonnaient au plus violent désespoir; mais il se trouvait, parmi ces hommes grossiers, quelques individus qui, à cette heure suprême, conservaient encore toute leur présence d'esprit, et qui cherchaient le moyen d'éviter le péril dont ils étaient menacés.

Quant à moi, j'étais plongé dans la stupeur; j'avais suivi tous les mouvements des nègres jusqu'à en avoir le vertige; mes yeux s'étaient ensuite portés sur le navire, et je ne savais plus ce qui se faisait autour de moi. J'entendais les cris des matelots; je distinguais même les paroles d'encouragement qu'ils échangeaient entre eux; mais je supposais qu'ils s'excitaient les uns les autres à repousser les nageurs dont nous étions entourés. Je m'attendais à être englouti dans les

flots ; j'étais persuadé que j'allais mourir, et cependant je croyais rêver.

Tout à coup des hourras se firent entendre et
me tirèrent de ma stupeur ; je me retournai vivement, et je vis avec surprise un lambeau de
voile que l'on avait déployé en travers du radeau
et que trois hommes soutenaient dans une position verticale. Je n'avais pas besoin de demander
quel était le but qu'ils s'étaient proposé ; je sentais la brise frapper mes joues et mon front, et
déjà elle gonflait la toile qui lui faisait obstacle ;
les vagues bouillonnaient autour de nous, elles
écumaient à l'endroit où les espars qui nous sup-
portaient fendaient l'onde, et le radeau fuyait
avec rapidité. Je regardai les nageurs ; ils nous
suivaient toujours, mais ils restaient en arrière ;
chaque minute augmentait la distance qui les séparait du radeau. Bonté divine! nous étions sauvés, du moins de ce péril immédiat.

Bientôt, je ne distinguai plus que des points
noirs à la surface de la mer ; je crus un instant
que les nègres, voyant qu'ils ne pouvaient nous
rejoindre, se retournaient du côté de *la Pandore* ;
mais quelle pouvait être leur espérance? D'ailleurs l'immense foyer qui leur servait de phare
ne devait pas attendre, pour disparaître, qu'ils
fussent arrivés jusqu'à lui ; les flammes, en dévorant l'intérieur du navire, avaient enfin trouvé

Les flammes en dévorant le navire avaient trouvé le baril de poudre. (Page 301.)

le baril de poudre qui devait hâter la conclusion de cet effroyable drame.

Ce fut un bruit terrible, pareil à celui de cent canons que l'on tirerait tous à la fois; des masses brûlantes furent projetées au loin, et retombèrent en sifflant dans l'eau où elles allaient s'éteindre : une gerbe lumineuse se déploya pendant quelques secondes; elle s'évanouit, en tremblotant, à la surface de la mer : *la Pandore* avait disparu au milieu de ces dernières étincelles.

Un profond silence avait succédé aux éclats de cette affreuse détonation; personne, parmi les naufragés, n'osait élever la voix; mais, pendant plus d'une heure, on entendit, à des intervalles de plus en plus rapprochés, le cri suprême d'un malheureux dont les forces étaient épuisées, ou qui devenait la proie des requins.

La brise gonflait toujours la voile du radeau, et, longtemps avant le lever du soleil, l'ancien équipage de *la Pandore* était bien loin de la scène où avait eu lieu cette horrible tragédie.

CHAPITRE LXII.

Au point du jour, le vent avait cessé, le calme était revenu, et le radeau gisait sur la mer, dans une complète immobilité.

Les matelots n'essayaient plus de le faire marcher; à quoi bon se donner cette peine? Quelle que fût la direction qu'il eût prise, il nous restait des centaines de milles à traverser pour atteindre la côte, et il était impossible de franchir une pareille distance avec un radeau, quand même le vent nous aurait été favorable.

Si nous avions eu des provisions suffisantes pour subsister pendant plusieurs semaines, peut-être l'équipage aurait-il essayé d'aborder quelque part; mais nous avions à peine de quoi vivre pendant quelques jours. Notre unique espoir était de rencontrer un vaisseau qui nous prendrait à bord; et quand on examinait cette chance de salut, elle paraissait tellement faible qu'on n'osait pas y songer. C'est tout au plus si pendant un long voyage vous apercevez quelques-uns des nombreux navires qui parcourent l'Océan. Vous pou-

vez aller des côtes d'Angleterre au cap de Bonne-
Espérance, sans rencontrer plus d'un ou deux
vaisseaux pendant la traversée; et pourtant c'est
l'une des grandes voies maritimes, celle qui con-
duit aux Indes orientales et en Australie, dont la
marine marchande est presque aussi nombreuse
que celle d'Angleterre. De Liverpool à New-York,
c'est à peine si, durant tout le voyage, on aperçoit à l'horizon cinq ou six voiles, tant la mer
offre d'espace aux navires qui la sillonnent.

Peu d'entre nous conservaient donc l'espoir
d'être aperçus par un bâtiment quelconque. Nous
nous trouvions précisément dans l'une des parties les moins fréquentées de l'océan Atlantique,
en dehors de la ligne de navigation qui réunit
deux grandes puissances commerciales. L'Espa-
gne, qui autrefois envoyait un grand nombre de
vaisseaux dans l'Amérique du Sud, ne fait presque plus d'affaires avec ses anciennes colonies.
c'est l'Amérique du Nord qui s'est emparée de
presque tout le commerce des républiques de l'É-
quateur, et il n'était pas probable qu'un vaisseau
américain vînt à passer à l'endroit où nous nous
trouvions alors. Tout notre espoir était fondé sur
les navires portugais qui vont au Brésil. Nous espérions aussi rencontrer des négriers venant d'A-
frique, ou allant y chercher une nouvelle cargaison; peut-être un croiseur nous apercevrait-il, ou

des vaisseaux de guerre, en se dirigeant vers la
Terre de Feu pour aller dans la mer Pacifique.

On ne faisait pas autre chose sur le radeau,
que de discuter les moindres chances que nous
pouvions avoir d'être sauvés; la plupart de ces
bandits, qui composaient autrefois l'équipage de
la Pandore, étaient tous des marins expérimentés,
et ils connaissaient à merveille toutes les voies de
l'Océan. Quelques-uns d'entre eux pensaient que
notre position n'était pas trop désespérée; nous
pouvions dresser une voile en faisant un mât
avec des anspects et des rames : on nous apercevrait de loin; il était impossible qu'un navire ne
traversât pas cette région, il nous verrait et nous
déposerait sur le rivage.

Ainsi parlaient ceux des naufragés dont l'heureuse nature se rattachait à l'espoir; mais les
autres secouaient la tête d'un air triste; ils opposaient au raisonnement de leurs camarades un
langage plus sérieux, qui finissait par nous dé
courager. Il est de ces gens qui aiment toujours
à exposer le mauvais côté des choses, non pas
qu'ils y trouvent grand plaisir; mais c'est une
manière de se familiariser avec l'événement qu'ils
redoutent; s'il arrive, ils y sont préparés; si au
contraire leurs tristes prévisions ne se réalisent
pas, ils jouissent d'autant plus de ce bonheur
qu'ils s'y attendaient moins.

Ces derniers répétaient sans cesse que le nombre des navires qui sillonnaient cette partie de l'Océan était bien faible : et qu'en supposant même qu'il y en eût des centaines, ils ne pourraient pas s'approcher du radeau par le calme plat qui nous retenait immobiles; comme nous, ils seraient cloués au même endroit, jusqu'au moment où la brise viendrait gonfler leurs voiles. Le calme pouvait durer plusieurs semaines; et comment vivre en attendant?

Ces remarques désolantes conduisirent l'équipage à l'examen de nos ressources alimentaires : chose étrange, c'était l'eau qui nous manquait le moins; la futaille qui se trouvait sur le pont au moment de l'incendie avait été prise et déposée au milieu des espars, où elle flottait à côté du radeau. Cette découverte produisit un moment de joie parmi les naufragés, car en pareil cas l'eau est ce qu'il y a de plus important et ce dont, en général, on oublie de se munir.

Mais l'abattement succéda bientôt à la joie; on eut beau chercher dans toutes les caisses, ouvrir les barriques, fouiller dans tous les sacs, on ne trouva qu'une quarantaine de biscuits, pas assez pour faire un seul repas!

Cette nouvelle fut accueillie par les marques du plus profond chagrin; les uns s'abandonnèrent au désespoir, les autres à la fureur. On accabla de reproches ceux qui avaient été spécialement chargés d'approvisionner le radeau ; les accusés affirmèrent qu'ils avaient descendu un tonneau de porc ; mais où était-il ? On trouva effectivement une barrique, on s'empressa de la défoncer ; hélas ! c'était de la poix qu'elle contenait.

Il est impossible de décrire la scène qui suivit cette découverte ; les gros mots, les récriminations, les jurons les plus odieux, s'échangèrent entre tous ces désespérés, qui, pendant un instant, faillirent se battre. La poix fut jetée à la mer, et ceux qui l'avaient mise sur le radeau furent menacés du même sort. Quelle espérance nous restait-il ? combien de temps pourrions-nous vivre avec deux biscuits par tête ? Avant trois jours nous éprouverions toutes les tortures de la faim, et la mort la plus horrible nous emporterait tous avant qu'une semaine fût écoulée.

Cette affreuse certitude augmenta la colère des uns et l'abattement des autres ; les menaces et les blasphèmes continuèrent pendant toute la nuit, et je crus plus d'une fois qu'on allait vraiment jeter à la mer ceux qu'on accusait d'avoir trahi l'équipage.

Nous avions, en ' ange du tonneau de porc, une futaille qu'il aurait mieux valu abandonner aux flammes et qu'on n'avait pas oubliée ; son contenu était trop précieux pour que l'on ne se

fût pas, tout d'abord, empressé de la descendre.
C'était une pipe de rhum ; l'ivresse empêche de
ressentir les horreurs de la mort, et les matelots
qui ont perdu tout espoir s'y précipitent comme
dans les bras d'un ami : triste ressource que le
misérable appelle à ses derniers moments !

Était-ce la futaille que l'on avait descendue
dans la chaloupe et qui l'avait brisée en tombant?
je l'ignore ; mais la chose était possible. Toutefois, on pouvait en avoir trouvé d'autres sur le
navire : car, parmi les provisions du malheureux
négrier, cette affreuse liqueur était en abondance.
C'était la boisson favorite de l'équipage, la principale source des jouissances grossières de ces
hommes dissolus. D'une qualité fort commune,
on ne se donnait pas la peine de la mettre sous
clef ; ils en usaient librement, et il ne se passait
pas d'heure où l'un ou l'autre des matelots n'al-
lût s'abreuver à cette odieuse fontaine. Si le tonneau de porc était resté sur le navire, la pipe de
liqueur était là, qui pouvait le remplacer : il n'en
fallait pas davantage pour remonter le moral de
la plupart de ces infortunés ; et quelques-uns de
ces malheureux s'écrièrent, par une sorte de bravade que si le rhum ne les faisait pas vivre, il
leur rendrait la mort plus douce et plus facile.

CHAPITRE LXIII.

A peine le jour commençait-il à paraître, que tous les yeux se fixèrent à l'horizon : pas un point de la mer qui ne fût scruté d'un œil inquiet; pas un des naufragés qui ne s'efforçât de monter plus haut que ses camarades pour embrasser du regard une surface plus étendue. Mais l'horizon demeura désert; on ne voyait pas une voile, pas un mât, rien qui annonçât la vie, pas même un poisson qui agitât l'eau dormante, un oiseau qui vînt remuer de ses ailes l'atmosphère embrasée.

La guigue ne s'apercevait nulle part; elle s'était probablement éloignée dans une direction différente de celle que le radeau avait prise. On ne distinguait plus aucun vestige de *la Pandore* : ses derniers débris avaient disparu depuis longtemps.

Il était midi. Le soleil nous brûlait de ses rayons perpendiculaires, contre lesquels nous ne pouvions pas nous protéger. L'accalmie continuait toujours. Personne ne bougeait sur le radeau, qui restait immobile : à quoi bon changer de place?

Les uns étaient assis, les autres couchés sur les planches. La plupart étaient trop abattus pour avoir le courage d'aller et de venir; quelques-uns, d'une nature plus légère, ou dominés par l'influence du rhum qu'ils buvaient largement, causaient entre eux et parfois se disputaient.

A de fréquents intervalles, l'un ou l'autre se levait tout à coup, jetait les yeux sur l'horizon, et revenait sans rien dire à la place qu'il occupait auparavant, où son silence témoignait assez du triste résultat de son examen. L'apparition d'une voile aurait soulevé immédiatement des hourras enthousiastes de la part du plus flegmatique de l'équipage.

Lorsque midi arriva, tout le monde souffrait de la soif, et les gens qui avaient bu du rhum, encore plus que les autres.

Une portion d'eau fut distribuée à chacun; il avait été convenu qu'on nous en donnerait tous les jours une pinte, et que le biscuit serait également partagé entre tous. En temps ordinaire, une pinte d'eau [1] aurait suffi pour nous permettre de vivre; mais sous un soleil dont l'ardeur semblait dessécher nos veines, la soif devenait excessive, et la pinte d'eau s'avalait sans apporter le moindre soulagement à nos tortures. Je suis per-

1. Demi-litre.

suadé qu'un demi-gallon[1] ne m'aurait pas désal-
téré. La chaleur même de l'eau rendait encore
plus insuffisante la ration qui nous était donnée.
Le soleil, en frappant sur la barrique, en avait
échauffé le contenu au point de le faire presque
bouillir, et l'on n'éprouvait aucune satisfaction à
boire quelques gorgées d'eau chaude.

Il eût été facile de prévenir cet inconvénient en
couvrant la barrique de l'un des morceaux de
voile dont on ne se servait pas, et qui, étant
mouillé, aurait conservé à l'eau sa fraîcheur;
mais on n'avait pas songé à faire usage de ce procédé bien simple,

Le désespoir faisait des progrès rapides au milieu des naufragés : la torpeur commençait à les
gagner, et personne n'avait plus assez d'énergie
pour prendre la plus petite précaution.

Quant aux biscuits, nous en avions trop peu
pour que l'on songeât à en faire des rations quo-
tidiennes : un seul partage suffisait pour nous di-
viser tout ce qui était sur le radeau. La distribution faite, chaque homme en eut deux pour sa
part, et les sept ou huit qui restèrent furent joués
à la rafle, à raison d'un seul biscuit à la fois. Ja -
mais partie ne fut plus intéressante et plus vivement disputée; on aurait dit qu'une somme

---

1. Deux litres et quart

énorme en constituait l'enjeu. Mais quelle somme, en effet, aurait pu payer ces quelques bouchées de pain?

L'excitation bruyante causée par le jeu et par la quantité de liqueur absorbée depuis le matin dura quelques instants; mais après que le dernier biscuit eut été gagné, chacun retomba dans son affaissement, et le silence régna de nouveau parmi les naufragés.

Quelques-uns de ces malheureux, torturés par la faim, dévorèrent immédiatement leurs deux biscuits, tandis que les autres, plus prévoyants ou plus forts, n'en mangèrent qu'une portion et gardèrent le reste avec soin pour plus tard.

Au moment où le soleil allait se coucher, une grande agitation régna sur le radeau, et l'espérance se ranima dans tous les cœurs. L'un des hommes qui regardaient à l'horizon s'écria tout à coup: « Une voile! une voile! »

Il est impossible de se figurer la joie délirante que ces mots produisirent; chacun se leva en battant des mains et en vociférant des hourras insensés; les uns agitaient leurs chapeaux, les autres dansaient follement; les plus désespérés semblaient renaître à la vie.

Mais s'il était impossible de décrire la joie que ces paroles avaient d'abord produite parmi les naufragés, il l'est encore bien davantage de dépeindre la déception poignante de ces malheureux lorsqu'ils se furent assurés que cette nouvelle était fausse.

Aucun vaisseau n'apparaissait à l'horizon, rien ne se voyait à la surface de l'Océan. La voile qui avait été signalée n'existait que pour le malheureux qui l'avait vue dans son délire et dont les cris et les gestes prouvaient assez qu'il avait perdu la raison,

CHAPITRE LXIV.

On n'en pouvait douter, le malheureux était fou : sa raison n'avait pu résister aux horribles scènes de la nuit précédente. Quelques-uns de ses camarades s'écrièrent qu'il fallait le jeter à l'eau. Personne n'éleva la voix pour s'opposer à cette mesure odieuse, et déjà plusieurs individus s'apprêtaient à saisir le malheureux, quand celui-ci comprenant sans doute leur intention, se réfugia dans un coin, d'où il ne bougea plus et où on le laissa tranquille.

L'agitation produite par cet incident fut bientôt

dissipée, et le désespoir des matelots devint d'autant plus sombre, que leur espérance avait été plus vive.

La soirée s'écoula sans amener aucun changement. Toutefois, au milieu de la nuit, à la même minute que la veille, le temps fraîchit et l'on sentit la brise. Cela ne pouvait nous être d'aucune utilité ; mais, après l'horrible chaleur du jour, on éprouvait un soulagement réel de cette fraîcheur bienfaisante.

Plusieurs matelots voulaient qu'on étendît la voile. « A quoi bon ? demandaient les autres ; quand elle nous conduirait à trente ou quarante milles d'ici, nous n'en serions pas plus avancés ; nous n'avons pas plus de chance de rencontrer un navire en nous éloignant de l'endroit où nous sommes qu'en restant immobiles. La nourriture nous manque, et, puisqu'il faut mourir, la mort ne sera pas plus pénible à cette place qu'à vingt ou trente nœuds plus loin. »

Les premiers répondaient qu'en marchant nous avions plus de probabilités d'être aperçus d'un vaisseau ; que nous n'en serions pas plus mal, et que le hasard pouvait nous conduire dans un endroit plus fréquenté. « Et si au contraire nous nous éloignons davantage de la voie que parcourent les bâtiments ? » répondaient ceux qui penchaient pour l'immobilité. Car, à vrai dire, per-

sonne ne savait où nous étions ; et nous confier à
la brise, c'était marcher à l'aventure.

Toutefois, lorsqu'on est dans une situation
désespérée, le mouvement est moins pénible qu'un
repos absolu, et la majorité opinait pour que l'on
profitât du vent. On éleva donc un mât, ou plutôt
on en construisit deux avec des rames et des
anspects, et l'on tendit un morceau de voile de
l'un à l'autre sans vergues et sans cordages, car
on n'avait nulle intention d'opérer une manœuvre.
La voile était simplement tendue comme une couverture entre les deux mâts, afin d'opposer un
obstacle à la brise ; et le radeau, poussé par le
vent, marcha sans autre guide que le hasard, sur
le pied de trois ou quatre nœuds à l'heure.

Les naufragés se recouchèrent et tout devint silencieux ; quelques-uns s'endormirent et ronflè-
rent aussi fort que s'ils avaient été dans leur
lit ; d'affreux rêves semblaient troubler le sommeil
des autres ; leurs paroles entrecoupées rappelaient d'effroyables drames où le crime, peut-être,
avait une large part ; un petit nombre veilla toute
la nuit, s'agitant par intervalles sous l'influence
de la faim, de la soif, ou de la pensée d'une mort
prochaine.

Ben Brace et moi, nous étions toujours restés
sur nos deux planches ; les trente-deux hommes
qui se trouvaient sur le grand radeau l'occu-

paient entièrement, et, en définitive, nous étions
tout aussi bien, pour ne pas dire mieux, que nous
ne l'aurions été avec les autres. Nos planches
étaient recouvertes d'une voile et d'un morceau
de prélart qui consolidaient notre édifice et qui
formaient une couche moins dure que le plancher
nu et disjoint qui portait nos camarades.

Nous avions d'abord échangé quelques paroles;
mon brave ami s'était efforcé de relever mon courage; mais à la fin notre situation était devenue
tellement désespérée qu'il avait gardé le silence,
et lui-même, le plus brave de toute la bande, se
laissait envahir par le découragement.

La brise tomba au point du jour comme la nuit
précédente; une seconde matinée arriva, mais
sans qu'une voile apparût à l'horizon; le soleil
parcourut de nouveau le ciel embrasé. La nuit
ramena la brise, le radeau franchit quelques
milles; les jours et les nuits se succédèrent, j'a-
vais cessé de les compter. Aucun événement n'en
variait l'affreuse monotonie, si ce n'est de temps
à autre une querelle entre les naufragés; querelle sanglante, où les couteaux faisaient de profondes blessures.

Les animaux sauvages, les bêtes de proie les
plus féroces, se rallient sous l'influence d'un danger commun : le péril exaspérait au contraire les
passions farouches de ces hommes inhumains;

tout devenait pour eux un objet de dispute qui
dégénérait bientôt en combat; la distribution de
l'eau et du rhum, moins que cela, un regard, un
mouvement, suffisait pour faire naître une de ces
querelles, devenues si fréquentes que personne
n'y faisait plus attention.

Mais un nouvel incident allait bientôt avoir
pour moi un intérêt de la plus horrible nature;
je frissonne encore lorsque je pense à cette résolution, que l'on avait eu soin de bien cacher à
Ben Brace jusqu'au moment où elles nous fut
déclarée.

CHAPITRE LXV.

Les deux biscuits que l'on avait distribués à
chacun avaient été mangés immédiatement; depuis lors personne n'avait rien pris, à l'exception
des deux verres d'eau qui nous étaient distribués
chaque jour, et la faim commençait à devenir in-
tolérable. Quelques-uns d'entre nous avaient les
yeux caves, les joues creuses, les membres dé-
charnés; les autres paraissaient avoir engraissé:

non pas qu'ils eussent réellement pris de la chair,
mais leur visage était bouffi, leur corps gonflé
outre mesure; tous avaient dans le regard et autour de la bouche cette expression particulière
que l'on observe chez les chiens affamés, et qui
est encore plus marquée chez les loups tourmen-
tés par la faim.

Depuis quelque temps il paraissait exister une
secrète intelligence entre les meneurs de la
bande; car, au milieu des tortures que nous
subissions tous, quelques hommes énergiques
avaient pris sur les autres une certaine autorité.
J'étais d'abord resté fort indifférent à leurs conci-
liabules; mais je finis par observer que, tout en
se parlant à l'oreille, ils nous regardaient Ben
Brace et moi, d'une manière qui me parut signi-
ficative. Leurs regards faméliques me causaient
un singulier malaise, et toutes les fois que leurs
yeux rencontraient les miens, ils détournaient la
tête et paraissaient embarrassés, comme s'ils
avaient été surpris au milieu d'une action criminelle.

J'attribuai à la faim ce qu'il pouvait y avoir
d'étrange dans leur physionomie, et je ne m'en
préoccupai pas davantage.

Néanmoins, le jour suivant, les conversations se
multiplièrent et me parurent beaucoup plus animées qu'elles ne l'étaient la veille.

Bon Braco en fut également frappé, et, sans
connaître au juste le résultat de leurs délibéra-
tions, il devina mieux que moi quel était le but
de ces entretiens mystérieux, et crut devoir me
faire part de sa découverte, afin de me préparer,
aussi doucement que possible, à l'horrible décision qui nous serait communiquée.

« C'est l'un de nous qui va mourir, afin de
sauver les autres, me dit-il; on va tirer au sort,
et ils cherchent probablement de quelle manière
ils s'y prendront pour en arriver là. Nous aurons
peut-être bonne chance, mon enfant; il ne faut
pas désespérer. »

Comme il achevait sa phrase, l'un des matelots s'étant levé, réclama l'attention de ses camarades, annonçant qu'il avait à leur faire une proposition importante.

Venant tout de suite au fait, l'orateur déclara,
sans préambule, que la mort de l'un de nous
était indispensable; nous avions encore de l'eau;
mais ce n'était pas assez; tout le monde allait périr à moins qu'on n'eût à manger, et l'on ne pouvait avoir à manger que si l'on sacrifiait....

En un mot, l'orateur fut aussi clair que bref,
et, son discours terminé, il se recoucha tranquillement.

Après un instant de silence, un autre individu
se leva, prit la parole, exprima son adhésion au

projet que l'on venait d'entendre, et ajouta que celui d'entre nous qui devait mourir devait être choisi par le sort. Nous nous attendions à cette mesure, Ben Brace et moi; car il n'était pas probable que quelqu'un s'offrit volontairement à servir de nourriture aux autres.

Mais quelles ne furent pas ma terreur et la colère de mon ami, quand l'un des plus influents de la bande, non-seulement protesta contre le moyen qui venait d'être proposé, mais encore *me* désigna pour victime!

Un cri d'indignation s'échappa des lèvres de Ben; il avait bondi en entendant ces paroles et il regardait ses camarades avec confiance, comme s'il avait été sûr de trouver parmi eux des gens qui s'uniraient à lui pour combattre en ma faveur.

Personne, hélas! ne répondit à son attente; au contraire, la proposition fut accueillie avec tant d'empressement qu'il devenait certain qu'elle avait été convenue d'avance. C'était l'objet de ces entretiens mystérieux dont j'avais été frappé; les quelques individus qui n'étaient pas dans le secret, pauvres diables qui n'avaient pas voix au chapitre, n'essayèrent même pas de s'opposer à la majorité; je crois même qu'ils furent enchantés, pour leur compte, de la décision qu'on avait prise.

L'Américain féroce appuya sa proposition d'ar-

guments qui furent trouvés sans réplique : ils
étaient matelots, disait-il, et par conséquent mes
supérieurs, puisque je n'étais qu'un mousse ; pourquoi réclamerait-on, à mon égard, le bénéfice du
tirage au sort : l'égalité n'existant pas entre nous,
je ne devais pas être admis à partager les chances
que les autres naufragés pouvaient avoir ; rien
n'était plus évident.

Ben Brace en appela de ces paroles au cœur de
ses camarades, à leur équité, à leur honneur,
sentiments qu'ils n'avaient jamais eus. « Que le
sort en décide ! leur disait-il ; laissez-moi au
moins la chance que vous aurez vous mêmes ;
c'est ainsi que le veut la justice, que l'humanité l'exige. »

Mais ces bandits n'étaient pas des hommes Chacun d'entre eux se félicitait de cette décision qui
lui enlevait la crainte de se voir désigne par le
sort ; l'argument spécieux de l'Américain satisfai-
sait leur conscience, et la motion infâme, qui
avait été faite, prévalut contre les instances de
mon généreux ami.

CHAPITRE LXVI.

Il était donc bien décidé que j'allais mourir; il ne restait plus qu'à déterminer le genre de mort et l'instant du supplice, deux choses qui furent bientôt réglées : un coup de couteau dans la gorge devait à l'instant même arranger cette affaire.

On n'avait pas besoin de délibérer pour prendre cette détermination; la faim n'attend pas, et déjà six ou huit de ces bêtes féroces s'avançaient vers moi pour me saisir et pour exécuter l'odieuse sentence, lorsque Ben Brace, s'élançant d'un bond au-devant des cannibales, me couvrit de son corps, et, tirant son couteau, menaça de tuer le premier qui porterait la main sur moi.

« Arrière! s'écria-t-il, arrière! lâches que vous êtes! Nul ne touchera l'enfant sans m'avoir tué d'abord. Il est possible qu'il soit le premier qu'on mange; mais il y en aura d'autres qui mourront avant lui. »

La contenance intrépide que Ben opposait à mes bourreaux, son regard, son attitude, les firent

reculer immédiatement. Toutefois, c'était plutôt
la surprise que la crainte qui les avait arrêtés :
ils savaient d'avance que Ben Brace n'approuve-
rait pas ma mort, qu'il protesterait vivement contre elle ; mais ils ne croyaient pas qu'il essayât de
disputer ma vie à l'équipage entier.

Je me tenais à côté de mon protecteur, résolu
de combattre avec lui jusqu'à mon dernier souffle ; mon bras était trop faible pour me défendre
contre les hommes vigoureux qui venaient nous
attaquer ; mais il valait mieux mourir en se défen-
dant, que d'être égorgé de sang-froid comme un
animal de boucherie.

Tout à coup un changement s'opéra dans la
physionomie de Ben ; il agita la main pour annoncer qu'il avait quelque chose à proposer,
et réussit enfin à obtenir le silence qu'il demandait.

« Camarades, s'écria-t-il, comment pouvons-
nous songer à nous quereller dans la position où
nous sommes? »

La voix de Ben était devenue presque suppliante : il était évident qu'il cherchait à faire
accepter un compromis quelconque. En effet, il
eût été insensé de vouloir pousser plus loin la
lutte impossible qu'il avait déclarée tout d'abord.

« C'est une chose affreuse que de mourir, poursuivit-il ; je reconnais cependant que l'un d'entre

nous doit être sacrifié pour sauver tous les autres : cela vaut bien mieux que de périr tous ensemble ; mais vous savez qu'en pareil cas il est
d'usage que la personne qui doit mourir soit désignée par le sort.

— Nous ne voulons pas de cet usage-là, répondirent plusieurs voix en ajoutant à ces paroles
une kyrielle de jurons énergiques.

— Dans ce cas-là, continua Ben sans changer
de ton, puisque vous êtes tous du même avis, et
que le mousse doit être mangé le premier, je ne
vois pas pourquoi je m'y opposerais plus longtemps ; je suis d'accord avec vous, et je ne le dé-
fends plus. »

Ces paroles me frappèrent de stupeur, et je levai les yeux sur Ben Brace. Parlait-il sérieusement, et devais-je être abandonné à ces hommes
sans entrailles !

Il ne fit pas attention à moi ; il continua de regarder les matelots, et je crus m'apercevoir qu'il
avait encore quelque chose à leur dire.

« Mais, reprit-il en effet après un instant de silence, mais à une condition.

— Laquelle ? s'écrièrent plusieurs voix impa
tientes.

— Peu de chose, répondit Ben ; je demande seulement que vous le laissiez vivre jusqu'à demain
matin. Si, au lever du soleil, on n'aperçoit pas

de voile, vous agirez envers lui comme bon vous
semblera. Il est juste de lui accorder cette unique
chance de salut; d'ailleurs, si vous ne la lui don-
nez pas, ajouta-t-il en reprenant sa première attitude, je me battrai pour lui tant que j'en aurai
la force, et je vous répète que, s'il doit-être le
premier mangé, ce n'est pas lui qui mourra le
premier de vous tous. »

Les paroles de Ben produisirent l'effet qu'il en
avait espéré. Quelle que fût la dureté de ces hommes
sans cœur, ils ne pouvaient s'empêcher de reconnaître et d'avouer que cette demande était juste;
mais je crois que la fermeté avec laquelle mo t
généreux ami faisait mouvoir à leurs yeux la
lame brillante de son couteau, influa sur leur esprit plus que toute autre considération.

Toutefois, quel que fût le motif qui les déter-
mina, ils n'en acceptèrent pas moins la proposition de Ben; et ceux qui, l'instant d'avant, s'é-
taient approchés pour me saisir, se retirèrent
d'un air sombre, et allèrent se recoucher à la
place qu'ils occupaient ordinairement.

CHAPITRE LXVII.

Il serait difficile de décrire les émotions qui bouleversaient mon âme. Je venais d'échapper à un supplice immédiat; mais ce n'était que différé : ma mort n'en était pas moins certaine. Il y avait si peu de chance de rencontrer un vaisseau, qu'il m'était impossible de concevoir la moindre espérance.

Tous les efforts de Ben seraient inutiles; le jour viendrait, et comme il était sûr que l'on n'apercevrait pas de navire, mon protecteur serait forcé de tenir la parole qu'il avait donnée à mes bourreaux. J'éprouvais tout ce que ressent un condamné à mort qui sait l'heure de son exécution; toutefois avec cette différence que je n'avais pas de crime à expier et que mon supplice devait être celui d'un innocent.

Vous pensez bien qu'il me fut impossible de fermer l'œil. Qui aurait pu s'endormir en songeant à l'affreuse destinée qui m'attendait au réveil ? Avec quelle douleur je pensais alors à ma famille, à mes amis, à l'Angleterre, que je ne reverrais plus! avec quelle amertume je me reprochais la passion qui m'avait arraché de la maison pater- nelle!

Comme tant d'autres, hélas! qui ont follement agi, l'expérience venait trop tard; il n'était plus temps de se repentir.

Le lendemain, au lever du soleil, je devais être égorgé, sans qu'il y eût moyen de me défendre, et cette effroyable mort ne serait connue de per- sonne. Il était probable que mes bourreaux ne me survivraient pas longtemps; et si d'ailleurs quel · ques-uns d'entre eux étaient sauvés un jour, ils ne divulgueraient pas le secret de ma fin tragique. Personne n'entendrait parler de moi ; tous ceux dont j'étais aimé ignoreraient mon triste sort, et mieux valait qu'il en fût ainsi : mais quelle hor- rible destinée!

Ben Brace et moi nous étions toujours sur notre petit radeau ; nous nous trouvions si près l'un de l'autre que nos épaules se touchaient. Il aurait pu murmurer à mon oreille tout ce qu'il aurait voulu, sans que personne l'entendît ; mais il paraissait plongé dans de profondes méditations, et, comme il ne semblait pas disposé à rompre le silence, je m'abstins de lui adresser la parole.

La nuit arriva et promit d'être obscure ; dans la soirée de gros nuages s'étaient montrés à l'ho- rizon, et, quoique la mer fût toujours calme, on

prévoyait que le temps allait bientôt changer.
Après le coucher du soleil, ces nuages s'étaient
élevés de plus en plus, ils avaient couvert tout
le firmament et déployé devant la lune un rideau
si épais, qu'elle avait complétement disparu à nos
egards.

La mer, au lieu de briller autour de nous
comme pendant les nuits précédentes, réfléchissait les nuages, qui la coloraient d'une teinte
sombre en harmonie avec mes tristes pensées.

Je fis remarquer à mon compagnon le changement qui s'était opéré dans l'atmosphère, et je ne
pus m'empêcher de lui dire que je trouvais la
nuit bien noire.

« Tant mieux, enfant! » répondit-il d'une voix
brève; et il retomba dans le silence qu'il avait
gardé jusque-là.

Je restai longtemps préoccupé de sa réponse.

« Tant mieux! répétais-je en moi-même; qu'est-
ce qu'il a voulu dire? A quoi l'obscurité peut-elle
nous être bonne? Quel avantage peut-il trouver
à ce que le temps soit obscur? Les ténèbres, si
profondes qu'elles puissent être, n'amèneront pas
de navires dans ces parages; le soleil ne s'en lèvera pas moins, et, au point du jour, il me
faudra mourir. Que signifie donc cette parole
de Ben Brace, et pourquoi m'a-t-il fait cette réponse? Était-ce avec l'intention de m'encourager.

de me rendre un peu d'espoir? ou l'a-t-il proférée machinalement, sans savoir ce qu'il disait?

« Il est impossible qu'il ait songé à me donner d: l'espérance; depuis le moment où il a obtenu pour moi le répit de quelques heures, il ne m'a pas même adressé la parole; à quoi bon? Il n'y a pas de consolation, pas de soulagement à m'offrir, et cependant il m'a bien dit : Tant mieux ! »

J'allais enfin lui demander ce qu'il avait voulu dire; mais au moment où je me disposais à le faire, il se retourna sur lui-même, et il me devint impossible de lui parler assez bas pour que les autres n'entendissent point mes paroles; il étaⁱt plus prudent de garder le silence, et j'attendis une meilleure occasion pour questionner Ben Brace à l'égard de cette réponse que je ne pouvais comprendre.

CHAPITRE LXVIII.

Les ténèbres étaient devenues tellement épais-ses que je distinguais à peine mon compagnon qui se trouvait auprès de moi; le grand radeau lui-même ne formait plus à mes yeux qu'une masse informe dont la voile blanche se détachait vaguement sur le fond noir du ciel.

Malgré cette profonde obscurité, j'avais cru voir que Ben Brace avait son couteau à la main, et qu'il le tenait comme un homme qui est prêt à en faire usage; mais quelle pouvait être son intention?

Tout à coup il me vint à l'idée qu'il soupçonnait quelque chose, qu'il avait peur que mes bourreaux ne voulussent pas attendre jusqu'au lendemain pour exécuter leur odieux projet et que, redoutant une attaque de leur part, il s'était placé entre eux et moi, afin de me défendre si les matelots manquaient à leur parole. L'attitude qu'il avait prise pouvait donner lieu à cette supposition, qui m'était confirmée par la manière dont il tenait son couteau.

Ainsi que je l'ai rappelé dans le chapitre précédent, Ben Brace et moi nous étions toujours sur les deux planches qui nous avaient portés depuis l'instant où nous avions quitté *la Pandore*; elles étaient attachées à l'arrière du grand radeau, c'est-à-dire que, lorsque celui-ci était poussé par la brise, nous nous trouvions dans son sillage. La figure de mon protecteur se trouvait tournée du côté des matelots; il me sembla qu'il n'était plus couché, mais accroupi comme un homme

qui cherche quelque chose. Dans tous les cas, il
était impossible d'arriver jusqu'à moi sans passer
sur son corps, et c'est pourquoi je supposais qu'il
avait pris cette position afin de veiller à ma défense.

Non-seulement l'obscurité devenait de plus en
plus profonde, mais la brise, beaucoup plus forte
qu'à l'ordinaire, s'était levée à la même heure que
la nuit précédente, et le radeau glissait rapidement
sur la mer, en produisant un bruit qui annonçait
la vitesse de sa marche.

Plongé dans une sorte de stupeur, j'écoutais ce
bruit monotone qui engourdissait ma pensée, lorsque je fus tiré d'une rêverie par cette observation
qui me frappa tout à coup : le froissement de l'eau
était moins fort, le bruit s'affaiblissait peu à peu,
et je finis par ne plus rien entendre.

La voile était probablement tombée, car la brise
soufflait toujours avec la même force, et le radeau
ne marchait plus.

J'écoutai de nouveau en redoublant d'attention;
et, à ma grande surprise, j'entendis encore le
bruit du radeau, mais dans le lointain. Comme
j'allais demander à mon compagnon l'explication
de ce phénomène, un cri frénétique retentit sur
la mer et fut suivi d'un bourdonnement confus de
voix animées qui arrivaient jusqu'à nous.

« Sauvés ! m'écriai-je en me levant tout ému ;

sauvés! n'est-ce pas, c'est un navire qui approche?

— Oui, nous sommes sauvés, enfant, ma's seulement de ces misérables, répondit une voix que je reconnus pour celle de Ben Brace ; le vent pousse

Ben Brace et le petit Will abandonnant le radeau.

au loin tous ces lâches, et, tant qu'il soufflera, nous n'avons rien à craindre. »

J'aperçus alors un point blanchâtre qui ne tarda pas à disparaître : c'était la voile du radeau qui fuyait devant la brise.

Ben avait coupé les cordes qui reliaient nos planches à celles des naufragés, et ceux-ci étaient déjà à plusieurs centaines de mètres de l'endroit où nous étions restés. Au milieu des ténèbres qui nous enveloppaient tous, l'équipage n'avait pas surpris la manœuvre de Ben ; mais il avait fini par découvrir que nous étions séparés de lui, et c'est alors qu'il avait exprimé sa colère et son désappointement par les cris et les menaces qui avaient frappé mon oreille.

« Ne crains rien, ils ne peuvent plus nous attaquer, me dit mon brave protecteur ; quand même ils essayeraient de nous rejoindre lorsque la brise tombera, nous ferions marcher notre radeau plus vite que leur pesante machine. Toutefois, comme il vaut mieux augmenter la distance qui est entre nous et ces bandits, tiens, enfant, voilà pour toi, et rame avec courage. »

Je ne sais pas comment Ben avait fait, mais il était parvenu à se procurer deux rames, qu'il avait enlevées du grand radeau ; il m'en donna une, s'empara de la seconde, et, nageant dans le sens opposé à l'équipage, c'est-à-dire contre le vent, nous continuâmes de ramer pendant le reste de la nuit.

Nous nous arrêtâmes lorsque le jour vint à paraître, et, nous reposant de nos fatigues, nous jetâmes les yeux autour de nous, espérant qu'une voile se dessinerait à l'horizon.

Mais rien ne frappa nos regards, la mer était

Débarcadère de la Havane

désorte, le radeau avait complétement disparu : nous étions seuls à la surface de l'Océan !

Je pourrais vous raconter les autres périls qu'il nous a fallu traverser, mon brave compagnon et moi, avant d'arriver à cette heure bénie où nos yeux découvrirent enfin les voiles blanches d'un navire, d'un beau vaisseau qui nous prit à son bord, et grâce auquel nous avons revu l'Angleterre et tous ceux que nous aimions. Mais je ne veux pas vous fatiguer de ces détails ; qu'il me suffise de vous dire que nous avons été sauvés : comment, sans cela, aurais-je pu vous raconter cette histoire ?

Oui, nous vivons encore, mon compagnon et moi, et nous sommes restés marins, parcourant toujours la mer, non plus, il est vrai, sous la domination d'un monstre comme le chef du négrier. Nous sommes tous les deux capitaines, moi d'un navire appartenant à la Compagnie des Indes, et mon brave ami d'une grande barque tout aussi belle que l'était *la Pandore*, et dont il est actionnaire.

Ben Brace fait toujours le commerce avec la côte d'Afrique, mais un commerce honnête et légitime : sa cargaison est composée d'ivoire, de poudre d'or, d'huile de palme, de plumes d'autruche, et non pas de chair humaine. Il a fait de nonnes affaires et chaque fois qu'il revient au pays, il dépose a la Banque, ou ailleurs, une somme d'argent considérable. Je me réjouis de sa prospérité, et je suis convaincu, lecteur, que vous prenez part à la joie de cet excellent ami.

Quant à ceux qui composaient l'équipage de *la Pandore*, pas un des forbans qui étaient dans la guigue, ou sur les planches du radeau, n'a jamais revu le rivage; ils ont tous péri misérablement sans qu'une main les ait assistés, qu'une larme ait été donnée à leur mémoire. Dieu seul contempla leur agonie; et quand un navire, ayant aperçu le radeau, s'en approcha pour sauver les malheureux qu'il portait, ceux-ci n'existaient plus : leurs victimes étaient vengées.

FIN.

Anonyme : *Les fêtes d'enfants, scènes et dialogues ;* 5e édition. 1 vol. avec 41 gravures d'après Foulquier.

Assollant (A.) : *Les aventures merveilleuses mais authentiques du capitaine Corcoran ;* 8e édit. 2 vol. avec 50 grav. d'après A. de Neuville.

Barrau (Th.) : *Amour filial ;* 5e édition. 1 vol. avec 41 gravures d'après Feragio.

Bawr (Mme de) : *Nouveaux contes ;* 6e édition. 1 vol. avec 40 gravures d'après Bertall.
Ouvrage couronné par l'Académie française.

Belèze : *Jeux des adolescents ;* 6e édition. 1 vol. avec 140 gravures.

Berquin : *Choix de petits drames et de contes ;* 2e édition. 1 vol. avec 36 gravures d'après Foulquier, etc.

Berthet (E.) : *L'enfant des bois ;* 8e édition. 1 vol. avec 61 gravures.

– *La petite Chailloux.* 1 vol. avec 44 gravures d'après Bayard et J. Fraipont.

Blanchère (De la) : *Les aventures de La Rauve et de ses trois compagnons ;* 4e édit. 1 vol. avec 36 gravures d'après E. Forest.

— *Oncle Tobie le pêcheur ;* 3e édit. 1 vol. avec 80 gravures d'après Foulquier et Mesnel.

Boiteau (P.) : *Légendes recueillies ou composées pour les enfants ;* 3e édition. 1 vol. avec 42 gravures d'après Bertall.

Carpentier (Mlle) : *La maison du bon Dieu ;* 2e édit. 1 vol. avec 58 gravures d'après Riou.

— *Sauvons-le !* 2e édition. 1 vol. avec 40 gravures d'après Riou.

— *Le secret du docteur,* ou la Maison fermée ; 2e édition. 1 vol. avec 43 gravures d'après Girardet.

— *La tour du Preux.* 1 vol. avec 60 gravures d'après Tofani.

— *Pierre le Tors.* 1 vol. avec 56 gravures d'après E. Zier.

— *La dame bleue.* 1 vol. avec 49 gravures d'après E. Zier.

Carraud (Mme) : *La petite Jeanne ;* 10e édit. 1 vol. avec 91 gravures d'après Forest.
Ouvrage couronné par l'Académie française.

— *Les métamorphoses d'une goutte d'eau.* 5e édition. 1 vol. avec 50 gravures d'après E. Bayard.

Castillon (A.) : *Récréations physiques ;* 8e édition. 1 vol. avec 36 grav. d'après Castelli.

— *Récréations chimiques ;* 5e édit. 1 vol. avec 34 grav. d'après H. Castelli.

Cazin (Mme) : *Les petits montagnards ;* 2e édition. 1 vol. avec 51 grav. d'après G. Vuillier.

— *Un drame dans la montagne ;* 2e édit. 1 vol. avec 33 gravures d'après G. Vuillier.

— *Histoire d'un pauvre petit.* 1 vol. avec 60 gravures d'après Tofani.

— *L'enfant des Alpes ;* 2e édition. 1 vol. avec 33 gravures d'après Tofani.
Ouvrage couronné par l'Académie française.

— *Perlette.* 1 vol. avec 54 gravures d'après Myrbach.

— *Les saltimbanques,* scènes de la montagne. 1 vol. avec 65 gravures d'après Girardet.

— *Le petit chevrier.* 1 vol. avec 39 gravures d'après Vuillier.

— *Jean le Savoyard.* 1 vol. avec 51 grav. d'après Slom.

— *Les orphelins bernois.* 1 vol. avec 58 gravures d'après E. Girardet.

Chabreul (Mme de) : *Jeux et exercices des jeunes filles ;* 6e édition. 1 vol. avec la musique des rondes et 55 gravures d'après Fath.

Chéron de la Bruyère (Mme) : *Giboulée.* 1 vol. illustré de 24 gravures d'après Zier.

— *La tour grise.* 1 vol. ill. de 25 grav. d'après Zier.

Cim (Albert) : *Mes amis et moi.* 1 vol. avec 16 grav. d'après Ferdinandus et Slom.

— *Entre camarades.* 1 vol. illustré de 20 gravures d'après Ferdinandus.

Colet (Mme L.) : *Enfances célèbres ;* 12e édit. 1 vol. avec 57 gravures d'après Foulquier.

Colomb (Mme J.) : *Souffre-Douleur*, 1 vol. avec 49 gravures d'après Mlle Lancelot.

Contes anglais, traduits par Mme de Witt. 1 vol. avec 43 gravures d'après E. Morin.

Deschamps (F.) : *Mon amie Georgette*. 1 vol. illustré de 43 gravures d'après Robaudi.

— *Mon ami Jean*. 1 vol. illustré de 40 gravures d'après Robaudi.

— *L'intrépide Marcel*. 1 vol. illustré de 40 gravures d'après Robaudi.

Deslys (Ch.) : *Grand'maman*. 1 vol. avec 29 gravures d'après Ed. Zier.

Edgeworth (Miss) : *Contes de l'adolescence*. 1 vol. avec 42 gravures d'après Morin.

— *Contes de l'enfance*. 1 vol. avec 27 gravures d'après Foulquier.

— *Demain*, suivi de *Mourad le malheureux*. 1 vol. avec 55 gravures d'après Bertall.

Fath (G.) : *Bernard, la gloire de son village*. 1 vol. avec 56 gravures d'après l'auteur.
Ouvrage couronné par l'Académie française.

Fleuriot (Mlle Z.) : *Le petit chef de famille*; 9e édit. 1 vol. avec 57 grav. d'après Castelli.

— *Plus tard*, ou le Jeune Chef de famille; 6e édit. 1 vol. avec 60 grav. d'après E. Bayard.

— *Un enfant gâté*; 5e édition. 1 vol. avec 48 gravures d'après Ferdinandus.

— *Tranquille et Tourbillon*; 3e édition. 1 vol. avec 45 gravures d'après C. Delort.

— *Cadette*; 3e édit. 1 vol. avec 25 grav. d'après Tofani.

— *En congé*; 6e édit. 1 vol. avec 61 gravures d'après A. Marie.

— *Bigarrette*; 6e édit. 1 vol. avec 55 gravures d'après A. Marie.

— *Bouche-en-Cœur*; 3e édit. 1 vol. avec 45 gravures d'après Tofani.

— *Gildas l'Intraitable*; 2e édit. 1 vol. avec 56 gravures d'après E. Zier.

— *Parisiens et montagnards*. 1 vol. avec 49 gravures d'après E. Zier.

Foe (De) : *La vie et les aventures de Robinson Crusoé*, édit. abrégée. 1 vol. avec 40 grav.

Fonvielle (W. de) : *Néridah*. 2 vol. avec 40 gravures d'après Sahib.

Fresneau (Mme), née Ségur : *Comme les grands!* 1 vol. avec 46 grav. d'après Ed. Zier.

— *Thérèse à Saint-Domingue*, 1 vol. avec 49 gravures d'après Tofani.

— *Les protégés d'Isabelle*. 1 vol. avec 50 grav.

— *Deux abandonnées*. 1 vol. illustré de 42 gravures d'après M. Orange.

Froment: *Petit-Prince*. 1 vol. illustré de 5 gravures d'après Vogel.

Genlis (Mme de) : *Contes moraux*. 1 vol. avec 40 gravures d'après Foulquier, etc.

Gérard (A.) : *Petite Rose. — Grande Jeanne*. 1 vol. avec 28 gravures d'après C. Gilbert.

Girardin (J.) : *La disparition du grand Krause*; 2e édition. 1 vol. avec 70 gravures d'après Kauffmann.

Giron (Aimé) : *Ces pauvres petits!* 2e édition. 1 vol. avec 22 grav. d'après B. de Monvel, etc.

— *Contes à nos petits rois*. 1 vol. avec 23 grav. d'après Blanchard, Vogel et Zier.

Gouraud (Mlle J.) : *Les enfants de la ferme*; 5e édit. 1 vol. avec 59 grav. d'après E. Bayard.

— *Le livre de maman*; 4e édition. 1 vol. avec 68 gravures d'après E. Bayard.

— *Cécile*, ou la Petite Sœur; 7e édition. 1 vol. avec 26 gravures d'après Desandré.

— *Lettres de deux poupées*; 6e édition. 1 vol. avec 59 grav. d'après Olivier.

— *Le petit colporteur*; 6e édition. 1 vol. avec 27 gravures d'après A. de Neuville.

— *Les mémoires d'un petit garçon*; 9e édit. 1 vol. avec 86 gravures d'après E. Bayard.

— *Les mémoires d'un caniche*; 9e édition. 1 vol. avec 75 gravures d'après E. Bayard.

— *L'enfant du guide*; 6e édition. 1 vol. avec 60 gravures d'après E. Bayard.

— *Petite et grande*; 4e édition. 1 vol. avec 48 gravures d'après E. Bayard.

Gouraud (Mlle J.) (suite) : *Les quatre pièces d'or;* 5ᵉ édition. 1 vol. avec 51 gravures d'après E. Bayard.
— *Les deux enfants de Saint-Domingue;* 4ᵉ édit. 1 vol. avec 51 grav. d'après E. Bayard.
— *La petite maîtresse de maison;* 5ᵉ édit. 1 vol. avec 37 gravures d'après A. Marie.
— *Les filles du professeur;* 3ᵉ édit. 1 vol. avec 36 gravures d'après Kauffmann.
— *La famille Harel;* 2ᵉ édit. 1 vol. avec 48 gravures d'après Valnay et Ferdinandus.
— *Aller et retour;* 2ᵉ édition. 1 vol. avec 40 gravures d'après Ferdinandus.
— *Les petits voisins;* 2ᵉ édition. 1 vol. avec 39 gravures d'après C. Gilbert.
— *Le petit bonhomme.* 1 vol. avec 45 gravures d'après Ferdinandus.
— *Pierrot.* 1 vol. avec 31 grav. d'après Zier.
— *Minette.* 1 vol. avec 52 grav. d'après Tofani.
— *Quand je serai grande.* 1 vol. avec 36 gravures d'après Ferdinandus.

Grimm (Les frères) : *Contes choisis,* trad. de l'allemand. 1 vol. avec 40 grav. d'après Bertall.

Hauff : *La caravane,* trad. de l'allemand, 5ᵉ édition. 1 vol. avec 40 grav. d'après Bertall.
— *L'auberge du Spessart,* 5ᵉ édition. 1 vol. avec 61 grav. d'après Bertall.

Hawthorne : *Le livre des merveilles,* trad. de l'anglais; 3ᵉ édit. 2 vol. avec 40 grav. d'après Bertall.

Johnson : *Dans l'extrême Far West,* traduit de l'anglais par A. Talandier; 2ᵉ édition. 1 vol. avec 20 gravures d'après A. Marie.

Marcel (Mme J.) : *L'école buissonnière;* 4ᵉ édit. 1 vol. avec 20 gravures d'après A. Marie.
— *Le bon frère;* 4ᵉ édition. 1 vol. avec 21 gravures d'après E. Bayard.
— *Les petits vagabonds;* 4ᵉ édition. 1 vol. avec 25 gravures d'après E. Bayard.
— *Histoire d'une grand'mère et de son petit-fils.* 1 vol. avec 36 gravures d'après Delort.

Marcel (Mme J.) (suite) : *Daniel;* 2ᵉ édition. 1 vol. avec 45 gravures d'après Gilbert.
— *Le frère et la sœur.* 1 vol. avec 45 gravures d'après E. Zier.
— *Un bon gros pataud.* 1 vol. avec 46 gravures d'après Jeanniot.
— *Un bon oncle.* 1 vol. avec 56 grav. d'après F. Régamey.

Maréchal (Mlle) : *La dette de Ben-Aïssa;* 4ᵉ édit. 1 vol. avec 20 grav. d'après Bertall.
— *Nos petits camarades;* 2ᵉ édition. 1 vol. avec 18 gravures d'après E. Bayard et H. Castelli.
— *La maison modèle;* 3ᵉ édition. 1 vol. avec 42 gravures d'après Sahib.

Martignat (Mlle de) : *Les vacances d'Élisabeth;* 3ᵉ édit. 1 vol. avec 46 grav. d'après Kauffmann.
— *L'oncle Roni;* 2ᵉ édition. 1 vol. avec 42 gravures d'après Gilbert.
— *Ginette;* 2ᵉ édit. 1 vol. avec 50 gravures d'après Tofani.
— *Le manoir d'Yolau;* 2ᵉ édition. 1 vol. avec 50 gravures d'après Tofani.
— *Le pupille du général.* 1 vol. avec 40 gravures d'après Tofani.
— *L'héritière de Maurirèze.* 1 vol. avec 41 gravures d'après Poirson.
— *Une vaillante enfant;* 2ᵉ édit. 1 vol. avec 43 gravures d'après Tofani.
— *Une petite nièce d'Amérique.* 1 vol. avec 43 gravures d'après Tofani.
— *La petite fille du vieux Thémi.* 1 vol. avec 44 gravures d'après Tofani.

Mayne-Reid (Le capitaine) : *Œuvres* traduites de l'anglais :
— *Les chasseurs de girafes.* 1 vol. avec 10 gravures d'après A. de Neuville.
— *A fond de cale,* voyage d'un jeune marin à travers les ténèbres. 1 vol. avec 12 grandes gravures.
— *A la mer!* 1 vol. avec 12 grandes gravures.
— *Bruin,* ou les Chasseurs d'ours. 1 vol. avec 8 grandes gravures.
— *Le chasseur de plantes.* 1 vol. avec 12 grandes gravures.
— *Les exilés dans la forêt.* 1 vol. avec 12 grandes gravures.
— *L'habitation du désert,* ou Aventures d'une famille perdue dans les solitudes de l'Amérique. 1 vol. avec 23 grandes gravures d'après G. Doré.

Mayne-Reid (Le capitaine) (suite) : *Les grimpeurs de rochers*, suite du *Chasseur de plantes*, 1 vol. avec 20 grandes gravures,

— *Les peuples étranges*, 1 vol. avec 8 gravures.

— *Les vacances des jeunes Boers*, 1 vol. avec 12 grandes gravures.

— *Les veillées de chasse*, 1 vol. avec 15 gravures d'après Freeman.

— *La chasse au Léviathan*, 1 vol. avec 51 gravures d'après Ferdinandus et Weber.

Meyners d'Estrey : *Les aventures de Gérard Hendriks à la recherche de son frère*, 1 vol. illustré de 15 gravures d'après Mme P. Crampel.

— *Au pays des diamants*, 1 vol. illustré de gravures d'après Riou.

Moussac (Mme la marquise de) : *Popo et Lili, histoire de deux jumeaux*, 1 vol. avec 58 grav. d'après Zier.

Muller (E.) : *Robinsonnette*; 4ᵉ édition. 1 vol. avec 22 gravures d'après Lix.

Peyronny (Mme de) : *Deux cœurs dévoués*; 4ᵉ édit. 1 vol. avec 53 grav. d'après Devaux.

Pitray (Mme de) : *Les enfants des Tuileries*; 1ʳᵉ édit. 1 vol. avec 20 grav. d'après E. Bayard.

— *Les débuts du gros Philéas*; 4ᵉ édition. 1 vol. avec 57 gravures d'après H. Castelli.

— *Le château de la Pétaudière*; 3ᵉ édition. 1 vol. avec 78 gravures d'après A. Marie.

— *Le fils du maquignon*; 2ᵉ édition. 1 vol. avec 63 gravures d'après Riou.

— *Petit Monstre et Poule Mouillée*; 6ᵉ mille. 1 vol. avec 36 gravures d'après E. Girardet.

— *Robin des Bois*. 1 vol. avec 40 gravures d'après Sirouy.

— *L'usine et le château*. 1 vol. avec 44 grav. d'après Robaudi.

— *L'arche de Noé*. 1 vol. illustré d'après Robaudi.

Rendu (V.) : *Mœurs pittoresques des insectes*. 1 vol. avec 49 gravures.

Sandras (Mme) : *Mémoires d'un lapin blanc*; 5ᵉ édit. 1 vol. avec 20 grav. d'après E. Bayard.

Sannois (Mme de) : *Les soirées à la maison*; 3ᵉ édit. 1 vol. avec 42 grav. d'après E. Bayard.

Ségur (Mme de) : *Après la pluie le beau temps*; nouvelle édition. 1 vol. avec 128 gravures d'après E. Bayard.

— *Comédies et proverbes*; nouvelle édition. 1 vol. avec 60 gravures d'après E. Bayard.

— *Diloy le Chemineau*; nouvelle édition. 1 vol. avec 90 gravures d'après H. Castelli.

— *François le Bossu*; nouvelle édition. 1 vol. avec 111 gravures d'après E. Bayard.

— *Jean qui grogne et Jean qui rit*, nouvelle édition. 1 vol. avec 70 grav. d'après H. Castelli.

— *La fortune de Gaspard*; nouvelle édit. 1 vol. avec 32 gravures d'après Gerlier.

— *La sœur de Gribouille*; nouvelle édition. 1 vol. avec 72 gravures d'après Castelli.

— *Pauvre Blaise*; nouvelle édition. 1 vol. avec 96 gravures d'après H. Castelli.

— *Quel amour d'enfant!* nouvelle édition. 1 vol. avec 79 gravures d'après E. Bayard.

— *Un bon petit diable*; nouvelle édition. 1 vol. avec 100 gravures d'après Castelli.

— *Le mauvais génie*; nouvelle édition. 1 vol. avec 90 gravures d'après E. Bayard.

— *L'auberge de l'Ange-Gardien*; nouvelle édition. 1 vol. avec 75 grav. d'après Foulquier.

— *Le général Dourakine*; nouvelle édition. 1 vol. avec 100 gravures d'après E. Bayard.

— *Les bons enfants*; nouvelle édition. 1 vol. avec 70 grav. d'après Ferogio.

— *Les deux nigauds*; nouvelle édition. 1 vol. avec 76 grav. d'après Castelli.

— *Les malheurs de Sophie*; nouvelle édition. 1 vol. avec 48 gravures d'après Castelli.

— *Les petites filles modèles*; nouvelle édition. 1 vol. avec 21 grandes gravures d'après Bertall.

— *Les vacances*; nouvelle édition. 1 vol. avec 36 gravures d'après Bertall.

Ségur (Mme de) (suite) : *Mémoires d'un âne*; nouvelle édition. 1 vol. avec 75 gravures d'après Castelli.

Stolz (Mme de) : *La maison roulante*; 7e édit. 1 vol. avec 20 gravures d'après E. Bayard.

— *Le trésor de Nanette*; 6e édition. 1 vol. avec 25 gravures d'après E. Bayard.

— *Blanche et Noire*; 4e édition 1 vol. avec 51 gravures d'après E. Bayard.

— *Par-dessus la haie*; 4e édition. 1 vol. avec 56 gravures d'après A. Marie.

— *Les poches de mon oncle*; 5e édition. 1 vol. avec 20 gravures d'après Bestall.

— *Les vacances d'un grand-père*; 4e édition. 1 vol. avec 40 gravures d'après G. Delafosse.

— *Le vieux de la forêt*; 3e édition. 1 vol. avec 40 gravures d'après Sahib.

— *Les deux reines*; 2e édit. 1 vol. avec 32 gravures d'après Delort.

— *Les mésaventures de Mlle Thérèse*; 3e édition. 1 vol. avec 29 gravures d'après Charles.

— *Les frères de lait*; 2e édition. 1 vol. avec 42 gravures d'après E. Zier.

— *Magali*; 2e éd. 1 vol. avec 36 grav. d'après Tofani.

— *Les deux André*. 1 vol. avec 45 gravures d'après Tofani.

Stolz (Mme de) (suite) : *Deux tantes*. 1 vol. avec 43 grav. d'après Ed. Zier.

— *Violence et bonté*. 1 vol. avec 36 gravures d'après Tofani.

— *L'embarras du choix*. 1 vol. avec 40 gravures d'après Tofani.

— *Petit Jacques*. 1 vol. avec 48 gravures d'après Tofani.

— *La famille Coquelicot*. 1 vol. illustré de 30 gravures d'après Jeanniot.

Swift : *Voyages de Gulliver*, traduits de l'anglais et abrégés à l'usage des enfants. 1 vol. avec 57 gravures d'après G. Delafosse.

Tournier : *Les premiers chants*, poésies à l'usage de la jeunesse; 2 édition. 1 vol. avec 20 gravures d'après Gustave Roux.

Verley : *Miss Fantaisie*. 1 vol. avec 36 grav. d'après Zier.

Vimont (Ch.) : *Histoire d'un navire*; 5e édit. 1 vol. avec 40 grav. d'après Alex. Vimont.

Witt (Mme de), née Guizot : *Enfants et parents*; 4e édition. 1 vol. avec 31 gravures d'après A. de Neuville.

— *La petite fille aux grand'mères*; 4e édit. 1 vol. avec 36 gravures d'après Beau.

— *En quarantaine*, jeux et récits; 2e édit. 1 vol. avec 48 gravures d'après Ferdinandus.

3e SÉRIE. — POUR LES ADOLESCENTS
DE 14 A 18 ANS

VOYAGES

Agassiz (M. et Mme) : *Voyage au Brésil*, traduit et abrégé par J. Belin-de Launay; 3e édition. 1 vol. avec 15 gravures et 1 carte.

Aunet (Mme d') : *Voyage d'une femme au Spitzberg*; 6e édit. 1 vol. avec 31 gravures.

Baines : *Voyages dans le sud-ouest de l'Afrique*, traduits et abrégés par J. Belin-de Launay; 2e édit. 1 vol. avec 22 grav. et 1 carte.

Baker : *Le lac Albert*. Nouveau voyage aux sources du Nil, abrégé par J. Belin-de Launay; 2e édit. 1 vol. avec 16 grav. et 1 carte.

Baldwin : *Du Natal au Zambèze*, 1851-1866. Récits de chasses, abrégés par J. Belin-de Launay; 3e édit. 1 vol. avec 24 grav. et 1 carte.

Burton (Le capitaine) : *Voyages à la Mecque, aux grands lacs d'Afrique et chez les Mormons*, abrégés par J. Belin-de Launay; 2e édit. 1 vol. avec 12 gravures et 3 cartes.

Catlin : *La vie chez les Indiens*, traduite de l'anglais ; 6ᵉ édition. 1 vol. avec 25 gravures.

Fonvielle (W. de) : *Le glaçon du Polaris, aventures du capitaine Tyson* ; 3ᵉ édit. 1 vol. avec 19 gravures et 1 carte.

Hayes (Dr) : *La mer libre du pôle*, traduite par F. de Lanoye et abrégée par J. Belin-de Launay ; 2ᵉ édition. 1 vol. avec 11 gravures et 1 carte.

Hervé et de Lanoye : *Voyage dans les glaces du pôle arctique* ; 6ᵉ édition. 1 vol. avec 40 gravures.

Lanoye (F. de) : *Le Nil, son bassin et ses sources* ; 4ᵉ édit. 1 vol. avec 32 gravures et cartes.
— *La Sibérie* ; 2ᵉ édition. 1 vol. avec 48 gravures d'après Lebreton, etc.
— *Les grandes scènes de la nature* ; 5ᵉ édit. 1 vol. avec 40 gravures.
— *La mer polaire, voyage de l'Erèbe et de la Terreur* ; 4ᵉ édit. 1 vol. avec 99 gravures et des cartes.

Livingstone : *Explorations dans l'Afrique australe*, abrégées par J. Belin-de Launay ; 5ᵉ édit. 1 vol. avec 20 gravures et 1 carte.
— *Dernier journal*, abrégé par J. Belin-de Launay ; 2ᵉ édition. 1 vol. avec 16 gravures et 1 carte.

Mage (E.) : *Voyage dans le Soudan occidental*, abrégé par J. Belin-de Launay ; 2ᵉ édit. 1 vol. avec 16 gravures et 1 carte.

Milton et Cheadle : *Voyage de l'Atlantique au Pacifique*, trad. et abrégé par J. Belin-de Launay ; 2ᵉ édit. 1 vol. avec 16 grav. et 2 cartes.

Mouhot (Ch.) : *Voyage dans les royaumes de Siam, de Cambodge et de Laos* ; 4ᵉ édition. 1 vol. avec 28 gravures et 1 carte.

Palgrave (W. G.) : *Une année dans l'Arabie centrale*, trad. abrégée par J. Belin-de Launay ; 2ᵉ édition. 1 vol. avec 12 grav. et 1 carte.

Pfeiffer (Mme) : *Voyages autour du monde*, abrégés par J. Belin-de Launay ; 5ᵉ édition. 1 vol. avec 16 gravures et 1 carte.

Piotrowski : *Souvenirs d'un Sibérien* ; 3ᵉ édit. 1 vol. avec 10 gravures.

Schweinfurth (Dr) : *Au cœur de l'Afrique (1868-1871)*, traduit par Mme H. Loreau, et abrégé par J. Belin-de Launay ; 2ᵉ édition. 1 vol. avec 16 gravures et 1 carte.

Speke : *Les sources du Nil*, édition abrégée par J. Belin-de Launay ; 3ᵉ édition. 1 vol. avec 21 gravures et 3 cartes.

Stanley : *Comment j'ai retrouvé Livingstone*, trad. par Mme H. Loreau et abrégé par J. Belin-de Launay ; 4ᵉ édit. 1 vol. avec 16 gravures et 1 carte.

Vambéry : *Voyages d'un faux derviche dans l'Asie centrale*, traduits par E. Forgues, et abrégés par J. Belin-de Launay ; 4ᵉ édit. 1 vol. avec 18 gravures et 1 carte.

HISTOIRE

Loyal Serviteur (Le) : *Histoire du gentil seigneur de Bayard*, revue et abrégée, à l'usage de la jeunesse, par Alph. Feillet ; 4ᵉ éd. 1 vol. avec 36 gravures d'après P. Sellier.

Monnier (M.) : *Pompéi et les Pompéiens* ; 3ᵉ édition, à l'usage de la jeunesse. 1 vol. avec 23 gravures d'après Thérond.

Plutarque : *Vies des Grecs illustres*, édition abrégée par Alph. Feillet ; 5ᵉ édit. 1 vol. avec 53 gravures d'après P. Sellier.
— *Vies des Romains illustres*, édit. abrégée par Alph. Feillet ; 5ᵉ édit. 1 vol. avec 69 grav.

Retz (De) : *Mémoires*, abrégés par Alph. Feillet. 1 vol. avec 35 gravures d'après Gilbert.

LITTÉRATURE

Bernardin de Saint-Pierre : *Œuvres choisies*. 1 vol. avec 12 gravures d'après E. Bayard.

Cervantes : *Don Quichotte de la Manche*. 1 vol. avec 64 grav. d'après Bertall et Forest.

Homère : *L'Iliade et l'Odyssée*, traduites par P. Giguet, abrégées par Alph. Feillet. 1 vol. avec 33 gravures d'après Olivier.

Le Sage : *Aventures de Gil Blas*, édition destinée à l'adolescence, 1 vol, avec 50 gravures d'après Leroux.

Mac-Intosh (Miss) : *Contes américains*, traduits par Mme Dubois ; 2e édition, 2 vol, avec 120 gravures d'après E. Bayard.

Maistre (X. de) : *Œuvres choisies*, 1 vol, avec 15 gravures d'après E. Bayard.

Molière : *Œuvres choisies*, abrégées à l'usage de la jeunesse, 2 vol, avec 22 gravures d'après Hillemacher.

Virgile : *Œuvres choisies*, traduites et abrégées à l'usage de la jeunesse, par Th. Hartau et Alph. Poitiot, 1 vol, avec 30 gravures d'après les grands peintres, par P. Sellier.

MON PREMIER ALPHABET

Album in-4, contenant 230 gravures en noir et 4 gravures en couleurs, cartonné. . . . . 2 fr.

MON HISTOIRE DE FRANCE

Album in-4, contenant plus de 100 gravures en noir et 10 gravures en couleurs, cartonné. 2 fr.

MON HISTOIRE SAINTE

Album in-4, contenant 100 gravures en noir et 8 planches en couleurs, cartonné. . . . . 2 fr.

COULOMMIERS. — IMPRIMERIE PAUL BRODARD. — 9-95.

25719. — Imprimerie Lahure, rue de Fleurus, 9, à Paris.